LES

FIANCÉS

DE DANEMARK

PAR

MARIE-ANNE CATHERINE

PARIS

G. TÉQUI, LIBRAIRE-ÉDITEUR

DE L'ŒUVRE DE SAINT-MICHEL

6, RUE DE MÉZIÈRES, 6

1878

PUBLICATIONS DE L'ŒUVRE SAINT-MICHEL (1)

(1) En général, l'ŒEuvre de Saint-Michel établit le prix de ses ouvrages un tiers plus bas que la librairie ordinaire.

603. — Abbeville. — Typ. et stér. Gustave Retaux.

LES

FIANCÉS

DE DANEMARK

608. — ABBEVILLE. — TYP. ET STÉR. GUSTAVE RETAUX.

COLLECTION SAINT-MICHEL

LES FIANCÉS DE DANEMARK

PAR

MARIE-ANNE CATHERINE

PARIS

G. TÉQUI, LIBRAIRE-ÉDITEUR

DE L'ŒUVRE DE SAINT-MICHEL

6, RUE DE MÉZIÈRES, 6

—

1878

LES FIANCÉS DE DANEMARK

I

C'était en 1192, dans le palais des rois de Danemark. Deux jeunes filles se trouvaient dans un appartement richement meublé, selon la mode du temps, et causaient avec animation. L'une, dont il était aisé de reconnaître le haut rang, était vêtue avec tout le luxe de l'époque. Elle était belle, grande, bien faite. Son visage, d'une blancheur éblouissante, était d'une régularité presque trop parfaite. Ses yeux bleus étaient doux et mélancoliques. S'ils n'avaient pas l'éclat brillant de ceux des femmes du midi, ils pouvaient rivaliser avec eux par la bonté qu'exprimait le regard, et qui en faisait le principal charme. Des cheveux blonds, abondants, fins et soyeux paraient cette belle tête, destinée

1

sans nul doute, à porter une couronne, et ajoutaient leur éclat à la blancheur et à la fraîcheur de son teint. Ce teint, blanc de la blancheur du lys, s'animait par moments du vif incarnat de la rose, et alors la vue de cette belle fille éblouissait les yeux. Sa compagne était belle aussi, mais d'une beauté différente. Plus jolie que belle, elle était charmante avec son nez retroussé, ses yeux vifs et pétillants, ses façons enfantines, ses mouvements gracieux, quoiqu'ils eussent toute l'ardeur et toute la pétulance de la première jeunesse.

Votre mariage est donc décidé, princesse, disait la jeune fille au regard ardent à sa compagne. Dans quelques mois, dans quelques jours peut-être, vous allez dire adieu au Danemark, et appelée à régner sur le plus beau royaume, après celui du ciel, vous n'aurez plus un souvenir pour les amies de votre enfance. Dans le beau pays de France, vous nous oublierez certainement, princesse, mais nous, nous ne vous oublierons pas.

— Comment ma pauvre Anne, peux-tu avoir une semblable pensée? Tu ne connais donc pas mon cœur, quand l'idée peut te venir que je t'oublierai, toi et mon cher Danemarck? Tu ne connais plus Ingelburge quand tu la juges ainsi?

— Non, princesse, je ne vous juge point mal. Mon cœur, soyez en persuadée, ne me le permettrait pas. Mais la reine de France pourra-t-elle aimer ses compagnes et son pays, comme le faisait la princesse Ingelburge?

— Anne, peux-tu en douter? Ma pensée se portera souvent dans ce palais. Je te verrai heureuse épouse et heureuse mère, car toi aussi tu vas te marier.

— Mes parents me pressent, en effet, de faire un choix, répondit Anne, mais je ne puis m'y décider. Mon cœur, princesse, n'aime que vous.

— D'amitié sans doute. Mais, continua la princesse, d'autres sentiments vont bientôt élire domicile chez toi, et je t'avoue qu'avant de partir, je voudrais te voir mariée, mariée selon ton goût, mariée selon ton cœur.

— C'est difficile, princesse, fort difficile, dit Anne en souriant.

— Il n'y a donc pas à la cour un chevalier qui te plaise. Cependant il y a d'aimables cavaliers, de charmants danseurs et de spirituels causeurs, dit Ingelburge. Notre cour brille par l'éclat de sa jeunesse, et parmi tant de jeunes gens, ton cœur ne fait pas de choix. Voilà ce qui est surprenant, et ta mère, ma pauvre Anne, s'en préoccupe. Elle voudrait te voir dame et souveraine dans quelque noble manoir, et dans sa tendresse inquiète, elle est sans cesse à me répéter : Décidez donc Anne à se marier. Je veux qu'aujourd'hui tu m'ouvres ton cœur, afin que je puisse rapporter à ta mère une bonne parole. Il faut absolument que je te marie avant mon départ, ajouta Ingelburge en souriant. Le veux-tu?

— Vous parlez de manière, princesse, que je crois que de gré ou de force, il faudra vous obéir.

— Allons, rends-toi avec armes et bagages, et laisse-moi emporter en France la douce pensée que tu es heureuse, et que j'ai confié à un homme digne d'elle ma compagne, mon amie, ma chère Anne.

— Mais, princesse, dit Anne avec un sourire triste,

vous parlez comme si vous étiez lasse de moi, et que vous eussiez hâte de vous en débarrasser. Il semblerait, à vous entendre, que je suis un meuble que vous désirez mettre en sûreté avant votre départ.

— Et oui, ma chère Anne, car ne sais-tu pas qu'on ne désire mettre en sûreté que ceux qu'on aime? M'occuper de ton bonheur, dis, n'est-ce pas mon droit comme mon devoir, répliqua affectueusement Ingelburge?

— Mais n'est-il pas des meubles si complètement indispensables, qu'on ne s'en sépare pas même en voyage, et, princesse, ne voulez-vous pas que je sois pour vous un de ces meubles ?

— Que veux-tu dire ? fit Ingelbnrge étonnée.

— Qu'il vaudrait mieux penser à m'emmener avec vous, que de songer à me mettre en sûreté, dit Anne en interrogeant du regard la princesse?

— Tu voudrais me suivre en France, toi ?

— C'est là mon désir le plus ardent, c'est mon rêve le plus caressé.

— Mais ta mère, mais ton père ne te le permettront jamais. La France est loin, et, ajouta Ingelburge avec tristesse, c'est un adieu éternel que je vais adresser à tout ce que j'aime,

— Mais, princesse, vous le dites bien cet adieu, vous, pourquoi à mon tour ne le dirais-je pas, répliqua Anne?

— Parce que tu n'es pas fille de roi, ma pauvre Anne, et que tu n'es pas soumise à ces devoirs cruels qu'impose, à nous princesses, le sang qui coule dans nos veines. Filles d'un pays encore plus que d'une famille, nous sommes données comme un gage de paix et de concorde à des pays divisés. Notre main, en serrant la main de notre époux, n'unit pas seulement deux destinées, elle plante dans le cœur de deux nations l'olivier de la paix. *Des raisons politiques dictent toujours notre choix.* On nous donne à de puissants princes, afin que retenus par les liens de l'affection, ils se montrent bienveillants pour le pays qui nous a vu naître, qu'ils le soutiennent dans la guerre, le fassent respecter dans la paix, favorisent son commerce, en lui ouvrant de nouveaux débouchés, et mettent toute leur influence au service d'un pays qui s'est fié à eux, en leur donnant la main d'une de ses filles. N'as-tu jamais pris garde au nom qu'on nous donne à nous, filles de roi? On ne nous appelle pas du nom de notre père, mais du nom de notre pays : car un roi, en se mettant à la tête d'un peuple ne fait plus qu'un avec lui. Son bien devient le bien de la nation ; les enfants de son peuple sont ses enfants, et ses enfants sont les enfants de son peuple. Ainsi, ma pauvre Anne, on m'accorde au roi de France, parce que son alliance est singulièrement honorable pour le Danemarck. Elle lui fait prendre rang, parmi les grands états de l'Europe, et donne un appui à sa politique. Quant à savoir si je trouverai dans l'homme, auquel je vais donner mon cœur sans retour, un protecteur et un ami, hélas ! je l'ignore, et ceux qui m'entourent ne le savent pas plus que moi. On m'a appris les devoirs qui, comme autant de chaînes vont me lier au roi de France, mais ce qu'on ne m'a pas dit, ce qu'on ne peut pas me dire, c'est si ces chaînes seront de rose ou de fer; si le devoir sera facile et doux, ou si je

dois marcher dans un sentier semé d'épines. Moins heureuse que les fiancées vulgaires, je ne connaîtrai pas,
avant de me lier à lui pour toujours, l'homme que les
lois divines et humaines m'ordonnent d'aimer et d'honorer. Mon regard n'aura pas même rencontré son regard, mon oreille n'aura pas même entendu sa voix, pour
connaître si le son en est doux et lui arrive aisément,
et lorsque ma main aura touché sa main pour la première fois, je serai sa femme devant Dieu et devant les
hommes. Que sa nature soit antipathique à ma nature,
que mon sang se révolte sous son regard, et frissonne
sous la pression de sa main, n'importe, je ne dois plus
écouter mon cœur, désormais, je ne dois plus connaître que mon devoir ! Filles de roi, si nous avons les
avantages de la naissance, nous en avons, ma pauvre
Anne, les ennuis et les souffrances.

— Mais, princesse, la renommée nous représente le
roi de France comme le roi le plus chevaleresque. On
vante sa bravoure, sa noblesse, sa magnanimité. Vous
serez heureuse, c'est moi qui vous le dis. Mais il est
pour mon cœur une pensée bien triste. C'est de vous
voir partir ainsi seule, toute seule. Je ne pourrai, plus
être heureuse, quand je ne vous verrai plus, dit Anne,
et deux grosses larmes roulaient dans ses yeux.

— Tu veux donc me suivre pour tout de bon, ma
chère Anne, reprit Ingelburge en la caressant du regard?

— Je ne veux pas vous quitter, car, princesse, je ne
saurais vivre sans vous.

—Mais toute ta famille mettra obstacle à ton départ.

— Je lui dirai que je mourrai quand je ne vous
verrai plus, dit Anne.

—Oh oui! je serai bien heureuse de t'emmener ; mais, amie, dois-je accepter ton sacrifice : car n'en est-ce pas un de dire adieu à tous les siens, d'aller habiter une cour étrangère ?

— Là où vous serez, princesse, je ne serai jamais étrangère. Cet adieu, qui est peut-être pour vous éternel, ne le sera pas pour moi. N'ayant pas à porter le poids d'une couronne, je reviendrai dans notre Danemarck bien-aimé, je reviendrai embrasser mes parents chéris, et puis je retournerai vers vous, chargée de caresses pour la reine de France, qui sera toujours en Danemarck la chère princesse Ingelburge. Mais tenez, j'ai peur que vous ne vouliez pas de moi.

— Anne, peux-tu me faire une pareille injure ? Lors même que je n'aurais pas l'affection que j'ai pour toi, crois-tu, qu'il ne me sera pas bien doux, au milieu d'une cour étrangère, d'avoir quelqu'un à qui je puisse me confier sans crainte. Une compatriote est toujours précieuse en de semblables circonstances; et je te le demande, que n'est pas alors pour le cœur, une amie et une amie telle que toi ?

— Vous seriez heureuse si je vous suivais, dit Anne, dont le visage rayonna de joie ?

— Ta présence serait une preuve que la Providence me protége.

— Puisque vous parlez ainsi, princesse je vous suis. Mais le roi de France n'y verra-t-il pas d'inconvénients?

— Je ne le crois pas. Il n'oserait refuser de souscrire à un désir de sa fiancée. Mais, Anne, c'est le consentement de ta mère qu'il faut avoir; et celui-là sera difficile à obtenir.

— Je lui en dirai tant que je l'obtiendrai. Ma mère m'aime trop pour s'opposer à mon bonheur. Ainsi nous ne nous séparerons jamais, princesse. Quelle joie de vous suivre, de ne jamais vous quitter !

— Que tu es bonne, et que je t'aime, dit Ingelburge, en l'embrassant tendrement. Anne, c'est pour toujours que nous sommes unies. Rien ne vous séparera désormais. C'est à la vie et à la mort. Dans le palais splendide du roi de France, nous nous rappellerons les années si douces de notre enfance, nos jeux, nos naïves confidences, et aussi les premières larmes que nous aurons versées, qui nous feront mieux apprécier les joies qui nous attendent.

— Vous n'emmenez personne que moi, princesse ?

— Ma nourrice m'accompagne aussi ; et quoiqu'il lui soit bien dur de quitter son pays, elle veut me faire ce sacrifice. Quelle joie pour mes yeux et pour mon cœur d'apercevoir vos visages aimés, au milieu des visages étrangers et indifférents avec lesquels il me faudra vivre. En France, on me choisit mes serviteurs. Le roi Philippe s'en occupe, et veut que sa cour soit brillante entre toutes. Il aime le luxe et la magnificence, les fêtes et les tournois lui plaisent.

— C'est, à ce qu'il paraît, un noble et valeureux chevalier que votre futur époux. Aussi habile politique que brave guerrier, il fait reprendre à la France le rang qu'elle avait perdu par le divorce d'Éléonore de Guienne ; et on prétend qu'il nourrit l'espoir de s'emparer de l'Angleterre. Il n'a demandé, ainsi l'ai-je ouï dire, à votre royal père, avec votre main, que la cession des

anciens droits que les rois de Danemark possèdent sur
l'Angleterre.

— C'est vrai, répondit Ingelburge, mais les États n'ont
pas permis à mon père d'aliéner ces droits ; et en
revanche, ils m'offrent une dot de 4,000 marcs d'argent.
Nos braves danois ne veulent pas que la fille de leur
Souverain aille s'asseoir sur le trône de France comme la
fille d'un aventurier. L'annonce de ce cadeau royal a dû
être portée en France. On attend la réponse du roi
Philippe. S'il accepte, le mariage ne tardera pas à se
faire, et peut-être n'ai-je que quelques jours à rester en
Danemark.

II

Il y avait foule dans les rues qui avoisinaient le palais des rois de Danemark. On se pressait, on se poussait, on se bousculait, on se hissait jusque sur les toits pour mieux voir passer le cortége, car c'était un cortége qui excitait la grande curiosité populaire, et ce cortége n'était autre que celui des ambassadeurs du roi Philippe-Auguste, venant solennellement demander la main de la princesse Ingelburge, pour leur maître. Les ambassadeurs se rendaient au palais pour l'audience royale, et hommes, femmes et enfants étaient accourus pour admirer leur luxe et leur bonne mine, et répéter qu'ils avaient vu les ambassadeurs de ce roi chevaleresque dont on disait des merveilles. A ce sentiment de curiosité, inné dans toute âme humaine, s'en joignait un autre qui prenait sa source dans l'orgueil national. Tout bon danois se sentait fier de voir une de ses princesses monter sur le trône de France. Cet honneur rejaillissait en quelque sorte jusqu'à lui en grandissant son pays devant le monde. Ce fut au milieu d'une double haie de curieux, que les ambassadeurs firent leur entrée dans le palais. Le roi Wlademar, assis sur son trône, était entouré de tout le luxe royal. Ses principaux officiers étaient auprès de lui, et sur sa physionomie où se retrouvaient cette dignité et cette bonté que nous avons admirées sur le visage de sa fille, se lisaient la joie et la satisfaction. Quand l'évêque de Noyon, le premier des ambassadeurs, lui adressa les paroles suivantes, on vit son front s'illuminer d'une noble fierté.

« C'est au nom du roi, notre maître, que nous venons demander au roi de Danemark, la main de sa fille, la princesse Ingelburge. La renommée lui a dit la beauté et les vertus de cette princesse, et ce sera pour lui un beau jour que celui qui unira leurs deux cœurs et leurs deux destinées. Nous nous rejouissons de ce que le roi, notre auguste maître, nous a choisis pour un semblable message, et nous sommes heureux de vous assurer, ô roi, des sentiments que nous éprouvons pour le noble pays et le valeureux souverain, que les liens du sang vont unir à jamais à la France et à son roi ! »

« En accordant au roi de France, répondit Wlademar, la main de ma fille, je lui donne la plus forte preuve de l'estime que j'ai conçue pour son caractère, de la confiance que je mets en son honneur. Je suis heureux que cette alliance m'unisse à un si grand prince, et je me réjouis à la pensée que la France, pour laquelle j'éprouve une vive sympathie, va devenir la seconde patrie de ma fille. Puisse cette chère enfant trouver dans le cœur de ses habitants, l'affection dont elle est digne, et resserrer les liens qui unissent mon peuple au peuple de France. Quant à vous, monsieur l'ambassadeur, le roi de France ne pouvait choisir un interprète qui me fût plus sympathique ; et c'est avec une véritable satisfaction que je saisis l'occasion de vous remercier pour le zèle et le tact avec lesquels vous avez conduit cette délicate affaire, qui se termine par l'alliance de deux maisons royales, par l'union de deux nobles peuples. »

Le soir, un festin splendide réunit, autour de la table royale, les envoyés du roi Philippe et les principaux dignitaires du royaume. Le roi Wlademar, toujours noble et digne, quand il s'agissait de représenter le Danemark, se montra particulièrement bienveillant pour les ambassadeurs du roi de France. On sentait qu'il était père, et on devinait qu'en recevant si magnifiquement les envoyés de son futur gendre, il désirait leur donner une haute idée de son pays. Il semblait vouloir, en quelque sorte, par de délicates attentions, former dans leur cœur un fonds de reconnaissance dont il espérait que sa chère Ingelburge lèverait plus tard les intérêts. Après le repas, long et copieux, selon la mode du temps, Wlademar prit à part l'un des ambassadeurs, nommé le comte de Saint-Pol, et le conduisit dans un coin de l'appartement. Jusqu'alors le roi seul s'était montré, à cette heure le père se laissa voir tout entier, avec sa tendresse et ses inquiétudes.

— Comte, dit le roi, dans quelques jours, vous allez emmener, loin de son père et de son pays, ma belle et chère enfant ; et je me demande, avec angoisse, si celui qui va remplacer pour elle la famille et la patrie absentes, est digne du cœur que je vais lui confier.

Sera-t-il pour mon enfant un protecteur et un ami ? Trouvera-telle, dans le palais du roi de France, les joies légitimes de l'épouse, et les satisfactions que toute femme est en droit d'exiger de l'homme auquel elle se confie ? Hélas ! nous autres princes, nous ne pouvons nous occuper, par nous-mêmes, du bonheur de nos enfants. Les exigences de la politique, les lois de l'étiquette empêchent les fiancés royaux de se connaître et de s'aimer, avant que le nœud qui les unit, ait reçu la sanction des peuples et des cours. De là, une situation fausse qui me préoccupe et m'inquiète.

— Soyez sans inquiétude, prince, dit vivement le comte. Le roi de France est un noble chevalier et un galant homme. La princesse Ingelburge sera une heureuse femme, je vous le garantis. La couronne ne sera point lourde à sa tête royale, et les joies de la femme s'ajouteront aux satisfactions de la souveraine. Le passé, dureste, répond de l'avenir. Le roi Philippe a été, pour Isabelle de Hainaut, le plus tendre des époux. Sa passion, son unique passion est la gloire. La préoccupation de ses journées, le rêve de ses nuits : c'est le désir de supplanter le roi d'Angleterre. Son père lui a laissé comme un héritage, la haine de l'Anglais. La hauteur, qu'a montrée le roi Richard en Palestine, l'a blessé jusqu'au fond du cœur. Il est revenu fort irrité de voir son vassal se poser en maître. Il recherche, à cette heure, l'occasion de prendre sa revanche ; et cette revanche, il espérait l'avoir trouvée en s'unissant à la princesse Ingelburge. La pensée que son épouse lui apporterait en dot des droits réels sur l'Angleterre, droits qu'une politique habile et intelligente pourrait faire valoir, souriait à son ambition ; et je ne vous cacherai pas que le refus, que vous lui avez fait de ces droits, ne l'ait refroidi à votre égard. L'amour-propre blessé a lutté un instant contre une alliance qui le satisfaisait, et s'il a été vaincu par le désir de s'unir à votre royale maison, il est resté, je vous l'avoue, dans son cœur, un germe de mécontentement.

— Mais, comte, pouvais-je faire autrement ? Je ne suis que le gardien et le dépositaire des droits de mon peuple et de ma race. En les aliénant, n'aurais-je pas manqué à mes devoirs de père et de roi ? Aujourd'hui, il est vrai, nous ne pouvons les faire valoir. Mais savons-nous ce que nous réserve l'avenir ? Le Danemark peut devenir plus fort et plus puissant. L'empire des mers peut lui appartenir et lui permettre de revendiquer l'Angleterre. Les États ont montré, à ce désir du roi de France, une opposition absolue, et pour lui prouver que ce refus n'avait rien pour lui de blessant, ils offrent à ma fille une royale dot.

— Je comprends, dit le comte, les raisons qui ont guidé, prince, votre conduite ; mais permettez-moi de regretter, pour la princesse Ingelburge, la détermination des États.

— Vous pensez que ma fille en souffrira, reprit le roi avec une certaine inquiétude.

— Je me suis mal exprimé, se hâta de dire le comte, si je vous ai donné à penser que mon maître ne se montrera pas affectueux époux pour votre noble fille. La princesse Ingelburge est aussi vertueuse que belle ; et ses charmes doivent, sans nul doute, attacher à jamais un cœur d'homme ; mais ce que je voulais dire, c'est que j'aurais été heureux qu'elle apportât, à son royal époux, les droits qui sont l'objet de sa convoitise : car si la beauté, la vertu, l'estime mutuelle lient les cœurs, il est toujours prudent de mettre de son côté l'amour-propre. C'est un auxiliaire précieux, et qui possède un prisme qui décompose, selon ses intérêts et ses passions, les objets qui semblaient ne pas devoir subir son influence. Mais cette opinion est toute personnelle, et je calomnie, sans doute, le cœur humain. Les troubadours et les trouvères ne me le pardonneront pas ; et je crains, je l'avoue, ajouta le comte en souriant, d'être passible, pour cette opinion, des cours d'amour qui se rencontrent en si grand nombre dans notre chevaleresque pays, et qui ne trouvent dans le cœur humain que des merveilles d'affection et des abîmes d'abnégation. Mes cheveux gris plaideront en ma faveur, il est vrai. Quand on n'éprouve plus ces chaleurs puissantes qui réchauffent le sang, on est tenté de les nier, et de trouver dans d'autres causes le mobile de certaines actions.

— Ma fille, dit le roi, après un moment de silence désire emmener, avec elle, une de ses compagnes d'enfance. Pensez-vous que la présence de cette jeune personne soit vue d'un bon œil à la cour de France ?

— La cour de France va bientôt être gouvernée par la reine de France, répondit gracieusement le comte, et ce qui lui plaira ne pourra déplaire à personne.

— Sans doute, mais le roi Philippe le verra-t-il avec peine ? Anne de Kirk (c'est le nom de l'amie de ma fille) a pour elle une grande affection, et c'est par dévouement qu'elle veut l'accompagner. Ses parents se

décident à regret à cette séparation. Il a fallu ses
larmes, son désespoir pour les y faire consentir; et
tout en donnant leur consentement, ils m'ont exprimé
le désir de la voir mariée avant son départ. Loin de
sa mère et de son pays, Anne sera-t-elle la jeune fille
pieuse et chaste dont le Danemark a admiré les vertus? La cour de France ne présentera-t-elle pas de
dangers à son innocence? Ces pensées inquiètent et
préoccupent sa famille; et nous nous demandons s'il
ne serait pas possible de la marier avant son départ.
La noblesse, la richesse, la beauté d'Anne en font un
grand parti; et en la voyant s'éloigner par affection
pour ma fille, j'aurais voulu lui faire un sort digne
d'elle. Parmi les jeunes gens qui vous ont accompagné, n'y en aurait-il aucun qui pût lui convenir?

— Je ne sais trop, répondit le comte, mais la damoiselle est fort difficile, dit-on. Nul en Danemark n'est
parvenu à lui plaire, et on assure que la forteresse est
imprenable.

— Vous paraissez très-bien renseigné sur son compte,
dit le roi en souriant.

— Je ne serais pas bon ambassadeur, reprit le
comte sur le même ton, si je ne me servais de mes
yeux et de mes oreilles. A la cour, on parle beaucoup
de la damoiselle Anne.

— Ah! dit le roi, dont le regard s'était dirigé vers
les jeunes gens qui dansaient, ne voilà-t-il pas Anne
au bras d'un français. La conversation paraît gaie et
animée. Regardez donc, comte. Ne trouvez-vous pas,
comme moi que ces deux jeunes gens forment un
couple charmant? Ce jeune homme n'est-il pas l'é-

cuyer du roi Philippe? Il me semble qu'on me l'a dit
en me le présentant.

— C'est vrai, et un écuyer aimé, je puis en répondre.

— Hé bien! c'est mon affaire, comte; c'est l'affaire
d'Anne, dit le roi.

— Ce jeune homme est mon neveu, répliqua l'ambassadeur. C'est le fils d'une sœur chérie, qu'un veuvage prématuré a éloignée pour toujours de la cour. Je
suis pour ce jeune homme un père et un protecteur.
C'est moi qui l'ai placé près de la personne du roi de
France. Il a suivi ce prince en Orient, et il en est revenu
avec une renommée de bravoure et de courage. Je ne
sais ce que lui réserve l'avenir, mais si le passé peut
le faire présumer, il est appelé à une haute destinée.

— Le verriez-vous avec peine marié à une danoise,
dit le roi en l'interrogeant de la voix et du regard?

— Non, prince, répondit l'ambassadeur en souriant; mais la danoise voudra-t-elle de lui?

— Ma réponse sera facile, dit le roi, en étendant le
bras dans la direction des jeunes gens. Regardez-les
tourbillonner au milieu de cet essaim de danseurs;
et dites-moi, si nous avons à craindre une antipathie
bien prononcée.

— Il est vrai, repartit le comte, que mon neveu paraît
enchanté et que la demoiselle Anne, si indifférente
d'habitude, a le visage rayonnant de bonheur.

— Ce sera là un mariage d'amour et de raison, continua le roi. Ce rêve que tout père fait pour son fils,
que toute mère fait pour sa fille. Ils auront le charme
et l'enivrement du rêve, et ils goûteront la joie et le
bonheur qui résultent d'une union assortie. Si leurs

cœurs sont de même valeur, et peuvent sans perte jouer le grand jeu de l'affection, leur noblesse, leur richesse, leur sang peuvent s'unir, sans que ni l'un ni l'autre, fassent de ces sacrifices, qu'un jour on peut regretter, et qui placent celui qui les accepte dans une situation quelquefois difficile aux yeux du monde. Tenez, ce mariage me sourit singulièrement, ne vous plaît-il pas aussi, comte ?

— Ce qui vous plaît, prince, répliqua l'ambassadeur, en accompagnant sa réponse du sourire le plus gracieux, ne saurait jamais me déplaire. Mais ne serait-il pas prudent, avant de passer outre, de consulter les parties intéressées ?

— Sans doute, dit le roi. Je me charge, pour ma part, d'Anne et de ses parents. A vous revient le soin d'interroger le cœur de votre neveu, et de vous demander à vous-même, si une nièce danoise flatterait votre amour-propre de père et de protecteur. J'ajouterai, car il ne faut rien oublier dans une affaire de cette conséquence, qu'Anne est la plus riche héritière du Danemark. Du reste, il vous sera facile de vous en assurer. Sa position est très-connue à la cour. Son père est un de mes conseillers les plus dévoués, un de mes capitaines les plus habiles. En m'occupant du bonheur de sa fille, j'acquitte en quelque sorte une dette de reconnaissance.

— La pensée que nous nous unissons à un fidèle du roi de Danemark sera pour mon neveu, aussi bien que pour moi, une raison de souhaiter cette alliance, prince, soyez-en persuadé.

— Hé bien! comte, ou je me tromperais fort, ou ce

mariage fera deux heureux, dit le roi en se rapprochant
des danseurs. La danse était alors dans toute son animation. La vue de cette belle jeunesse, qui tourbillon-
nait avec joie et entrain, réjouissait le cœur et les
yeux. Parmi les danseurs les plus intrépides, on re-
marquait Anne et le jeune français dont il vient d'être
question, et sur leurs visages rayonnait le bonheur.
Ce jeune homme, qui se nommait le sire de Bressuire,
avait une figure des plus sympathiques. Il y avait tant
de charme et tant de noblesse dans toute sa personne,
qu'il n'était pas étonnant qu'Anne fut fière d'un tel
cavalier. Au moment de quitter le Danemark, n'était-il
pas naturel qu'elle éprouvât le besoin de causer de la
France avec ceux qui la connaissaient ; et qui, mieux
que le sire de Bressuire, pouvait l'entretenir de ce pays
qui allait devenir le sien et celui de sa chère Ingelburge. Et puis, qui sait si une vague pensée ne lui traversait pas l'esprit. Anne n'avait pas voulu se marier,
c'était vrai ; mais avait-elle jamais rencontré un cavalier aussi accompli, un causeur aussi aimable ? L'as-
siduité du jeune et brillant français n'était-elle autre
chose qu'une flatterie ? Ce rêve de toutes les jeunes
filles de trouver dans leur époux l'homme de leur
choix et l'homme de leur rêve, n'était-il pas prêt à se
réaliser ? Nous ne saurions le dire. Toujours est-il que
lorsque Anne fut rentrée dans son appartement, le
Danemark disparut complétement à ses yeux, et ber-
cée par son imagination, elle se vit en France au bras
de ce beau cavalier dont les récits l'avaient charmée.
A son réveil, ce ne fut pas sans peine qu'elle put chasser
son image qui se présentait sans cesse à son esprit.

III

— Je t'emmène en France, ma chère Anne, c'est décidé, disait la princesse Ingelburge à son amie, mais à
cela je mets une condition, ajouta-t-elle en riant.

— Laquelle, dit Anne vivement?

— Devine, reprit Ingelburge.

— Mais j'ignore complétement de quoi il s'agit. Est-
ce quelque chose de bien difficile que vous demandez
de moi, princesse?

— C'est selon, dit Ingelburge toujours riant, ça dé-
pendde tes dispositions, et pour ne pas te laisser lan-
guir comme une âme en souffrance, je vais te dire,
sans préambule, que je ne t'emmène en France que si
tu te décides à te marier. Ton père, ta mère ne veulent y consentir qu'à ce prix; et rien, à mon avis, n'est
plus raisonnable. La condition te plaît-elle, ajouta la
princesse en regardant Anne dans les yeux?

— Princesse, vous me dites cela à brûle-pourpoint.
Au moins faudrait-il me donner le temps de la réflexion.

— Ma chère, nous n'en avons pas le loisir. Nous partons, à moins que le vent ne soit contraire, dans huit jours, et il faut absolument que tu me donnes une réponse aujourd'hui même. Allons, ma belle Anne, prends donc une résolution héroïque. Il n'y a plus désormais pour toi que deux chemins, la mort ou le mariage, disait Ingelburge que la conversation et l'embarras d'Anne amusaient.

— La mort serait peut-être préférable, princesse, répondit Anne en souriant ; mais avant d'en venir à cette redoutable extrémité, ne pourrais-je pas savoir quel est le bourreau que vous destinez à torturer la pauvre Anne ?

— Ah ! fit Ingelburge, en plongeant son regard dans celui d'Anne, le bourreau ne t'est donc point indifférent.

— Le bourreau augmente ou diminue la souffrance, répondit Anne. Il est, à ce qu'on prétend, dans ce genre de supplice, la plus cruelle torture.

— Tu es fort au courant, ma chère, à ce que je vois. Mais t'a-t-on dit si la torture infligée par un français ne se changerait pas en agréable distraction ?

— Pourquoi me parler d'un français ? dit Anne en rougissant.

— Parce qu'il s'agit bel et bien d'un français. Ce que je ne t'ai pas dit, tu l'as deviné. Ta rougeur en est une preuve. Mais si tu tiens à ce que les choses se passent dans toutes les règles, je te dirai que messire de Bressuire, écuyer du roi Philippe II, demande la main de damoiselle Anne de Kirk, que les parents de la dite damoiselle consentent de grand cœur à cette union, et qu'il ne reste plus qu'à obtenir le consentement de la dite damoiselle.

— Il me faut le temps de me reconnaître, dit Anne en balbutiant.

— Tu es toute reconnue, ma chère, et puisque le chevalier te plaît, il t'est impossible de le nier, il faut avouer simplement que ton cœur ne faisant point opposition à la haute raison de tes parents, la damoiselle Anne, en fille soumise et respectueuse, se décide sans trop de chagrin à changer son nom contre celui de messire de Bressuire. Voilà, mon amie, ce que ton cœur, ta raison te crient de faire, et ce que tu vas faire, n'est-ce pas? veux-tu me laisser partir seule?

— Non, princesse, non; et pour vous suivre, je suis décidée à tout, à tout, entendez-le bien.

— Alors, ma chère Anne, il ne me reste plus qu'à t'embrasser, dit la princesse, et après t'avoir dit un merci bien affectueux, de te faire mon compliment sur ton mariage. Tu épouses un brave et valeureux chevalier, qui a noblement combattu en Terre-Sainte. Ton cœur et ta raison, laisse-moi te le dire, ne pouvaient faire un meilleur choix. Ce mariage fait le bonheur de ton père et de ta mère, et le mien aussi, ajouta Ingelburge avec sentiment, car pourrais-je l'être si tu ne l'étais pas.

— Princesse, que vous êtes affectueusement bonne, et comment pourrais-je ne pas vous aimer? Ah! s'il m'avait fallu demeurer en Danemark sans vous, j'en serais morte; c'est certain.

— A moins d'événements qu'on ne peut prévoir, nous serons heureuses en France, dit Ingelburge. Mais, ajouta-t-elle aussitôt avec tristesse, tu sais, amie, à qui tu lies ta foi ; mais moi, hélas ! j'ignore tout, tout, excepté le nom de mon époux. Sera-t-il bon et affectueux pour moi ? trouverai-je en lui un maître ou un ami ?

— Princesse, chassez donc de semblables craintes. Qui pourrait ne pas vous aimer, vous, si belle, si bonne et si charmante ? Eloignez, je vous en supplie, ces idées sombres et tristes. Tout vous sourit. Votre ciel est sans nuage. Un soleil éclatant de bonheur éclaire votre horizon. Pourquoi vous créer de vaines imaginations, et couvrir d'un sombre voile, la beauté radieuse du jour qui s'annonce ?

— Ce que tu me dis là, Anne, je le me répète sans cesse. Ma raison me crie d'avoir confiance, mais il y a en moi, faut-il te l'avouer ? quelque chose d'instinctif que je sens et dont cependant je ne peux me rendre un compte exact, qui fait retentir à mon oreille un cri de malheur. Mon cœur se serre involontairement au nom du roi de France, et une sueur froide couvre mon front quand je pense à l'avenir ? Est-ce un pressentiment ? Dieu veut-il me prévenir contre toute espèce d'ivresse ? je l'ignore, Mais ce matin, j'ai été si troublée, que j'ai été ouvrir mon âme à celui qui reçoit au nom de Dieu, l'aveu de mes fautes. Je lui ai fait part de mes craintes, de ce que j'ai appelé mes pressentiments. Il m'a consolée et rassurée. Sans doute, ma pauvre enfant, m'a-t-il dit, il vaudrait mille fois mieux que celui auquel vous allez vous lier pour jamais, vous connût, que sous le regard de vos parents, il eût reçu votre foi, que vous-même, vous eussiez pu vous demander si, avec lui, le devoir ne serait pas trop austère. Mais hélas ! la chose est impossible. Dieu demande, ma pauvre enfant, que vous n'aperceviez que le côté sévère du devoir. Le devoir, vous le connaissez, et vous l'acceptez. Quelles que soient les épines qui se rencontreront sur votre route, et j'aime à espérer que s'il s'en trouve, ce ne sera que dans un sentier parsemé de roses, vous devez les recevoir en chrétienne; considérer le mariage au point de vue de la foi et du christianisme, et vous souvenir, que s'il donne des droits, il impose aussi des devoirs. Mais ayez confiance, Dieu ne vous abandonnera pas. Porter courageusement sa croix, n'est-ce pas l'obligation de tout chrétien, et reculeriez-vous devant cette obligation sacrée? Ces paroles étaient vraies, douces, marquées au coin de la bonté, et cependant, amie, te le dirai-je? Elles m'ont paru un pronostic de malheur.

— Princesse, mais qu'est donc devenu votre jugement si droit et toujours soumis à la raison? N'est-ce point absurde de vous préoccuper de l'avenir, quand il se montre à vous si plein d'espérance? Dans la vie, si belle qu'elle paraisse, il se rencontre, il est vrai, des croix et des souffrances; mais ces croix et ces souffrances, ne sont-elles pas une preuve que nous ne nous égarons pas, sur la route du ciel, et cette assurance n'est-elle pas de nature à réjouir notre cœur de chrétienne? Les jours sombres ne sont-ils pas nécessaires pour apprécier les jours de soleil? Tenez, la preuve que vous serez heureuse : c'est que je vous accompagne. Avec moi la tristesse et la mélancolie ne peuvent vivre, ne le savez-vous pas? En me mariant, vous faites la joie de ma famille, et le bonheur que vous

2

répandez autour de vous, n'est-il pas le sûr garant de celui qui vous attend ?

— Ah ! dit Ingelburge, et moi qui oubliais d'aller apprendre à ta mère la bonne nouvelle. Ne veux-tu pas venir la lui annoncer ?

— J'aime autant, répondit Anne en souriant, qu'elle l'apprenne de vous et de vous seule. La timidité, n'est-elle pas en quelque sorte le droit de toute jeune fille qui se marie, et ce droit, ne voulez-vous pas me permettre de le revendiquer ?

— Mais si, et pour te prouver que tu n'auras pas à rompre de lance pour la revendication de ce droit sacré, je vais de ce pas, reprit Ingelburge en riant, m'acquitter de ce message. Mais dût ta timidité s'effaroucher, tu sauras tout, absolument tout ce qui se sera dit dans ce mémorable entretien.

La dame de Kirk fut heureuse, bien heureuse en apprenant le consentement de sa fille. Elle avoua à Ingelburge que le sire de Bressuire remplissait toutes les conditions qu'elle souhaitait pour l'époux de sa chère Anne, et ajouta : Ce jeune homme est le type accompli de cette chevalerie française qui a pour devise : Dieu et ma dame.

Pendant que la princesse et la baronne de Kirk se livraient à la joie, le comte de Saint-Pol causait avec son neveu. Le roi a pensé à toi, mon cher Robert, lui disait-il, pour la plus belle et la plus riche héritière du Danemarck. Il m'a en quelque sorte demandé ta main.

— Et la lui avez-vous promise, dit le jeune homme en souriant?

— Je ne m'aventure pas ainsi, mon garçon, et

dans cette circonstance, je ne veux être que ton conseiller, mais ton conseiller le plus dévoué, sois en sûr.
La jeune fille que t'offre le roi est belle, vertueuse et
charmante. Elle te plaît, je m'en suis aperçu, et il faudrait être bien difficile, il faut en convenir, pour ne pas
être séduit pas ses attraits.

— C'est vrai, mon oncle, mes yeux ont été éblouis,
et mon cœur s'est donné à elle sans retour. Il y
a tant de grâce dans son sourire, tant de pudeur dans
son regard, tant de charme dans toute sa personne
que j'ai été vaincu ; et que ce sera avec bonheur que
je m'unirai à elle pour toujours. J'ai pour cette noble
et séduisante fille plus que de l'amour, j'ai de l'estime.
Elle quitte le Danemarck pour suivre en France la
princesse Ingelburge. Elle fait le sacrifice de son pays
et de sa famille à une affection de cœur. N'est-ce pas
là une preuve certaine de sa bonté, de sa constance ?
Ne puis-je pas nourrir, après cela, la conviction qu'elle
saura, le jour venu, faire tous les sacrifices que son devoir exigera ? La beauté peut séduire, mon oncle, on
peut se laisser prendre une heure à la grâce du sourire,
au charme du regard; mais jamais, oh ! non, jamais, je
n'aurais donné mon cœur à une femme qui ne m'aurait pas inspiré une estime profonde.

Mon ami, dit le comte, tu es un des privilégiés de ce
monde. Tu posséderas dans la femme que tu aimes
avec les qualités du cœur et de l'esprit, toutes les séductions de la beauté. Tu es un heureux garçon, et
mon cœur, qui a subi bien des déceptions, retrouve la
chaleur de son printemps pour se réjouir de ton bonheur. Comprends-le, ce bonheur, et ne le laisse pas com-

promettre par le vent de l'indifférence. Sois toujours
pour cette belle enfant, le meilleur des amis et le plus
tendre des époux. Elle te donne son cœur : garde le
précieusement; car au milieu des tristesses de la vie,
des amertumes de l'existence, s'il est une douce chose,
c'est l'affection qui résiste à toutes les vicissitudes du
temps.

— Quelle douce surprise, dit Robert, après un moment de silence, n'allons-nous pas faire à ma mère, en
lui amenant une fille digne d'elle. Le vieux manoir de
Bressuire va retrouver la fraîcheur de sa jeunesse
sous l'œil de sa nouvelle châtelaine. Son rire joyeux
fera résonner les échos du noble castel. Elle sera l'or-
nement de ses fêtes et embellira les tournois de notre
cher pays de France. Tenez, ce sera un beau jour pour
moi, mon oncle, que celui qui m'unira à Anne de Kirk.

— Et tu pourras te vanter, mon garçon, de ne pas avoir
langui dans l'attente, car nous partons dans quelques
jours, et il faut que le mariage se fasse avant le départ.

IV

Tous étaient en joie, tous souriaient tous étaient heureux ce soir-là à la cour de Danemark. La main d'Anne de Kirk venait d'être accordée solennellement à Robert de Bressuire, et les deux jeunes gens laissaient exprimer à leurs visages toute la joie de leurs cœurs. Le baron et la dame de Kirk regardaient avec une douce complaisance leur fille chérie et celui dont elle allait partager la destinée. Le comte de Saint-Pol était rayonnant, et disait à qui voulait l'entendre que ni en France, ni en Danemark on ne trouverait un couple plus accompli. Le roi Wlademar souriait à cette union qui était, en quelque sorte, son ouvrage, et Ingelburge, douce et bonne comme nous la connaissons, se réjouissait du bonheur d'Anne, et son regard allait caresser celui de son amie en signe de félicitation.

Il n'était plus question que du jour de la célébration du mariage, quand Anne prit tout à coup la parole.

— Je suis née, dit-elle, deux jours après la princesse

2.

Ingelburge, et par conséquent n'est-ce pas conserver une tradition que de ne me marier que deux jours après elle? La souveraine ne doit-elle pas passer avant la vassale, et ne serait-ce pas manquer aux lois de la convenance que de célébrer mon mariage, avant qu'elle ne soit unie au roi de France?

— Mais, Anne, dit la dame de Kirk, en interrogeant Ingelburge du regard, la princesse ne t'en voudra pas d'être heureuse quelques jours avant elle?

— Certes non, répondit vivement Ingelburge, et qu'une pareille crainte ne t'arrête pas.

— Vous êtes toujours si bonne, princesse, que je ne suis pas étonnée de vous trouver semblable à vous-même; mais pourrais-je avoir une autre pensée que la vôtre avant que votre union ait reçu les bénédictions de l'Église. Je ne veux aimer que vous, jusqu'au jour où vous remettant aux mains du roi Philippe, vous donnerez vous-même congé à mon affection. Il pourra bien vous aimer d'une autre manière que je ne vous aime, mais jamais il ne vous aimera plus que je ne le fais.

— Mais lors même que tu serais mariée, ma chère Anne, dit affectueusement Ingelburge, ne seras-tu pas toujours mon amie?

— Sans doute, princesse; mais jusqu'au moment où vous serez reine de France devant Dieu et devant les hommes, je veux être toute à vous.

— Mais, damoiselle, dit le comte de Saint-Pol, mon neveu perdra ainsi quelques jours de bonheur.

— Que je lui paierai avec usure, répondit gracieusement Anne.

— Mais, mon enfant, dit la dame de Kirk, qui commençait à s'inquiéter de la tournure de la conversation, j'aurais voulu, moi, assister à ton mariage, et ne me séparer de toi qu'en te confiant à un époux.

— Mais alors, mère, pourquoi ne procéderions-nous pas à la cérémonie des fiançailles. Les fiançailles lient devant Dieu, et ont pour les gens d'honneur la valeur d'un serment, et de ces gens ne faisons-nous pas partie? ajouta-t-elle en souriant, et en regardant Robert.

— Ce qui vous plaît, damoiselle, répondit ce dernier, ne saurait me déplaire; et bien que je perde à cet arrangement, je ne m'y oppose pas. Vous avez sur moi tous les droits que donne l'affection la plus vive.

— Voilà bien le langage d'un chevalier, s'écria le baron de Kirk. En vous entendant ainsi parler, jeune homme, je suis heureux de vous confier le bonheur de mon unique enfant.

— Mère, dit Anne, vous le voyez, mon père ne met point obstacle à mon désir; serez-vous seule à vous y opposer?

— Mon enfant, dit la reine qui jusque là n'avait pas pris part à la conversation, votre mère vous veut heureuse, et elle pense que plus tôt vous serez unie à un noble et brave chevalier, mieux cela vaudra.

— Mais les fiançailles ne me lieront-elles pas à lui?

— Mon cœur est à vous, s'écria Robert avec feu, et à vous il est pour toujours, fiancé ou époux, je vous appartiens pour la vie. Un Bressuire n'a jamais manqué à sa parole, et je ne serai pas le premier de ma race et de mon sang

— Je ne doute nullement de votre honneur, se hâta

de dire la dame de Kirk. Puis-je vous en donner une plus forte preuve, qu'en vous confiant le bonheur de mon unique enfant?

— Cependant, répondit Robert, vous craignez de la voir partir simple fiancée, et vous paraissez douter de moi.

— Je n'ai rien dit, ni rien insinué de semblable, s'écria la dame de Kirk, et certainement vous m'avez mal comprise.

— Madame de Kirk, dit la reine, sans émettre le moindre doute, sans manifester la crainte la plus légère, aime mieux sa fille mariée que simple fiancée, et qui peut l'en blâmer?

— Mais, c'est à peu près la même chose, dit le roi. Dans quelques jours le mariage sera célébré.

— Le roi de France attend à Amiens sa royale fiancée, et le lendemain des noces royales, nous conduirons à l'autel notre jeune couple, dit le comte de Saint-Pol.

— C'est comme cela qu'il faut que les choses se passent, s'écria Anne. Mère, ajouta-t-elle, en regardant la dame de Kirk, voudrez-vous être la seule à vous opposer à mon désir?

— Non, mon enfant. J'aurais préféré peut-être qu'il en fût autrement; mais puisque mon opinion n'est point partagée, je te laisse entièrement libre d'agir comme il te plaira

— Merci, mère, de me parler ainsi. J'aurais été si malheureuse de me marier avant la princesse.

— Fantaisie de jeune fille, dit le roi en souriant, il faut bien vous la passer. Comte, ajouta-t-il en s'adressant à l'ambassadeur, ne savez-vous pas que ce que

femme veut, Dieu veut? Ces têtes blondes avec leurs
sourires gouvernent le monde.

— Faut-il en être fâché, reprit galamment le comte?
je ne le crois pas. Et c'est, prince, avec bonheur que
nous autres français, nous suivrons désormais l'étoile
dont le Danemarck veut bien nous faire présent.

— Dieu veuille que mon Ingelburge soit heureuse !
Elle le mérité, comte.

La conversation, de générale, devint particulière
Anne et Robert, la joie au cœur, le sourire aux lèvres,
se mirent à causer de l'avenir, qui se montrait si radieux. Quant à madame de Kirk, elle prêtait une
oreille distraite aux propos qui avaient le don de ravir
Anne. Elle avait souhaité passionnément de marier sa
fille, mais à cette heure elle ne songeait plus qu'à la
douleur de la séparation, et elle éprouvait, par moment, pour cet homme, qui allait devenir tout pour son
enfant, une haine sauvage, qui si elle n'élisait pas domicile dans son noble cœur, lui prouvait, hélas ! qu'elle
n'était pas au dessus de ce sentiment, qu'on appelle la
jalousie maternelle. La joie de sa fille ne lui disait-
elle pas qu'à l'enfant aimée et chérie, les tendresses
maternelles ne suffisaient plus, et que la jeune fille
allait devenir femme ? Cependant, ce mariage, ne l'a-
vait-elle pas souhaité ? Pouvait-elle douter de l'amour
de Robert? Elle savait, à n'en pas douter, qu'Anne serait
heureuse ; mais, hélas ! son cœur maternel n'avait pas
cette abnégation profonde qui lui permit de sourire à
un bonheur auquel sa tendresse n'était pas nécessaire.
Néanmoins elle souffrait de voir retarder leur union ;
pourquoi ce sentiment ? Plus tard, sa fille serait épouse,

plus long'emps elle lui appartiendrait. Cela était vrai
sans doute, mais si madame de Kirk n'était pas au
dessus de l'égoïsme maternel, elle avait toutes les tendresses et toutes les craintes de la mère. Elle savait que
les beaux jours sont courts, et qu'il faut se hâter d'en profiter, et le lien des fiançailles lui paraissait bien léger
pour une garantie de bonheur. Mais Anne persistait
dans sa fantaisie. Le comte de Saint-Pol voyait, dans
ce retard, l'avantage d'obtenir pour le mariage, la haute
approbation de son souverain, et il se disait que la
flatterie délicate, cachée sous le procédé d'Anne, devait
plaire au roi de France. Quand au baron de Kirk, il
blâmait sa femme de combattre le désir de leur fille,
et il ajoutait qu'il voulait que son enfant chérie pût se
dire que ses parents l'avaient si tendrement aimée que
non-seulement, ils avaient mis tous leurs soins à la
rendre heureuse, mais encore à lui enlever l'ombre
d'une contrariété. Anne, disait le baron, a toujours
marché par les chemins doux et unis, sa vie a toujours
été facile. Pourquoi à ce moment où elle va dire adieu
à sa vie de jeune fille, lui laisser le souvenir d'un chagrin?
Elle veut partir simple fiancée, laissons-lui passer cette
fantaisie, qui a sa source dans le respect et l'affection
qu'elle professe pour la princesse. Puissent toutes nos
fantaisies avoir d'aussi nobles mobiles!

V

Le jour des fiançailles était arrivé. Anne et le sire de Bressuire échangèrent leur serments devant le ministre de Jésus-Christ, et ce fut un moment solennel et dont les assistants gardèrent un fidèle souvenir, que celui où les deux nobles jeunes gens, dans tout l'éclat et toute la sincérité de leur jeunesse, promirent de se conserver leur foi jusqu'au moment où ils se lieraient par le sacrement du mariage. Ce jour se passa dans la joie et le bonheur. On festoya longuement, on s'entretint de l'avenir qui paraissait si beau, et on jeta, à tous les échos, le cri du bonheur partagé. Le cœur, les sens étaient enivrés, et on se demandait comment le jour qui consacrerait pour jamais cette union, se montrerait plus radieux. L'orage pourrait-il paraître dans un ciel aussi pur? Non : car la foudre suppose des nuages, et où trouver ces signes précurseurs de la tempête dans un horizon, éclairé par un soleil splendide, qui ne permettait que l'espérance.

Mais cette journée passa comme tout passe en ce
monde, et bientôt l'évêque de Noyon donna le signal
du départ. Au moment où il fallut dire un adieu
éternel à sa famille et à son pays, la princesse Ingelburge se sentit anéantie; et ce fut les larmes aux yeux,
la tristesse dans le cœur, qu'elle se jeta aux pieds de
son père pour recevoir sa bénédiction. Wlademar,
plus ému qu'il ne voulait le paraître, leva ses mains
sur la tête de sa chère enfant, et d'une voix entrecoupée
par les sanglots, appela sur elle toutes les bénédictions
du Ciel. Il demanda à Dieu, qui seul sanctionne les
vœux les plus ardents, de couvrir de sa protection,
l'enfant soumise et obéissante, qui allait, au-delà des
mers, fonder une nouvelle race. Il conjura le Seigneur
pour que l'époux, auquel il confiait cette partie de lui-
même, sût apprécier le don qu'il lui faisait, et quand
relevant sa fille, il la pressa sur son cœur, tous les
assistant pleuraient. La reine voulut accompagner son
enfant bien-aimée jusqu'au vaisseau, et ce ne fut que
longtemps après que le signal du départ eut été donné,
qu'elle s'arracha de ses bras. Le baron et la baronne
de Kirk étaient là, eux aussi, et éprouvaient un cruel
déchirement de cœur en se séparant de leur fille
chérie. Cependant, les adieux si douloureux pour la
famille royale, l'étaient moins pour eux. Ils connaissaient
Robert, l'appréciaient, et le sire de Bressuire leur
avait arraché la promesse de venir en France admirer
Anne dans ses attraits de jeune châtelaine. En voyant
leur fille si tendrement aimée par celui qui, dans quelques jours, allait être son époux, ils se disaient que
leurs larmes n'avaient point de raison d'être, et se

consolaient à la pensée du bonheur qui l'attendait.

— Quand le vaisseau eut pris le large, de nombreux vivats, où cependant se distinguait une nuance de tristesse, saluèrent encore une fois la princesse de Danemark, et lui dirent comme un suprême adieu. Elle, émue, frémissante, salua de la main cette foule qui lui envoyait des vœux de bonheur, inclina la tête vers sa mère qui la suivait encore des yeux, et après ces dernières marques de souvenir et d'affection pour sa famille et pour son pays, elle tomba sur un siége en sanglotant. Longtemps elle pleura, et le Danemark avait pour jamais disparu à ses yeux, quand elle se prit à regarder la mer, et à écouter la douce voix d'Anne qui lui criait: Courage! De toutes les amies de son enfance, de toutes les compagnes de son adolescence, elle n'emmenait qu'Anne, mais Anne n'était-elle pas sa meilleure amie, sa compagne préférée, celle qui, enfant, avait joué avec elle, qui, jeune fille, avait écouté ses premières confidences ? Anne était là, et ne la quitterait jamais. Puis, ne trouvait-elle pas à ses côtés, la femme aimée qui avait bercé son enfance, qui l'avait nourrie de son lait, et dont l'affection ne lui avait jamais fait défaut ? Cette femme, si dévouée, était à ses pieds, lui baisant les mains, et la suppliant de ne pas se désoler ainsi. Elle faisait retentir à ses oreilles le chant de l'affection et de l'espérance, et ses douces paroles endormaient le cœur malade d'Ingelburge, comme naguère, enfant, elle l'avait endormie par ses chansons.

Peu à peu la tristesse du départ disparut, et la princesse écouta les merveilles qu'on racontait de la cour

3

de France. Le roi Philippe l'attendait à Amiens, et des
fêtes splendides se préparaient pour la recevoir. Un
luxe inimaginable devait être déployé pour les noces
royales ; et la nourrice, en entendant ces récits, qui dé-
passaient tout ce que l'imagination pouvait inventer,
s'écriait : Ah ! princesse, que votre destinée est belle !
Jamais femme eut-elle un plus splendide avenir ! Femme
aimée, souveraine puissante, vous régnerez encore par
la bonté, la grâce et la beauté. Oh ! ne pleurez pas,
princesse, et montrez à ce peuple, qui va venir à vous
dans la joie de son cœur, que vous êtes digne de lui
commander.

Cette femme, qui avait été choisie pour nourrir la
princesse, appartenait à une honorable famille de Danemark. Veuve depuis quelques années, ayant perdu,
presque à l'instant de sa naissance, l'enfant dont Ingelburge avait sucé le lait, elle n'aimait que la princesse.
Pour elle, Ingelburge était un être supérieur devant
lequel elle se sentait portée à s'incliner. Pour lui éviter
un chagrin, rien ne lui coûtait, ni peines, ni travail.
Quand Ingelburge était malade, la brave nourrice, ac-
croupie près de son lit, comptait tous les battements
de son pouls, suivait, avec une attention inquiète, chacun de ses mouvements, souffrait de son mal, et sur le
visage de dame Marguerite (c'était le nom de la nourrice), se lisaient les douleurs de la princesse. Son affection prenait toutes les formes, se prêtait à toutes les
métamorphoses, pour que le réseau d'amour dont elle
entourait l'enfant qu'elle avait nourrie, la préservât des
chocs de la vie et des ennuis de l'existence. Elle connaissait ses goûts, étudiait ses penchants, savait mieux,

peut-être, que la princesse elle-même ce qui avait le
don de lui plaire, et mettait un soin jaloux à ne pas
la blesser, même par une opinion qu'elle ne partageait
pas. Mais si elle prévoyait qu'un danger menaçait
Ingelburge, elle bravait tout, même sa colère, pour
l'en préserver, et trouvait dans sa généreuse affection le courage même de déplaire à celle qu'elle
aimait. Le mariage d'Ingelburge avec le roi de France
avait souri de prime-abord à dame Marguerite. Elle
était fière de voir son enfant s'asseoir sur le plus
beau trône du monde. Elle n'avait jamais douté
qu'Ingelburge fût la plus belle et la plus charmante
princesse qui fût sous le ciel, mais elle éprouvait, à cette
heure, une satisfaction indicible à penser que cette
opinion était partagée. Si le moment du départ avait
été pénible pour la nourrice, ses larmes s'étaient
promptement séchées. Son pays, ses amis, ses parents ne
se trouvaient-ils pas où était Ingelburge? Son regard
ne lui était-il pas plus cher que la vue du ciel natal?
Le bonheur de l'entretenir, de vivre avec elle, n'était-
il pas préférable aux plus douces relations de la famille
et de l'amitié? La pensée qu'elle allait être, non-seulement pour sa chère princesse, la nourrice aimée,
mais la confidente nécessaire, la conseillère indispensable, ne venait-elle pas lui caresser doucement le cœur?
Etre indispensable à son enfant, n'était-ce pas son rêve?
Anne, il est vrai, se trouvait là, mais n'était-elle pas
fiancée? de nouveaux devoirs n'allaient-ils pas la réclamer, de nouvelles affections ne feraient-elles pas
battre son cœur? et à dame Marguerite, et à dame
Marguerite seule, ne reviendrait-il pas le droit d'en-

tourer sa bien-aimée princesse de soins et d'attentions?

Les jours de la traversée se passèrent sans trop d'ennui sur le vaisseau. La princesse Anne et dame Marguerite ne se quittaient guère. Ensemble, elles contemplaient le spectacle si beau de la mer, elles admiraient la splendeur répandue sur cette immensité, et quand le soleil venait éclairer ces magnificences, et les envelopper comme dans un réseau d'or, alors de leurs cœurs s'échappait un cri de reconnaissance pour l'auteur de toutes ces merveilles. La prière, quand le soleil se couchait dans toute sa splendeur, et venait caresser les eaux comme pour leur dire l'adieu du soir, naissait instinctivement sur leurs lèvres, et un recueillement profond faisait place, à cet instant, à la causerie. La princesse avouait n'avoir jamais prié avec autant de ferveur, qu'en présence de ce spectacle grandiose. Peut-on douter de Dieu, disait-elle, quand on se trouve en face d'un ouvrage qui proclame ainsi le nom de son auteur? Un homme, quelque plongé qu'il soit dans la matière, éprouve en lui le sentiment de l'infini, à ce moment mystérieux autant que splendide, qu'on appelle le coucher du soleil sur la mer.

A bord, la vie était douce, calme et tranquille. La princesse vivait en simple particulière et en petite bourgeoise. Elle ne quittait guère sa chambre, où elle passait ses journées avec Anne et sa nourrice. Je veux profiter, disait-elle, de mes derniers jours de liberté, et me donner la volupté de vivre cachée et inconnue. Je veux recueillir mon cœur et ma pensée devant Dieu, et là, dans le silence, et loin du tumulte des cours, lui promettre d'être à lui pour toujours. Je veux mettre de l'ordre dans mon cœur, ajoutait-elle en souriant, en chasser les plantes gourmandes et folles, et me préparer en chrétienne à ce sacrement redoutable qu'on appelle le mariage, qui me créera peut-être des droits, mais qui m'imposera surtout des devoirs rigoureux. Anne ne pouvait que se réjouir de la façon dont vivait la princesse, et ce fut en souriant qu'elle déclara à Robert, en présence d'Ingelburge, que son intention formelle était de ne le revoir que lorsqu'on serait arrivé en France?

— Ce sont mes dernières heures de jeune fille, dit-elle, c'est à ma jeunesse si heureuse et si indépendante que je veux dire adieu, et pour cet adieu-là les tiers sont pour le moins inutiles. La princesse et moi voulons jeter à la mer tout ce qui, dans notre cœur, ne porte pas le cachet français, et pour ce travail votre présence n'est point nécessaire, ajouta-t-elle en riant.

— Vous vous trompez, répondit le sire de Bressuire, sur le même ton, ma présence le simplifierait, ne vous en déplaise.

— Je persiste à croire qu'elle le compliquerait, dit Anne en regardant la princesse.

— Mais que faire pendant ces longues heures? N'est-il pas cruel de me savoir si près de vous, sans pouvoir vous entretenir?

— Peut-être; mais n'en apprécierez-vous pas mieux le bonheur qui vous attend? répliqua Anne. Votre femme vous devra l'obéissance, mais votre fiancée veut profiter de ses avantages pour faire subir le joug à son futur seigneur et maître.

— Craignez-vous que je sois un maître bien sévère ? dit Robert en interrogeant Anne du regard.

— Je ne sais trop, répondit cette dernière en souriant. J'espère cependant que vous ne vous montrerez pas trop féroce, mais à vous de me prouver que je ne me trompe pas, en me promettant, devant la princesse, de ne pas chercher à me revoir jusqu'à notre arrivée en France.

— C'est un sacrifice que vous exigez de moi, dit Robert.

— Mais dont je vous serai reconnaissante, soyez-en bien persuadé, répondit gracieusement Anne.

— Comme les jours vont me paraître longs dans ce triste vaisseau ! Je vais presser les matelots pour qu'ils diminuent l'attente, dit Robert.

— Prenez garde, répliqua vivement Anne. Si le désir d'arriver trop promptement amenait quelque malheur.

— Ne craignez rien, damoiselle, dit galamment le sire de Bressuire, ne connaissez-vous pas le mot de César ? Ne crains rien, tu portes César et sa fortune. Croyez-vous que je ne puisse pas dire avec encore plus de raison que le grand homme : Ne crains rien ; car tu portes la fortune de la France, dit-il, en s'inclinant profondément devant Ingelburge, et aussi, damoiselle, le bonheur et la joie de ma vie, ajouta-t-il en regardant Anne.

Il parut que les matelots cédaient au désir de Robert, et on remarqua que le vaisseau filait plus rapidement sur la surface unie de la mer. Bientôt on aperçut dans le lointain un point noir, que les matelots saluèrent du nom de France. A ce mot, qui lui annonçait une nouvelle patrie, la princesse de Danemark tressaillit, et un frisson parcourut ses membres. Nous arrivons ! nous arrivons ! s'écria-t-on de toutes parts. Voilà la France ! Voilà la France ! Princesse, je veux être la première à vous saluer reine de France, dit Anne en s'inclinant devant Ingelburge.

— Anne, embrasse-moi. En t'embrassant, amie, il me semble que j'embrasse en ce moment tous les chers absents, dit Ingelburge en se jetant dans les bras de la damoiselle de Kirk. Le Danemark ne devra plus être, désormais, le premier dans mon cœur ; mais jamais, non jamais, je ne l'oublierai. Près de mes parents chéris, je n'ai connu que des joies. Ah ! pourquoi les ai-je quittés ! Ici, quel avenir m'attend ? Peut-être hélas ! ai-je pour jamais dit adieu au bonheur ! Amie, dans le chemin où je vais marcher, il me semble qu'il n'y a que des croix !

— Princesse, dit la nourrice qui se précipita dans l'appartement, vous allez arriver en France. Les cérémonies officielles vont commencer, et ne faut-il pas que la première impression que produira la reine de France lui soit favorable ? Je vais procéder à votre toilette, vos cheveux sont en désordre, je vais les arranger ; je vais vous parer afin que vous paraissiez aux yeux de votre nouveau peuple ce que vous êtes, belle et charmante. Mais que vois-je, vous avez des larmes dans les yeux. Princesse, pourquoi pleurez-vous ainsi ?

— Nourrice, je ne peux pas m'en empêcher ; malgré moi l'émotion me gagne. Je voudrais être à mille lieues de ce pays, me cacher dans un trou de rocher, ne rien voir, ne rien entendre.

— Mais, pauvre princesse, c'est impossible cela. Vous êtes fille de roi, et bientôt, ajouta dame Marguerite, vous allez être femme de roi.

— Ah ! nourrice, c'est que j'ai peur de ma nouvelle destinée. Quand j'ai entendu le nom de France, j'ai tremblé, quand tu me parles de roi, je frissonne. Qu'est-ce que cela veut dire ? Ah ! je ne le sens que trop, je serai malheureuse dans ce pays ! Mon Dieu ! ayez pitié de moi ! s'écria Ingelburge en cachant son visage entre ses mains, j'ai peur des devoirs de l'épouse et de la femme ! j'ai peur de cette couronne, qui me semble toute tissue d'épines !... Il est des couronnes si lourdes à porter. Ah ! c'est une de celles-là qui m'est destinée !..

Elle achevait ces mots, quand on annonça le comte de Saint-Pol, qui venait prévenir la princesse qu'on allait aborder, et s'informer si elle n'avait pas d'ordre à donner.

— Aucun, répondit Ingelburge en essuyant ses larmes; mais, ajouta-t-elle aussitôt, n'y a-t-il pas quelque cérémonial à observer à mon arrivée ?

— Oui, dit le comte, et si vous le permettez, je vais vous en donner connaissance.

Alors il lui expliqua, dans les moindres détails, la façon dont elle devait agir en débarquant, et la manière de subir les ennuis inévitables de sa position.

VI

La ville d'Amiens était en liesse. Le mariage du roi avec la princesse de Danemark devait avoir lieu dans ses murs, et cette circonstance avait attiré, outre les grands dignitaires de la couronne, la noblesse féodale et une foule d'étrangers, venus de tous les coins de la France, pour assister à ces cérémonies solennelles, qu'on appelle les noces d'un souverain. Philippe avait tenu à donner le plus grand éclat à son mariage. Un luxe inouï avait été prodigué, et on avait déployé une magnificence plus que royale.

Ce fut au milieu d'une foule, enivrée par tant d'éclat, éblouie par tant de magnificence, que le roi de France conduisit à l'autel la princesse de Danemark. Les tristesses et les craintes d'Ingelburge avaient, en partie, disparu. Le mouvement, la nouveauté, les honneurs qu'on lui avait rendus comme reine et comme femme, l'admiration qu'avait excitée sa beauté parmi la foule: tout cela était venu caresser dou-

3.

cement son cœur et calmer ses inquiétudes. Aussi, ce
fut sans crainte qu'elle s'avança vers l'autel, et que
mettant sa main dans la royale main qu'on lui tendait,
elle promit au roi de France, devant Dieu et devant les
hommes, d'être à lui pour toujours. Le roi prononça,
d'une voix forte, le mot sacramentel qui le liait à la
princesse de Danemark; et quand le ministre de Jésus-
Christ eut béni au nom de Dieu cette union, reçu les
serments des deux époux, et demandé pour eux les
vertus qui font les époux chrétiens, un long cri de joie
retentit sous les voûtes de la basilique. La voix du
peuple venait ajouter sa sanction à la sanction divine,
et saluer, dans les deux nobles époux, le lien religieux
et social qui les liait pour jamais. Quand le cortége
royal reprit le chemin du palais, au milieu d'une
double haie de peuple, dans l'ivresse de la joie, de
nouvelles acclamations se firent entendre à l'adresse
des royaux époux, et leur souhaitèrent bonheur et
longue vie.

La beauté d'Ingelburge, rechaussée par un costume splendide, qui ajoutait l'éclat de la parure à
l'éclat éblouissant de son teint, excita une admiration
universelle. Sa dignité, qui inspirait plus naturellement le respect que l'affection, fut considérée comme
un cachet de sa haute origine et de la destinée à
laquelle elle était appelée; et si la foule eût désiré peut-
être, trouver, en elle, un sourire plus caressant et un
regard moins sévère, elle n'eut cependant qu'un cri
d'admiration pour la beauté et la grâce de sa nouvelle
reine.

La journée se passa en fêtes et en festins. La

grande noblesse de France rivalisa de luxe et de magnificence, et de mémoire d'homme, on n'avait vu une
cour aussi brillante. Le roi et la reine honorèrent de
leur présence les jeux et les festins, et leur apparition
provoqua de longs applaudissements. Anne était littéra-
lement enivrée au milieu de tant de merveilles, et il lui
semblait qu'elle se trouvait dans le monde des rêves,
où son imagination la conduisait quelquefois. Lorsque
la reine Ingelburge vint à elle, et lui dit: Anne, n'est-
ce pas qu'il y a de beaux jours dans la vie? Aujourd'hui
c'est ma fête, demain ce sera la tienne, son visage
rayonnant répondit pour elle.

— Le soir, au milieu des danses et des ris, le comte
de Saint-Pol et Robert s'approchèrent de damoiselle
Anne, et son fiancé lui dit : Demain, damoiselle, demain
à cette heure, nous serons unis pour toujours. Demain,
il me sera permis de vous donner un nom bien doux !
Que le temps me paraît long !

La fête royale se prolongea longtemps dans la nuit,
et le soleil paraissait à l'horizon, quand les convives
du roi de France songèrent au repos, et en se séparant on répétait : Il est de belles destinées dans le
monde ! Peut-il en exister de plus digne d'envie, que
celle de cette princesse, dont nous venons de célébrer
le bonheur !

Cependant, dans l'après-midi, on fut grandement
étonné d'entendre résonner le son du cor, et la surprise fut au comble, quand on vit le roi partir pour la
chasse. Comment Philippe avait-il besoin de mouvement et de distraction, à cette heure où la joie et le
bonheur visitaient la demeure royale ? Le départ du

roi et de sa suite répandit le calme et la tranquillité à
la cour, fiévreuse et agitée la veille ; et Anne dormait
encore d'un profond sommeil, quand dame Marguerite
vint tout à coup l'éveiller. Elle ouvrit de grands yeux,
étendit les bras, et ne songeant qu'à son fiancé, crut
qu'on venait la chercher pour la célébration de son
mariage. Allons, un peu de patience, fit-elle en se frot-
tant les yeux, messire de Bressuire est bien matinal.
Ah ! comme je vais être jolie dans mon costume nup-
tial, que je voudrais que ma mère fût là pour m'admirer et pour jouir de mon bonheur !

— Damoiselle, dit la nourrice d'un ton rogue, il ne
s'agit pas pour l'heure de votre mariage. Le roi est à
la chasse, et le sire de Bressuire l'a accompagné. La
reine a besoin de vous entretenir, dépêchez-vous, elle
vous attend.

— Ce n'est pas possible que le roi et Robert de
Bressuire soient à la chasse, dit Anne en regardant
dame Marguerite, dont les paroles avaient fait, sur
elle, l'effet d'une eau glacée. Aujourd'hui doit avoir lieu
notre mariage. La reine et le comte de Saint-Pol me
l'ont assuré hier. Pourquoi la reine me fait-elle appeler, si ce n'est pour m'accompagner à l'autel?

Dame Marguerite, préoccupée, agitée, ne répondait
pas, et d'une main fiévreuse aidait la damoiselle de
Kirk à faire sa toilette. Lorsque Anne fut habillée, la
nourrice ouvrit brusquement la porte, et marchant la
première fit signe à la damoiselle du Kirk de la suivre.

— Qu'y a-t-il? se disait Anne en marchant sur les
pas de la nourrice, que s'est-il passé ?

Dame Marguerite paraissait atterrée. Elle, si cau-

seuse d'habitude, ne soufflait mot, et son esprit semblait chercher la solution d'un problème qu'elle ne
pouvait résoudre. Une pâleur mortelle était répandue
sur son visage, et elle s'agitait comme si elle eût eu la
fièvre.

Lorsque la damoiselle de Kirk entra dans la
chambre royale, elle aperçut Ingelburge affaissée plutôt qu'assise, et la reine, de la main, lui ordonna de
s'asseoir.

— Anne, dit Ingelburge, en cherchant à lire dans les
yeux de son amie l'impression qu'allaient y produire
ses paroles, tu ne te marieras pas aujourd'hui. Le roi
et le sire de Bressuire sont à la chasse.

— Mais, répondit Anne vivement, Robert m'avait
assuré, hier, qu'aujourd'hui aurait lieu notre mariage,
et vous-même ne m'avez-vous pas tenu le même langage ?

— C'est vrai, ma pauvre Anne, mais ne sais-tu pas
que l'homme propose et que Dieu dispose ? Le roi a
éprouvé, ce matin, le besoin impérieux de la chasse.
Cet exercice violent lui est nécessaire, indispensable
même, m'a-t-il dit. Et comme je lui ai rappelé, qu'aujourd'hui nous devions célébrer ton mariage, il m'a
répondu : Il y a assez de mariage pour le moment. —
Mais, ai-je repris, le sire de Bressuire est fiancé à mon
amie, et il est nécessaire qu'ils se marient sans tarder.
—Nous verrons cela plus tard, a-t-il dit. Pour aujour-
d'hui, il ne faut pas y songer. J'ai besoin d'air,
de distraction. Ces fêtes m'ont énervé, a-t-il ajouté en
s'en allant.

—Il paarît qu'en France les choses ne se passent pas

comme ailleurs, se mit à dire dame Marguerite, qui allait et venait dans l'appartement, voir un homme se rendre à la chasse le lendemain de ses noces, est-ce possible, est-ce croyable? Et ceci se passe dans le pays de la galanterie! plaisante galanterie en vérité. J'aime mieux, moi, la façon d'agir de nos braves Danois. Chez nous, un homme qui se conduirait ainsi, serait montré au doigt. Ah! ce n'est pas le roi Waldemar, qui aurait été à la chasse le lendemain de ses noces! Mais celui-là, c'est un homme et un chevalier, et ma parole, ce ne sera pas le roi de France qui le fera oublier. Ce roi-là n'a pas un bon visage; il vous regarde comme s'il vous voulait du mal.

— Ne parle pas ainsi, nourrice, se hâta de dire Ingelburge, si l'on t'entendait;

— Personne ne m'entend; mais je vous garantis que je ne serais pas fâchée que l'on sût que je trouve pour le moins étrange qu'il vous quitte ainsi le lendemain de votre mariage.

— Il est souffrant, vois-tu, nourrice. Il a apporté de la Palestine, à ce qu'il paraît, une maladie qui exige le grand air, les exercices violents. Tout n'est pas perdu, parce qu'il m'aura quitté quelques heures. Mais ce qui m'ennuie, c'est le retard qu'éprouve le mariage d'Anne. Quand le ferons nous?

— Je ne crois pas que le sire de Bressuire manque à sa parole, dit la damoiselle de Kirk, qui, malgré elle, commençait à craindre. Il paraît noble, sincère, et il souhaitait si ardemment cette union!

— Ce n'est qu'un retard, un simple retard, sois-en sûre, dit vivement Ingelburge, qui s'aperçut de l'in-

quiétude qui se montrait sur la physionomie d'Anne.
Ce soir même j'en parlerai au roi.

— Le roi a-t-il dit qu'il reviendrait aujourd'hui ? demanda la nourrice.

— Non, répondit la reine, mais peut-il en être autrement ? Je n'y mets pas de doute.

— Et moi, je doute de tout, reprit dame Marguerite.
Tenez, le roi Philippe n'est pas franc. Il n'agit pas
comme un loyal chevalier. Il y a quelque anguille sous
roche, vous le verrez.

— Tu te montes certainement la tête, nourrice. Ton
imagination est surexcitée par le départ du roi, et tu ne
lui pardonnes pas ce procédé.

— Non, je ne le lui pardonne pas, s'écria dame Marguerite, et je ne le cache pas. Si vous aviez vu avec quel
air il m'a regardée en partant, vous auriez eu peur.
J'ai cru qu'il voulait m'écraser sous son talon, tant il
avait l'air furieux.

— Ah! tu vois bien, nourrice, que tout cela est un
effet de ton imagination. Dis-moi, que veux-tu que le
roi ait contre toi ?

— Ah ! je sais bien ce qu'il a contre moi ! Il vous
méprise, et comme il s'aperçoit que je ne suis pas dupe
de son jeu, il enrage. Il voudrait me faire disparaître,
mais, dussé-je mourir, je ne vous quitterai pas !

— Allons, il ne s'agit pas de mourir, mais bien de
vivre, dit Ingelburge en riant. Tout cela ne tournera
pas aussi mal que tu le supposes, et si le mariage d'Anne
n'était pas retardé, je ne m'en préoccuperais seulement
pas. Mais un jour est si vite passé! fit la reine
en interrogeant Anne du regard. Tiens, pour te dis-

traire de ce contre-temps, ajouta-t-elle, je veux te faire admirer les magnifiques diamants dont le roi m'a fait présent. Il s'est montré grand et généreux. Il aime la magnificence, ce qui brille et ce qui paraît, et quoique mes gouts soient simples, comme tu sais, je me prêterai à tout ce qu'il désirera de moi. Je ne veux pas qu'il soit dit que j'ai diminué la splendeur du trône de France. Décidément, ce pays me plaît, et j'aime ce peuple, qui m'a fait un si brillant et si affectueux accueil. Les visages, qui se pressaient sur mon passage, avaient l'air de me vouloir du bien, et les vivats chaleureux, qui m'ont accueillie, m'ont été au cœur.

Les deux amies admirèrent longtemps le feu des diamants, l'éclat des rubis, la beauté des perles, et en accordant leur admiration à ces merveilles de la corbeille royale, elles se rencontrèrent dans cette pensée, que le roi, qui se montrait aussi généreux que magnifique, ne pouvait être qu'un noble et fidèle époux. Elles sourirent des craintes de dame Marguerite, et elles se dirent que l'excès de tendresse devait amener une sorte d'hallucination : car comment expliquer ce regard dont la brave femme prétendait avoir été gratifiée par le roi.

VII

Le roi de France paraissait triste, préoccupé. Depuis le commencement de la chasse, à peine avait-il adressé quelques paroles brèves à ceux qui l'entouraient, et les courtisans se demandaient d'où pouvait provenir l'humeur noire qu'ils remarquaient chez leur maître. Heureux comme roi et comme guerrier, Philippe connaissait les joies du cœur, et l'union célébrée la veille ne devait-elle pas satisfaire son cœur et son orgueil? Ne trouvait-il pas dans la princesse de Danemark beauté, naissance, noblesse, tout ce que pouvait souhaiter l'homme le plus exigeant, et d'où venait qu'à cette heure, son visage était couvert d'un nuage?

— Où est donc Robert de Bressuire? dit tout à coup le roi, en regardant autour de lui.

— Il ne doit pas être loin, répondit le baron de Clamecy. Mais il est fort triste, et ne semble donner à la chasse qu'une attention médiocre.

— Qu'a-t-il? dit vivement Philippe.

— Il comptait, reprit le même courtisan, se marier aujourd'hui avec la séduisante damoiselle de la reine, et il ne peut se consoler de ce que la cérémonie est retardée.

— S'il y a des gens qui ont envie de se marier, dit le roi, il y en a d'autres qui voudraient ne l'avoir jamais été. Ah! le mariage, heureux qui ne le connaît que par ouï dire. Pour ma part, j'en ai assez.

A ces mots, les courtisans se regardèrent, se demandant si Philippe avait perdu l'esprit.

— Oui, reprit le roi après un moment de silence, j'en ai assez. La princesse de Danemark me déplaît souverainement. Pour elle, j'ai plus que de l'éloignement, j'ai de l'antipathie.

— Elle est cependant fort belle! se hasarda de dire un de ceux qui se trouvaient là.

— Pas pour moi; dit Philippe. Je n'ai jamais aimé ces poupées blanches et roses, dont l'éclat fait tout le charme. Ces femmes-là sont fades, rien n'annonce la vie chez elles. Elles peuvent exciter l'admiration, mais ne parlent pas au cœur. Le regard de la princesse de Danemark est froid, morne; son sourire est sévère, et éloigne plus qu'il n'attire. Cette femme-là est une statue; chez elle, rien de ce qui plaît et de ce qui séduit. La vraie femme peut ne pas être belle, mais elle doit être charmante : et cette fille de Danemark est un vrai glaçon du Nord.

— Elle a été fort admirée hier, se prit à dire le comte de Saint Pol, qui vint rejoindre le groupe royal. Il n'y avait qu'un cri dans la foule, et ce cri était un

cri d'admiration. Le peuple vous croit dans l'enivrement du bonheur, et ce bonheur, il le partage. Cette
alliance lui sourit; son amour-propre en est flatté, et
dans l'avenir il y voit une revanche à prendre sur
l'Angleterre.

— Mais vous savez bien, comte, que j'ai à me
plaindre du roi de Danemark au sujet de ces droits sur
l'Angleterre. Il ne les avait fait espérer, et au moment
de tenir ses promesses, il est revenu sur sa parole. En
vérité, j'ai été trop bon, et si c'était à recommencer on
verrait. Est-ce qu'il me prend, par hasard, pour un de
ces petits roitelets qu'on amuse avec des promesses,
et qu'on désintéresse au moyen de quelques marcs
d'argent? Ah! il a voulu se jouer de moi. Hé bien! je
lui apprendrai qu'on ne se joue pas du roi de France.

— Mais permettez-moi de vous dire que le roi de
Danemark a été plus que contrarié, du refus obstiné
des États à céder ces droits. En usant de contrainte, il
aurait perdu son autorité, répondit le comte de Saint-
Pol.

— Ah! le roi Waldemar est tenu en lisière, reprit en
riant ironiquement Philippe. Les États lui font peur.
Ce n'est pas moi qui me laisserai mener ainsi au doigt
et à l'œil. Je suis le maître, et quiconque ne voudra
pas plier sous mon autorité, je le briserai. Le roi de
Danemark apprendra à me connaître, quand je lui
aurai renvoyé honteusement sa fille.

Un moment de silence suivit ces paroles, et les courtisans atterrés n'osaient échanger ni un mot, ni un
regard. Cependant Philippe, dont l'œil était en feu,
continua. Non, je ne resterai pas une heure de plus avec

cette femme. Qu'elle retourne dans son pays, 'elle en
a les tristesses et la sombre mélancolie. Il semble que
jamais un chaud rayon de soleil n'a touché son front;
non, cette femme n'a jamais senti vibrer son âme sous
un sentiment ardent; la passion, elle l'ignore; rien ne
l'émeut et ne fait battre son cœur. Élevée sous un climat
glacé, son sang s'est figé dans ses veines. Cette femme
ne peut être reine de France. Baron, n'êtes-vous pas
de mon avis? dit le roi en s'adressant à un homme qui
avait passé le milieu de la vie, mais qui avait conservé
sous ses cheveux blancs toute la fougue et tout le feu
de la jeunesse?

— A vous parler franchement, répondit celui auquel
le roi s'adressait, il m'a toujours paru qu'une femme
froide est souvent préférable, sur un trône, à une femme
au cœur ardent. Votre père partageait cette opinion,
et Dieu sait ce que lui a fait souffrir la coquetterie
fiévreuse de la duchesse de Guienne. Croyez-en ma
vieille expérience : une femme réservée et vertueuse
rend la vie mille fois plus douce, qu'une femme séduisante, mais qui n'a pas dit adieu à toute coquetterie.

— Vous croyez donc la princesse de Danemark un
modèle de vertu? demanda Philippe.

— La renommée la proclame telle, et depuis son
arrivée en France, elle a eu tant de dignité dans le
maintien, tant de réserve dans les paroles et les manières, malgré sa grande jeunesse, qu'il faut reconnaître
que la renommée a dit vrai.

— Je ne le nie point, s'écria Philippe, mais j'ai pour
elle une antipathie étrange, une aversion inexplicable.

— J'avais toujours affirmé, moi, qu'au roi de France,

il fallait une femme modèle de grâces, et pleine de séductions. J'en connais une qui n'a pas sa pareille dans
le monde. Rien de plus charmant que sa personne,
rien de plus gracieux que ses manières, rien de plus
séduisant que son sourire et que son regard. Sa voix
est douce comme une musique, et tout en elle caresse
et enchante, dit un courtisan qui se nommait le sire
de Nohant.

— Quelle est donc cette créature privilégiée, dont tu
fais un si magnifique éloge ? dit le roi en riant.

— Je vous en ai déjà parlé, répondit le courtisan.
C'est la fille du duc de Bohême, marquis d'Istrie. Je
n'ai vu de ma vie femme plus séduisante.

— Ah ! oui, je m'en souviens, tu m'en as parlé, et tu
voulais me faire épouser cette charmante Agnès, n'est-
ce pas ainsi que tu la nommes ?

— Mais vous prêtâtes à mes paroles une oreille distraite. Vous souhaitiez alors l'alliance avec le Danemark.

— Je ne prévoyais pas ce qui m'attendait. Mais tu
dis que la fille du duc de Bohême aurait charmé mes
yeux, enivré mon cœur. Est-elle mariée cette séduisante créature ? demanda le roi :

— Pas encore. Mais n'êtes-vous pas lié, présentement ?
ajouta Nohant en regardant Philippe avec attention.

— Peut-être. Mais si je suis lié, je veux me délier,
répondit le roi. L'idée seule que je suis uni à cette
fille de Danemark me révolte. Je comptais acquérir en
me mariant des droits sérieux sur l'Angleterre, et voilà
qu'on me les refuse. Rien dans cette union ne me plaît,

et je saurai bien trouver quelque prétexte pour la faire rompre.

— Mais votre mariage a été célébré solennellement, dit le comte de Saint-Pol, que l'idée seule d'une rupture effrayait. Votre serment, prononcé d'une voix forte et d'un ton ferme, a été entendu par des témoins venus des quatre coins de la France, et il sera difficile de faire annuler une union contractée dans de semblables conditions.

— Ce ne sera, cependant, pas la première qui l'aura été, dit Philippe. Mon père n'a-t-il pas vu son mariage avec Éléonore de Guienne déclaré nul, et le concile de Beaugency n'y a-t-il pas prêté les mains?

— Je ne le conteste pas, répondit le comte de Saint-Pol, et l'Église, qui reçoit, au nom de Dieu, les serments des époux, est juge en dernier ressort. Mais il faut toujours des raisons sérieuses pour obtenir l'annulation d'un acte aussi saint.

— J'en trouverai certes bien, dit Philippe, et ma répulsion pour cette Danoise n'en est-elle pas une suffisante?

— Mais si chaque époux chassait de son toit l'épouse qui a cessé de lui plaire, il n'y aurait plus de famille en France. La famille se formerait et se déformerait à chaque caprice de son chef. Le penchant violent de la veille se changerait en aversion le lendemain, et de caprices en caprices, nous en arriverions aux mœurs musulmanes, répliqua le comte de Saint-Pol.

— On ne peut cependant pas faire asseoir à son foyer une femme pour laquelle on n'éprouve que de l'antipathie et de l'aversion, et n'ai-je pas le droit de renvoyer loin de ma demeure et de mon cœur celle qui ne peut en satisfaire les légitimes besoins? dit le roi.

— Mais cette femme que vous voulez éloigner, vous l'avez solennellement épousée, s'écria le comte de Saint-Polqui s'animait. Cette femme, à quelque point de vue qu'on la considère, est digne de vous, de votre estime et de votre affection. Elle est belle aux yeux de tous, moins aux vôtres; elle est vertueuse, nul ne le conteste; elle est de sang royal, et ses ancêtres lui ont laissé une renommée de gloire et d'honneur; et c'est cette femme, entourée de la triple auréole de la vertu, de la naissance et de la beauté, que vous repoussez, parce que sa beauté vient du nord au lieu de venir en droite ligne du midi, que son regard est triste et son sourire mélancolique. Pauvre fleur, transplantée dans une terre qui n'est point la sienne, pouvez-vous exiger qu'elle ouvre sa corolle sans qu'une larme ne vienne s'y déposer? Attendez quelques jours. Soyez le soleil de cette plante du nord, réchauffez-là de votre affection, et je vous réponds, moi, que son parfum vous enivrera. Enfant aimée et chérie de ses parents, elle a dû leur dire adieu pour toujours. Elle a quitté le pays où s'étaient écoulées ses jeunes années. Elle a vu disparaître pour jamais les compagnes de ses jeux et les vallées ombreuses de sa terre natale; et vous voulez que le souvenir de tout ce qu'elle a perdu ne vienne pas assombrir son front! Peut-elle avoir l'œil vif et ardent, le rire franc et joyeux quand vous n'êtes encore, pour elle, qu'un étranger qui inspire la crainte? Il y a dans cette enfant, c'est moi qui vous l'affirme, l'étoffe d'une femme aimable et d'une véritable souveraine. Je l'ai

conduite de Danemark en France, et je n'ai vu en
elle que les plus nobles intincts et les plus généreux
sentiments. Cette femme ne demande que votre affection pour être digne de vous. Le roi de France, dont
la renommée remplit l'univers, la lui refusera-t-il?

— Vraiment, comte, dit le roi en riant, vous prêchez
à ravir, mais le malheur est que vous ne me converti-
rez pas. Cette fille du nord vous plaît, je m'en aperçois; mais à moi, elle déplaît. Et puis-je passer ma
vie avec une femme pour laquelle j'ai de l'aversion?

— Certes, non, se hâta de dire le sire de Nohant.
La vie est trop triste pour qu'on cherche encore à l'assombrir. Ah! prince, pourquoi ne m'avez-vous pas
écouté, quand je vous vantais les charmes de la séduisante Agnès de Méranie?

— Ce qui est retardé n'est pas perdu. Je veux renvoyer Ingelburge. Par conséquent, je suis libre.

Mais le Souverain Pontife est un fidèle gardien des
lois du mariage, et plusieurs fois, pour des cas semblables, la France a été mise en interdit, ne put s'empêcher de dire le comte de Saint-Pol.

— Nous trouverons des raisons pour motiver notre
conduite, et je serai pendu, ou Rome ne se montrera
pas trop sévère, répliqua Philippe.

— Je sais quelque chose, dit tout à coup le baron de
Clamecy, qui fera dissoudre sans difficulté votre mariage.

— Que savez-vous, baron? Parlez donc.

— La princesse de Danemark était parente de la
reine Isabelle de Hainaut du chef de Charles le Bon,

fils de Canut IV, roi de Danemark, et l'Église ne tolère que difficilement les mariages entre parents.

— Ah ! la bonne trouvaille que vous venez de faire là, baron. Je vais me débarrasser de cette fille de Danemark sans encourir les colères de Rome et sans indisposer mon peuple. Baron, vous n'avez pas votre pareil en Europe, s'écria le roi tout joyeux.

— Mais ce cas de parenté n'en est pas un, se prit à dire le comte de Saint-Pol. La parenté est à un degré fort éloigné, et ne peut empêcher le mariage.

— Comte, dit Philippe avec impatience, vous avez donc pris à tâche de me contrarier en tout et pour tout. Vous oubliez qui je suis, et qui vous êtes ?

— Je sais, prince, que vous êtes mon roi, répondit le comte, et je donnerais mon sang pour empêcher la rupture d'une union qui augmentera votre gloire, et vous apportera de solides avantages.

— Je crois, en effet, que vous tenez à moi, mais je vous avertis que désormais personne ne me prouvera son dévouement, qu'en travaillant à faire rompre ce mariage. La princesse de Danemark retrouvera sa liberté comme je retrouverai la mienne; et chacun de nous vivra selon son goût et selon son cœur. Mais il faut qu'elle quitte la cour au plus tôt, et c'est vous, Clamecy, que je charge de l'en prévenir, en lui faisant sentir la nécessité de retourner en Danemark. Elle a un amour si violent pour son pays, ajouta le roi avec ironie, que la chose sera facile. Allons, menez à bien cette affaire, baron, et je vous donne toute ma confiance; et, en achevant ces paroles, il lança son cheval au galop, et disparut aux regards de ses courtisans.

4

Bientôt il se trouva, sans y prendre garde, dans un fourré profond, et il commençait à s'inquiéter sur la façon de rejoindre la chasse, toutes les issues lui paraissant fermées, quand il aperçut le comte de Saint-Pol. Ah! comme vous venez bien à propos, comte, pour me remettre dans le droit chemin, dit le roi en riant, arrivez donc.

Le comte, que la conversation qui venait d'avoir lieu avait fortement impressionné, crut le moment venu de faire un nouvel effort auprès de Philippe : — Ah! dit-il, permettez à un vieux serviteur de votre père, à un homme qui vous a vu naître, qui vous a toujours servi avec le plus entier des dévouements, de vous rappeler que vous vous éloignez du chemin de l'honneur. En répudiant une pauvre enfant, qui vous aime déjà, vous blessez tous les sentiments du cœur. Cette enfant est pure, noble et digne. Elle vous déplaît, mais la connaissez-vous? La timidité de la première jeunesse n'a-t-elle pas voilé des charmes que vous apercevrez avec un peu de patience? Le monde, en la voyant honteusement chassée, lui supposera des torts dont elle ignore jusqu'au nom. Son père, sa famille, ne seront-ils pas blessés par un semblable affront, jusqu'à l'intime du cœur? Que dira l'Europe d'un tel acte? Le roi, votre père, forcé au divorce par des raisons qui avaient porté atteinte à son honneur d'homme et de roi, a toujours regretté cette cruelle extrémité. Ah! si comme moi vous aviez des cheveux blancs, vous ne mépriseriez pas les saintes lois du mariage.

— Vous êtes fou, mon pauvre comte, dit Philippe en riant.

— Je suis tout ce que vous voudrez, s'écria le comte
en se jetant aux pieds du roi, mais au nom de Dieu, ne
renvoyez pas la princesse de Danemark. Mettez-moi
dans le plus affreux des cachots, éloignez-moi de la
cour pour toujours, mais que je ne contemple pas de
mes yeux un pareil scandale.

— Mon pauvre comte, vous êtes pour tout de bon
épris de ce froid glaçon. Allons, continua le roi riant
toujours, je vous pardonne vos observations à cause
de votre dévouement, mais sachez-le bien, reprit Philippe d'un ton sérieux, ce que j'ai souffert aujourd'hui,
par condescendance, je ne le souffrirai plus. Mon parti
est irrévocablement pris, et quand le roi de France dit
je veux, il entend être obéi. Relevez-vous, ajouta-t-il
en lui tendant la main, et allons rejoindre la chasse.

Le pauvre comte, plus mort que vif, obéit sans mot
dire, se demandant s'il n'était pas le jouet de quelque
rêve pénible, et si c'était bien le chevaleresque Philippe qui venait de lui tenir ce langage. Le vent frais
qui faisait plier les branches des arbres vint, hélas!
en touchant son front, lui ôter cette illusion, et, livré
à ses tristes pensées, il suivit la chasse royale, gémis-
sant sur la fatale résolution de son maître.

VIII

C'était le lendemain du jour où avait eu lieu la scène
que nous avons racontée dans le chapitre précédent.
Ingelburge était tristement accoudée à la fenêtre de
sa chambre. La veille au soir, elle avait attendu jusqu'à une heure avancée le retour de son époux, mais
ni Philippe, ni ses courtisans n'étaient rentrés, et Ingelburge étonnée, presque inquiète, se demandait si
c'était bien dans le pays de la chevalerie qu'on agissait ainsi, et elle prêtait une oreille plus attentive aux
sombres pronostics que dame Marguerite tirait de
cette absence prolongée. La veille, elle combattait les
craintes de sa nourrice, elle souriait aux paroles de colère qui s'échappaient de ses lèvres, mais à cette heure,
il n'en était plus ainsi. Elle sentait, malgré elle, la
crainte l'envahir, et promenant un regard distrait autour de la demeure royale, elle demandait aux fleurs,
aux arbres, aux nuages, au vent qui venait caresser
ses cheveux l'explication de l'étrange conduite du roi.

4.

Un malheur serait-il venu frapper Philippe ? une chute, un accident lui auraient-ils rendu le retour impossible ? Mais pourquoi n'en est-elle pas avertie ? Pourquoi n'a-t-il pas réclamé sa présence ?

Tout à coup, elle aperçoit un cavalier tout poudreux, et dans ce cavalier elle reconnaît le baron de Clamecy. Sa première pensée fut d'aller, vers lui, pour s'informer de la santé du roi ; la seconde, et ce fut à celle-ci qu'elle obéit, fut d'envoyer dame Marguerite s'enquérir de ce qui était arrivé. Elle n'eut pas de peine à trouver sa nourrice qui, en proie à une agitation nerveuse, allait, venait, se parlait à elle-même, prêtait l'oreille au moindre bruit. Avant la reine, elle avait aperçu le baron et elle était déjà sur l'escalier, quand Ingelburge la pria de descendre. Le baron était encore à cheval, quand la nourrice se trouva face à face avec lui. — La reine, dit cette dernière, m'envoie pour vous demander des nouvelles de son époux. Elle est inquiète de son absence qu'elle ne peut s'expliquer. Le roi serait-il souffrant ou la chasse se serait-elle prolongée ?

— J'ai à parler à la princesse de Danemark, dit le baron, sans prendre garde aux questions de dame Marguerite, et cela de la part du roi. Peut-elle me recevoir à l'instant ?

— La reine de France, répondit la nourrice, en affectant d'appuyer sur ces mots, trouvant pour le moins singulier que le baron ne la nommât pas ainsi, est toujours disposée à recevoir des nouvelles de son époux, et ce n'est pas du grand nombre de nouvelles qu'elle se plaint, mais de leur absence.

— Veuillez, dit le baron, sans paraître faire attention

aux dernières paroles de dame Marguerite, prévenir la princesse que je vais me rendre chez elle.

— Est-ce que le titre de reine de France vous brûle la bouche, que vous l'appelez toujours la princesse de Danemark, dit la nourrice qui ne pouvait plus se contenir ?

Cette question resta sans réponse, et dame Marguerite, de plus en plus inquiète de la tournure que prenaient les choses, se dirigea vers l'appartement d'Ingelburge, grommelant entre ses dents : —Mais pourquoi ne l'appelle-t-il pas la reine ? N'est-elle pas mariée ? S'il voulait la répudier ? Mon Dieu ! mon Dieu ! disait la nourrice, que nous réservez-vous ? Je tremble malgré moi, et je crains sans savoir pourquoi.

— Eh bien! nourrice, dit Ingelburge de si loin qu'elle aperçut dame Marguerite, qu'y a-t-il ?

— Je ne sais trop, répondit la nourrice embarrassée, mais le baron de Clamecy va vous l'apprendre. Il m'a chargée de vous prier de le recevoir.

— Qu'il vienne à l'instant, s'écria Ingelburge avec impatience. J'ai hâte de savoir ce qui en est. Hier je riais de tes craintes, nourrice, aujourd'hui, hélas! je les partage.

La reine achevait ces mots quand un bruit de pas se fit entendre, et peu après le baron entra dans l'appartement. Quelque habitude du monde que possédât le baron, il se sentit singulièrement embarrassé quand il se trouva en présence d'Ingelburge, et il se demandait comment il s'acquitterait de sa difficile mission, quand la reine, sous le coup de l'inquiétude, entra elle-même dans le vif de la situation, en demandant les raisons qui avaient motivé l'absence du roi. Elle était étonnée, surprise que son époux, le lendemain de leurs noces, eût fui sa présence, et réclamé comme un besoin impérieux le plaisir de la chasse.

— Le roi, Madame, répondit le baron, n'est pas accoutumé à la société des femmes. Brave soldat, chasseur habile, les camps et les forêts conviennent mieux à sa nature. Il aime peu la vie de la cour, peu la société. Les danses, les ris, la causerie énervent sa nature, à laquelle il faut le grand air, les préoccupations de la politique et les fatigues de la guerre. Depuis longtemps l'homme a fait place au roi, et c'est avec peine que ses conseillers, les plus intimes, l'ont vu s'engager de nouveau dans les liens du mariage. Une femme est de trop dans sa vie.

— Et alors pourquoi en prendre une? s'écria Ingelburge, en fixant un regard anxieux sur le baron?

— C'est là son tort, son tort réel. Une femme, Madame, est une fleur délicate et précieuse qui demande des soins et de l'affection. Il faut veiller, sans cesse, pour qu'elle trouve la goutte d'eau et le rayon de soleil nécessaires à sa vie, la préserver des vents mauvais, la suivre de l'œil pour lui rendre la vie douce et agréable : ce sont là les devoirs de l'époux, devoirs doux et faciles pour les hommes en général, devoirs impossibles pour le roi de France en particulier. Sa main est trop rude, sa nature trop farouche pour la vie en commun. Il le reconnaît, hélas ! et, permettez-moi de vous l'avouer, il regrette que sur des renseignements trop favorables, vous vous soyez décidée à unir votre destinée à la sienne.

— Le roi regrette de m'avoir épousée, dit Ingelburge, dont une pâleur mortelle couvrit le visage.

— Le roi regrette, reprit le baron, que sur des données plus bienveillantes que réelles, vous ayez espéré
que sa farouche et sauvage nature s'assujettirait au
joug du mariage. Il regrette votre confiance, et comme
il est un loyal chevalier, il vous avoue qu'il se sent
incapable de vous rendre l'affection que tout époux
doit à son épouse, et ne voulant point posséder un
cœur auquel il ne peut accorder une légitime revanche,
il m'envoie vous rendre votre parole et votre serment.

— Que me dites-vous là, baron ? Mes oreilles ne me
trompent-elles pas ? s'écria Ingelburge avec indignation.

— Hélas ! non, Madame, elles ne vous trompent pas.
Le roi regrette une cruelle nécessité, mais hélas! une
nécessité.

— Mais il oublie donc, reprit Ingelburge avec vivacité, ses serments librement prononcés devant Dieu,
devant le ministre de Jésus-Christ, devant la France
entière, qui comptait de nombreux représentants sous
les voûtes de la basilique. Il est lié devant Dieu et devant les hommes. Le lien, qui unit désormais nos
deux destinées, est une de ces chaînes dont on ne se
sépare plus quand on les a acceptées. Dieu lui-même
a formé le nœud mystérieux qui nous unit à jamais. Nulle puissance humaine, excepté celle de son
vicaire, ne peut séparer nos cœurs et nos destinées.
Que veut donc le roi de France? Pauvre enfant, j'ai
quitté pour lui le palais de mes ancêtres, j'ai dit un
adieu déchirant à mes parents chéris, j'ai perdu la vue

de ma patrie bien-aimée. Tout ce que j'ai aimé, je l'ai
quitté, tout ce qui embellissait ma vie, je l'ai sacrifié,
pour offrir au roi de France un cœur qu'il repousse.
Sur la foi de ses paroles, je suis venue loyalement à
lui, lui apportant un cœur qui acceptait toutes les
saintes lois de l'affection ; devant Dieu j'ai mis ma
main dans sa main, mon oreille a entendu ses serments, et il vient me dire aujourd'hui qu'il est incapable de remplir les devoirs auxquels il s'est engagé.
Ces devoirs ne lui étaient pas inconnus. Marié pendant
plusieurs années à Isabelle de Hainaut, il connaissait
les obligations sacrées du mariage. Si elles lui paraissaient trop rigoureuses, pourquoi est-il venu me
chercher, moi, pauvre et timide enfant que son nom
faisait trembler ? Pourquoi m'a-t-il arrachée aux affections saintes du foyer domestique ? Pourquoi m'a-t-il
promis fidélité au pied de l'autel, quand il devait si
promptement violer son serment ? Que lui ai-je fait
pour le retrouver parjure ? Qu'a-t-il à me reprocher ?
On ne repousse pas ainsi une femme, qui n'a manqué
à aucun de ses devoirs, et auquel ai-je manqué,
baron ?

— Le roi, Madame, alors même qu'il est réduit à
une douloureuse extrémité, reconnaît qu'il n'a rien à
vous reprocher. Il rend hommage à vos vertus, et les
admire; mais, hélas ! les années, en passant sur votre
front et en y laissant des traces, vous apprendront qu'il
arrive souvent que deux nobles natures, deux cœurs
généreux, que tout devrait réunir, il le semble du
moins, éprouvent de ces répulsions instinctives, de ces
aversions puissantes qu'il n'est pas au pouvoir de

l'homme de vaincre, et qui tendraient à prouver qu'à
la liberté il y a des limites.

— Ces aversions puissantes, ces répulsions instinctives;
il faut au moins, baron, leur donner le temps de prouver qu'elles existent. A peine sommes-nous unis que
le roi s'éloigne. Peut-il savoir si réellement la femme
qui a reçu ses serments lui inspire l'aversion dont
vous parlez? Il faut qu'il la voie, qu'il vive de sa vie,
pour juger si vraiment il lui est impossible d'accomplir
les devoirs du mariage.

— Hélas! Madame, reprit tristement le baron, il
m'est cruel de vous le dire, mais le roi ne consentira
jamais à vous voir plus longtemps à la cour.

— Alors, il me chasse! s'écria Ingelburge avec indignation. Il me chasse, moi, sa femme, moi, fille et petite-
fille de roi, moi qui ai reçu ses serments! Mon Dieu,
mon Dieu, ayez pitié de moi! disait la malheureuse
reine, en cachant son visage dans ses mains. Quelle
humiliation et quelle honte m'attendaient dans cette
cour de France! Ah! pourquoi n'ai-je pas écouté ces
pressentiments mystérieux qui m'annonçaient qu'en
France je serais malheureuse! Pourquoi ai-je quitté ma
mère chérie, mon père dont les larmes coulaient au départ, et dont la voix tremblait quand il m'a donné sa bénédiction? Ah! il devinait que la couronne qu'on me
promettait était un tissu d'épines! Pauvre père, quelle
ne sera pas votre douleur, en me voyant lâchement
abandonnée par celui qui devait me faire oublier les
parents et la patrie absente!

— Voulez-vous me permettre de vous dire, Madame,
que le roi n'entend pas vous priver des saintes joies du

foyer. Il vous verra sans peine, avec plaisir même, reprendre le chemin de votre chère patrie. Il souhaite que les quelques jours qui viennent de s'écouler disparaissent aussi bien de votre souvenir que du sien ; et c'est à l'oubli complet d'un passé pénible, qu'il m'a chargé de vous convier. Le retour dans le pays qui vous a vu naître, de nouvelles affections saintes et légitimes vous enlèveront jusqu'à la pensée du roi et de la France. Votre vie, brisée un moment, se reprendra, et vous connaîtrez toutes les joies de l'épouse et de la mère.

— Mais que faites-vous alors de cet acte solennel qu'on appelle le mariage ? s'écria la reine en se levant avec dignité, comme pour donner plus de poids aux paroles qu'elle allait prononcer. Ne le regardez-vous pas comme un sacrement grand en Notre-Seigneur, et le prenez-vous, par hasard, pour une simple cérémonie qui ne lie personne et n'imprime aucun caractère? Chrétienne faible, mais chrétienne fidèle, j'envisage le mariage comme l'envisage l'Église. Avant que le serment soit prononcé, à l'homme de consulter son cœur, encore plus que son intérêt, à lui d'en écouter les battements, et de ne point s'avancer vers l'autel s'il ne se sent pas le courage d'en accomplir les rigoureuses lois. Mais quand, dans la liberté de son âme, devant Dieu et son ministre, il a accepté le titre d'époux, il est coupable devant Dieu et devant les hommes, s'il se montre parjure. Quant à moi, liée par les serments sacrés du mariage, je ne suis plus la princesse de Danemark, mais la reine de France, et par conséquent, je dois rester dans le royaume de mon époux. Et que dirait le

Danemark en voyant revenir honteusement chassée la fille d'une race où les femmes n'ont jamais failli ? On l'accuserait, non de honte, son sang n'en comporte pas, mais de lâcheté ; on dirait qu'enfant encore plus par le cœur que par l'âge, elle a fui devant l'insulte, et n'a pas conservé aux yeux de tous, cette dignité de la femme, supérieure à toutes les infortunes, dont elle se fait un piédestal. Non ; la reine de France n'accepte pas son congé, comme ces femmes qu'on prend la veille et qu'on renvoie le lendemain. Elle est chrétienne, sachez-le bien, baron, et elle n'ignore pas que si le mariage crée des droits, il impose des devoirs. Ces devoirs, elle les accepte dans toute leur amertume, comme une partie de la croix du divin Maître, mais elle revendique les droits, parce que sans les droits, elle ne peut en accomplir les devoirs.

— Mais, Madame, il est certains cas, où le mariage lui-même est frappé de nullité par l'Église, et votre union est dans ce cas.

— Je ne le crois pas. Cependant si cela était, la femme disparaîtrait devant la chrétienne, et, chrétienne soumise, la reine de France romprait elle-même une alliance reconnue sans valeur par l'Église. Car, je vous le demande, baron, n'est-ce pas l'Église, et l'Église seule, qui a appris au monde les saintes lois de l'affection, et à elle, ne revient-il pas le droit de juger en dernier ressort ? Mais quel est le cas dont vous voulez parler ?

— Un cas de parenté, répondit le baron. La reine Isabelle de Hainaut, première femme du roi Philippe, était votre parente du chef de Charles le Bon, fils de Canut IV, roi de Danemark.

— Mais la parenté est à un degré fort éloigné, ainsi l'ai-je ouï en Danemark, où il en fut un moment question, répliqua Ingelburge.

— Le roi ne le pense pas, et il veut soumettre cette affaire à des théologiens. Mais avant d'en venir là, il souhaiterait votre éloignement. Votre position serait fausse, équivoque pendant la discussion, il faut le reconnaître.

— Ma position n'est ni fausse ni équivoque, répondit Ingelburge, tant que la question est à l'étude. Quand elle sera résolue, et que Rome aura prononcé, alors, si sa décision ne m'est pas favorable, chrétienne et fille soumise de la sainte Église, je quitterai sans regret cette France, qui s'est montrée si inhospitalière pour moi. Mais avant la décision suprême du vicaire de Jésus-Christ, sachez-le bien, baron, j'entends ne céder aucun de mes droits, ne rompre avec aucun de mes devoirs.

— Mais, reprit le baron en insistant, ne vaudrait-il pas mieux aller attendre ce jugement en Danemark? Cela serait préférable à tous les points de vue.

— J'aurais l'air d'abandonner le poste devant l'ennemi, répliqua Ingelburge avec ironie. Non, baron, je ne partirai pas. Ma dignité m'ordonne de rester, je reste.

— C'est votre dernier mot, Madame ? demanda le baron.

— Oui, et vous pouvez aller dire à votre maître que la reine de France se montre ferme devant l'insulte et digne devant le malheur; et elle accompagna ces dernières paroles d'un geste de la main, qui annonça au baron qu'il devait se retirer.

Jusqu'alors Ingelburge s'était montrée forte et courageuse, mais quand la porte se fut fermée sur le baron, l'enfant timide reparut sous la femme offensée. Elle se mit à fondre en larmes. Ses nerfs affaiblis par l'inquiétude, qui l'avait tenue éveillée une partie de la nuit, surexcités par la scène qui venait d'avoir lieu, se révoltèrent à cette heure, où le sentiment de sa dignité ne la soutenait plus, comme une force invincible. Quand dame Marguerite, qui avait tout entendu d'un appartement voisin, vint à elle, la malheureuse reine, par un mouvement instinctif, se jeta dans ses bras. Elle cacha sa tête, inondée de larmes, dans le sein qui l'avait nourrie, et longtemps, on n'entendit que le bruit des sanglots des deux femmes. Elles ne se parlaient pas : car la douleur qui pénètre jusqu'à l'intime du cœur n'a pas de langage. Elle se sent, s'exprime par le regard ou par le geste, mais ne se parle pas; la langue, en l'exprimant, la dénature. Ce ne fut qu'après s'être tenues longtemps embrassées, que dame Marguerite s'écria : — Ah ! le monstre, il n'a donc point de cœur! Ah! pourquoi vous êtes-vous unie à ce vil sang ! Ah! pourquoi êtes-vous venue dans ce pays !

— Nourrice, il veut me chasser, moi, sa femme devant Dieu, dit Ingelburge en sanglotant.

— Mais vous n'accepterez point cet affront, vous l'avez dit avec un courage qui vous honore, répliqua la nourrice. Non, vous ne reculerez pas.

— Je ne reculerai pas, nourrice, mais j'ai peur. Que va-t-il me faire? Mon Dieu, mon Dieu, ayez pitié de moi! Très-sainte Vierge, ma bonne Mère, ne m'abandonnez pas! s'écria Ingelburge en joignant les mains.

—Pauvre princesse, le bon Dieu et la très-sainte Vierge ne vous abandonneront pas. Car vous êtes un ange. Avant qu'on touchât un cheveu de votre tête, il faudra qu'on m'arrache le cœur !

— Tu ne m'abandonneras pas, toi, nourrice? dit affectueusement la reine.

— Vous abandonner ! princesse, vous abandonner ! s'écria dame Marguerite, vous, l'unique pensée de mes jours, la seule préoccupation de mes nuits, vous que j'aime plus que moi-même, vous, pour qui je donnerai avec bonheur mon sang, ma vie, vous abandonner ! mais avez-vous pu le penser ? Ne savez-vous pas que je ne peux vivre sans vous, que les jours où je n'ai pas contemplé votre visage, entendu votre voix sont, pour moi, des jours sans soleil, où mon cœur se sent mourir? Vous abandonner ! mais lors même que je le voudrais, je ne le pourrais pas.

— Oh! merci, nourrice, merci de ces paroles, dit Ingelburge en l'embrassant. Tu m'aimes, toi.

— Et celui qui ne vous aime pas, s'écria la nourrice, n'a d'homme que le nom. Ah! le *scélérat* ! le *monstre* !

— Mais Anne m'abandonnera, elle, reprit la reine en interrogeant dame Marguerite du regard? Je ne l'ai pas vue, où est-elle?

— Pas loin, répondit une voix altérée par les larmes. Anne ne vous a pas abandonnée ; jamais elle ne vous abandonnera.

— Anne, tu connais mon malheur, tu sais l'affreuse vérité, dit Ingelburge. Mais qui te l'a appris?

— J'étais avec dame Marguerite dans l'appartement voisin, répondit tristement Anne.

— Et tu as entendu les cruelles paroles du baron. Pouvais-je m'attendre, mon Dieu ! à tant de lâcheté, à un tel parjure ? Je vois maintenant, ce que m'annonçaient ces craintes, ces terreurs inexplicables que j'éprouvais au nom de la France et de son roi. Anne, tu les combattais, tu le vois, maintenant, c'étaient des pressentiments ! Ah ! pourquoi ne les ai-je pas écoutés! Ah ! pourquoi me suis-je laissée prendre à la parole d'un parjure! J'étais heureuse, jeune fille. Mes jours se passaient dans la joie et la félicité. J'étais entourée de toutes les tendresses de la famille, j'avais toutes les joies du cœur, et aujourd'hui on me repousse. Mon cœur, on le disait dans notre Danemark chéri, valait le poids de l'or. Ici on le méprise, on trouve ses battements incommodes, son affection est à charge. Anne, qu'il y a loin de là, à nos rêves de jeunes filles! que le réveil est douloureux, ma pauvre amie !... Mais toi, tu ne connais pas encore le désenchantement.... Tu conserves, toutes tes espérances....Non, je ne veux pas, d'une main brutale, étouffer ton bonheur dans son germe !...

Tu vas me quitter, sans doute, Anne? Le sire de Bressuire ne se montrera pas comme le roi de France, infidèle à ses serments, et fiancée aujourd'hui, tu seras épouse demain. J'aurais voulu, Anne, assister à ton mariage, mais à cette heure, épouse délaissée, femme abandonnée, je dois me réfugier dans l'obscurité et le silence. Tu vas me quitter, emporte mes souhaits avec toi. Non, ils ne partent pas d'un cœur jaloux. Ingelburge aurait voulu te voir heureuse par elle, mais son

cœur, voué désormais à la tristesse, ne te refusera pas
le souhait du bonheur. Sois heureuse loin d'elle et
par une main étrangère, mais, amie, garde précieusement son souvenir, ne l'oublie pas : car elle ne t'ou-
bliera jamais.

— Princesse, mais je ne veux pas vous quitter, s'é-
cria Anne avec feu. Je ne vous quitterai jamais, oh !
non jamais!

— Mais, ma pauvre Anne, tu es fiancée, tu seras
bientôt épouse. La femme du sire de Bressuire, du
courtisan fidèle du roi Philippe ne peut s'attacher à la
douloureuse fortune, qui est, hélas ! le partage de la
reine de France, dit tristement Ingelburge.

— Anne de Kirk aurait pu abandonner sa souveraine
au milieu de la joie et du bonheur, mais aujourd'hui
que le malheur a sonné pour elle, non elle ne le quittera pas. Elle s'attache pour jamais à sa destinée ; et
se jetant aux pieds de la reine, elle ajouta: Princesse,
je ne me relèverai pas, que vous ne m'ayez permis de
rester auprès de vous. Vos tristesses, je veux les partager; et je veux vous aimer pour ceux qui ne vous
aiment pas. Ah! dites-moi que vous me le permettez.

— Mais, Anne, dit Ingelburge en relevant la damoiselle de Kirk, sais-tu quel douloureux sacrifice tu me
fais là?

— Je ne sais qu'une chose, répondit vivement Anne,
c'est que vous êtes malheureuse, et que je veux partager votre malheur, que vous pleurez et que je veux
vous consoler.

— Embrasse-moi, Anne, dit Ingelburge en pleurant.
Ah ! que ton affection fait de bien à mon pauvre cœur,

— Vous ne me ferez plus l'injure de croire que je vais vous quitter, répliqua Anne en regardant la reine?

— Mais ce sacrifice que tu me fais, mon devoir est-il de l'accepter?

— Princesse, ne parlez pas ainsi. Loin de vous, je ne saurais être heureuse. Dites que vous m'aimez, et que vous voulez me garder près de vous. N'est-ce pas que vous le voulez?

— Hélas! je n'ai pas la force de te refuser. Mon cœur est complice de ton désir. Reste, amie, puisque tu le veux. Mon Dieu, ajouta-t-elle en levant les yeux au ciel, merci, mille fois merci, de me conserver l'affection de deux nobles cœurs. Soutenue par eux, je saurai gravir le sentier douloureux de mon Calvaire et lutter pour faire respecter des droits sacrés, puisqu'ils découlent d'un de vos sacrements.

Toutes ces émotions avaient brisé la malheureuse reine. Dame Marguerite et Anne la supplièrent de prendre quelque repos, et moitié par fatigue, moitié par condescendance, elle se jeta sur sa couche. La nourrice et la damoiselle de Kirk s'assirent à ses pieds, livrées à leurs tristes réflexions. Leurs pensées étaient si sombres qu'elles n'osaient se les communiquer : elles craignaient, en les échangeant, d'augmenter l'inquiétude qui les dévorait. Comment lutter, se disaient les deux femmes, à part elles, contre un roi puissant, maître absolu dans son royaume, et dont la volonté brisait tous les obstacles? Le sommeil d'Ingelburge était agité, fiévreux. Elle rejetait loin d'elle ce qui la couvrait, et paraissait chercher en vain un repos qui la fuyait. La nourrice, tout en ramenant les couvertures, disait tout bas en essuyant une larme: Pauvre princesse, comme vous souffrez ! Jamais vous ne survivrez à tant de malheur !

Dame Marguerite et Anne ne quittaient pas la reine des yeux, et suivaient avec anxiété la marche de la fièvre, quand un pas d'homme vint résonner à leurs oreilles. C'est peut-être le roi qui vient intimer lui-même à son infortunée épouse l'ordre de quitter la cour, se dit dame Marguerite ; et la nourrice, voulant empêcher à tout prix une entrevue, qui pouvait ébranler, à jamais, la raison de sa malheureuse enfant, se leva par un mouvement aussi prompt que la pensée, et se dirigea du côté où venait le bruit. Ce ne fut pas le roi qu'elle rencontra, mais bien Robert de Bressuire, qui s'avançant vers, elle lui dit : Ne me serait-il pas possible d'obtenir un moment d'entretien de la damoiselle de Kirk ? J'aurais besoin de la voir, et de la voir sans retard.

— Anne est auprès de la reine qui se meurt, répondit dame Marguerite.

— Ah ! elle sait donc la triste nouvelle ? dit Robert.

— Comment ne la saurait-elle pas ? répliqua la nourrice, qui ne pouvait plus maîtriser son indignation, n'a-t-elle pas vu le baron de Clamecy. Oh! le monstre! l'homme sans cœur ! Pourquoi est-il venu la chercher en Danemark, s'il voulait lâchement l'abandonner, elle, belle et pure comme les anges de Dieu? Mais la reine Ingelburge saura lutter jusqu'à la mort, et elle ne subira pas un pareil affront! Mais vous, dit avec hauteur dame Marguerite, que venez-vous faire? venez-vous insulter à sa douleur, compter ses larmes pour les offrir en tribut à votre brutal maître ?

— Ah ! que vous me jugez mal, répondit tristement Robert. Votre douleur, je la partage ; et vos larmes, je voudrais pouvoir les essuyer. Ne suis-je pas le fiancé de la damoiselle de Kirk? Des sentiments qu'elle a voués à son infortunée maîtresse, n'ai-je pas pris plus que ma part? Mais je voudrais voir ma fiancée pour lui demander d'être fidèle à ses serments, comme je le suis aux miens.

— Je croyais, dit dame Marguerite avec ironie, qu'en France, les serments étaient des osselets dont on amusait le vulgaire, et les fiançailles une simple céré-monie propre à récréer les *Badauds*.

— Sachez bien, dame Marguerite, s'écria Robert avec feu, que je suis un chevalier, que j'ai donné ma parole devant Dieu et que je ne la reprends pas.

— D'autres aussi l'avaient donnée avec non moins de solennité, répliqua la nourrice, et ils ne se font aucun scrupule de la reprendre.

— Mais le temps presse, dit Robert vivement, et il faut absolument que je parle à ma fiancée.

— Hé bien ! répondit la nourrice en rentrant dans l'appartement de la reine, je vais la prévenir que vous êtes là. Et ouvrant doucement la porte, elle dit à demi-voix: Anne, le sire de Bressuire demande à vous parler sur l'heure.

— Il veut sans doute, à l'exemple de son royal maître, me rendre ma parole, fit Anne avec ironie en interrogeant dame Marguerite du regard? L'exemple est contagieux à ce qu'il parait.

5.

— Il assure le contraire, répondit la nourrice. Mais allez voir vous-même ce qui en est.

Anne aurait désiré refuser cette entrevue, mais comment motiver son refus? Elle essuya ses yeux, rougis par les larmes, répara le désordre de sa toilette, et ce fut en invoquant la Très-Sainte Vierge pour qu'elle la protégeât, qu'elle se rendit auprès de son fiancé. Robert, après l'avoir saluée avec la plus grande courtoisie, lui dit : Damoiselle, je viens vous rappeler que nous sommes fiancés, et vous supplier de tenir la promesse que vous m'avez faite en Danemark.

— Mais ne craignez-vous pas en m'épousant d'encourir la colère du roi? Ignorez-vous sa façon d'entendre les devoirs d'honnête homme et de roi, demanda Anne?

— Je ne crains que d'encourir la vôtre, répliqua galamment Robert. Je regrette plus que je ne saurais le dire la conduite du roi envers votre maîtresse, et nul plus que moi n'en gémit.

— Mais le roi reviendra peut-être d'un premier mouvement, il ne persistera pas dans son injuste résolution, dit Anne en interrogeant du regard le sire de Bressuire? Est-ce le fait d'un loyal chevalier, de renvoyer honteusement une femme, à laquelle on n'a droit de faire aucun reproche?

— Hélas! damoiselle, le roi revient difficilement d'une première impression, et il éprouve malheureusement pour votre noble amie, une aversion qui ne s'explique pas, mais qui n'existe que trop.

— Mais le roi n'est-il pas chevalier, dit Anne avec

feu, et n'est-ce pas forfaire à l'honneur que de se montrer parjure?

— La position de la reine me préoccupe autant que vous, damoiselle, reprit Robert après un moment de silence. Une lutte entre les deux époux me paraît inévitable.

— La reine l'accepte comme femme et comme chrétienne. Elle est résolue à défendre ses droits, n'importe à quel prix.

— Mais, damoiselle, il est difficile de lutter quand on n'a que le courage et le bon droit de son côté.

— La reine espère en Dieu, qui, certainement, ne l'abandonnera pas. Mariée par le ministre de Jésus-Christ, il n'y a que le Souverain Pontife qui puisse déclarer nulle son union, et à lui, elle en appelle.

— Mais en attendant cette suprême décision, que compte-t-elle faire, demanda Robert?

— Rester à la cour, répondit Anne.

— On ne l'y laissera à aucun prix, damoiselle. Le roi est dans une colère difficile à décrire. Il a affirmé qu'il ne remettrait pas les pieds à la cour que la reine n'en fût partie. Il a défendu à ses serviteurs de lui rendre aucun service, si ce n'est pour l'aider à quitter la France. Moi qui le connais depuis longtemps, je ne l'ai jamais vu en pareil état. Et faut-il vous l'avouer? Je crains tout de sa colère. Aussi viens-je vous supplier de ne pas retarder plus longtemps notre mariage. La damoiselle de Kirk aurait à redouter la vengeance du roi, la dame de Bressuire n'aura droit qu'à ses hommages. Hâtons-nous, peut-être dans quelques jours, il ne sera plus temps.

— Mais, messire, je ne puis quitter dans un semblable moment ma malheureuse, mon infortunée maîtresse. Elle est étendue sur un lit de douleurs, brûlée par la fièvre, torturée par l'inquiétude. Puis-je m'occuper de mon bonheur, je vous le demande, en présence d'une telle infortune?

— La position de cette malheureuse princesse ne peut, hélas ! qu'empirer, et devez-vous sacrifier votre avenir à un malheur irréparable? Votre présence empêchera-t-elle la douleur d'approcher d'elle, et n'augmenterez-vous pas ses chagrins, par la vue de votre vie brisée et de votre bonheur anéanti?

— Non, messire, je ne peux douter que mon sacrifice ne lui soit agréable. J'ai vu son front s'éclaircir, ses larmes cesser de couler, quand dans le paroxysme de sa douleur, je lui ai promis de ne la point quitter.

— Mais, s'écria le sire de Bressuire en pâlissant, vous ne lui avez pas fait une semblable promesse?

— Pouvais-je faire autrement, quand je l'ai vue baignée de larmes? A ma place, auriez-vous agi différemment?

— Mais, damoiselle, répliqua Robert avec vivacité, vous ne pouviez lui faire une semblable promesse. Ne m'appartenez-vous pas ? et si vous avez le droit de sacrifier votre bonheur, avez-vous celui de sacrifier le mien? Je ne puis être heureux que par vous et avec vous.

— Je comprends, messire, que je vous impose un sacrifice, car j'éprouve une cruelle souffrance en vous disant adieu, et ce sentiment, puis-je douter que vous ne le partagiez? Mais dans la tristesse de la séparation, il est une pensée qui me console. La colère du roi va poursuivre les amis de mon infortunée maîtresse, et vous pardonnerait-elle à vous féal chevalier et écuyer fidèle, de témoigner de la sympathie à une malheureuse reine, en vous unissant à sa compagne et à son amie? En vous accordant ma main, je vous ferais perdre pour jamais la faveur de votre roi et de votre bienfaiteur.

— Qui vous a dit la colère du roi? demanda Robert avec inquiétude.

— Personne, répondit Anne en souriant au milieu de sa tristesse, mais mon cœur l'a devinée. Merci, messire, d'être venu loyalement à moi quand la fidélité à la foi jurée devait vous aliéner le cœur de votre souverain. A mon affection pour vous, vient s'ajouter désormais une estime profonde. Mais plus je vous estime, plus mon cœur me défend de vous vouer à la haine et à la persécution. Si j'avais pu rendre votre vie plus douce, si ma main avait pu enlever les épines qui se trouvent sur votre chemin, peut-être, car le cœur hélas! a ses faiblesses, aurais-je manqué au devoir, qui m'attache à la cruelle destinée de ma malheureuse amie, mais aujourd'hui que je ne reconnais que trop, que je serais pour vous une croix, croix aimée, j'en ai la douce conviction, mais qui briserait votre avenir, et forcerait votre jeunesse chaude et brillante à un repos que ne consolerait pas même l'espérance, je ne puis accepter votre main; et si en ne l'acceptant point, je sacrifie ma jeunesse à un devoir, je vous donne, messire, la plus forte preuve d'affection, soyez-en convaincu, qu'une fiancée puisse donner à l'homme qui a reçu sa foi. Si le roi

de France revient un jour à de plus nobles sentiments,
s'il rappelle près de son trône et de son cœur, la
femme qui a de légitimes droits à son affection ; si ce
jour arrive, jour que mes vœux et mes prières de-
manderont de voir luire promptement, alors, mais
seulement alors, si votre cœur n'a reçu aucune atteinte
des années, si dans sa pleine liberté, il vient me demander de ne faire qu'une de nos deux destinées, je me
rendrai à ses désirs, et je remercierai Dieu de m'avoir
conservé un noble cœur. Mais si au contraire, le malheur s'attache à la reine Ingelburge comme à sa plus
chère proie, si ma présence est la seule consolation de
sa triste existence ; vouée à son malheur, je ne vivrai
que pour Dieu et pour elle. Chaque jour, je demande-
rai au Seigneur d'ajouter à votre bonheur ce qu'il re-
tranche au mien, et de vous récompenser de votre
noble et loyale conduite, non-seulement en rendant
votre vie brillante et honorée, mais encore, et ce sera,
je vous l'avoue, la partie la plus douloureuse de ma
prière, de vous donner toutes les joies du cœur par
une autre que par moi.

— Oh ! damoiselle, s'écria Robert qui écoutait frémissant les paroles de sa fiancée, jamais je n'appartien-
drai qu'à vous ! C'est devant le Dieu de mes pères, devant le Dieu que mon enfance a adoré, pour lequel
mon adolescence a combattu, qui sera la force de ma
jeunesse et la consolation de ma vieillesse, que je vous
le jure ! Et comme Anne faisait mine de se retirer :
Mais de grâce, ne vous éloignez pas ainsi, dit Robert.

— Adieu, messire, oui adieu, dit Anne en lui tendant la main, sur laquelle le sire de Bressuire appuya

ses lèvres émues. Pensez quelquefois à votre fiancée, priez pour elle et pour son infortunée souveraine ; et si, au milieu des combats, qui vont remplir votre vie, et qui donneront à votre cœur les mâles consolations de la gloire, vous pouvez faire arriver jusqu'à l'oreille du roi Philippe une parole qui lui rappelle l'honneur et la vertu, je vous supplie, au nom de votre amour pour moi, de la lui faire entendre. Tout ce que vous ferez pour la reine, je le regarderai comme fait à moi-même. Pour toute réponse, Robert pressait la main d'Anne et la baignait de ses larmes.

— Ne prolongeons, pas, dit-elle en faisant quelques pas pour se retirer, une scène aussi douloureuse. Je compte sur votre honneur dont vous m'avez donné tant de preuves, pour ne pas chercher à me revoir. Votre vue pourrait peut-être me rappeler que j'ai fait un sacrifice, et la femme que vous honorez de votre affection ne doit-elle pas se prémunir contre toute faiblesse, et conserver aux yeux de tous cet éclat de pureté, cette réputation de pudeur qui est la fraîcheur de l'âme ?

Anne achevait à peine ces mots quand un cri perçant se fit entendre dans l'appartement de la reine. A ce cri, la damoiselle de Kirk effrayée se précipite dans la chambre d'Ingelburge qu'elle trouve pâle, sans parole et sans vie. Dame Marguerite était là, faisant respirer à sa malheureuse enfant des odeurs fortes.

— Mon Dieu, mon Dieu, s'écriait la pauvre nourrice, ayez pitié de nous ! Ah ! elle est morte, ma pauvre enfant ! Princesse, ne me reconnaissez-vous pas ? Je suis votre nourrice. Ah ! elle ne m'entend pas ! O

monstre, vomi par l'enfer, viens contempler ton ouvrage! O serpent venimeux, que t'avait fait cet innocent agneau! Ah! tes suppôts sont ceux de Satan!

— Dame Marguerite, taisez-vous, par pitié, disait
Anne en pleurant. Si la reine vous entendait. Voyez,
son teint commence à se colorer. Ne lui rappelez
pas ainsi sa triste position.

— Ah! si vous saviez ce qui s'est passé, vous ne par-
leriez pas ainsi, s'écria dame Marguerite!

— Quelque nouveau malheur, dit Anne inquiète.

— C'est toujours le même, répondit dame Marguerite, mais tout vient le confirmer hélas! Je vous racon-
terai cela plus tard. Pauvre reine! Pourquoi est-elle
venue dans ce pays! mais qui pouvait prévoir ce qui
est arrivé!

— Nourrice, dit Ingelburge d'une voix faible et en
ouvrant les yeux, je souffre bien. Je voudrais boire.

— Oh! ma pauvre enfant, que je suis heureuse
d'entendre votre voix, s'écria dame Marguerite en
couvrant de baisers la main d'Ingelburge. Ah! quelle
frayeur j'ai eue! J'ai jeté un tel cri de détresse, qu'Anne
qui était dans l'appartement voisin, avec le sire de
Bressuire, est accourue épouvantée.

— Tu me quittes donc, Anne dit tristement la reine.

— Non, princesse, je ne vous quitterai jamais. Je
viens de le dire au sire de Bressuire, dit la demoiselle
de Kirk avec feu.

— Mais veut-il y consentir, demanda la reine avec
inquiétude?

— Il veut ce que je veux, et pour rien au monde, je

ne vous abandonnerais. Je suis là pour vous servir, et toujours pour vous aimer.

— Amie, que tes paroles me font de bien, dit la reine en serrant la main d'Anne. J'avais peur que, toi aussi, tu ne m'aimasses plus, et des larmes coulaient le long de ses joues, pâlies par la souffrance.

Dame Marguerite rentra, en ce moment, portant à boire à la princesse; et sa physionomie, qui s'était un peu rassérénée depuis qu'Ingelburge avait ouvert les yeux, laissait voir des traces de colère, malgré les efforts qu'elle faisait pour les dissimuler. Anne s'en aperçut aisément, et quand la reine, dont la fièvre commençait à tomber, se fut endormie, elle lui dit :

— Vous aviez l'air bien colère quand vous êtes rentrée ?

— Comment ne le serai-je pas ? répliqua la nourrice avec vivacité. Domestiques et servantes pensent faire leur cour à ce monstre sans cœur, qui s'appelle le roi de France, en se montrant insolents. Je ne puis plus rien demander dans les cuisines, sans qu'ils me rient au nez et chuchotent entre eux. Un marmiton, pas plus haut que ça, ajouta-t-elle en faisant un geste de la main, ne s'est-il pas avisé de dire qu'il n'y avait plus de reine de France. Comment n'ai-je pas souffleté ce gaillard-là ! J'avais bien envie de lui jeter à la tête le vase que je portais, mais pouvais-je me donner en spectacle à toute cette valetaille, qui approuvait de ses sourires ces propos insolents? Anne, que d'outrages il faut dévorer! Pauvre reine ! si bien faite pour être aimée, comment peut-elle inspirer autant de haine , mon Dieu !

— Pourquoi avez-vous jeté ce cri d'alarme, qui m'a

tant effrayée? demanda Anne après un moment de silence.

— Ah! c'est vrai, vous n'étiez pas là quand nous avons appris la triste vérité. Écoutez, ma pauvre Anne. La reine était plus calme, elle faisait quelques tours dans l'appartement, et sa vue se reposait sur les fleurs qui émaillent les jardins, quand un bruit de voix est arrivé à nos oreilles.

« — Je vous le répète, disait-on, c'est fini, bien fini. Le roi est décidé à renvoyer la princesse de Danemark. Il l'a dit devant toute la cour.

« — Mais, répliquait une autre voix, la princesse résiste, et elle en a le droit.

« — C'est possible, reprenait le premier interlocuteur, mais elle a affaire à forte partie. Le roi est épris de la fille du duc de Bohême, et il parle de l'épouser. »

A ces mots, notre pauvre reine a pâli, et je n'ai eu que le temps de la saisir dans mes bras. Je l'ai crue morte, et cela vous explique ce cri qui vous a tant effrayée. Anne, peut-on être aussi perfide?

— Pauvre reine, dit la damoiselle de Kirk, comme elle a dû souffrir! Mais le roi est-il capable d'une action aussi noire?

— Je le crois capable de tout, répondit la nourrice. Si nous n'étions pas aussi loin du Danemark, j'enverrais avertir le roi Wlademar; mais où trouver dans ce pays un messager fidèle? Que faire, que dire? Mon Dieu, mon Dieu, comment est-il possible qu'une aussi charmante femme soit traitée ainsi! Il y a là-dessous quelque ténébreux mystère. Ne vous souvient-il pas d'une femme, au teint noir et olivâtre, qui, le jour des

noces royales, n'a pas quitté du regard ma pauvre enfant, et dont les yeux semblaient lancer le venin de
l'aspic ? Ah ! cette femme, c'est elle qui a anéanti son
bonheur, c'est elle, c'est moi qui vous l'affirme, qui
a soufflé dans le cœur du roi de mauvaises passions !

IX

Les forces de la malheureuse reine revenaient,
quoique lentement, et elle commençait à envisager le
lâche abandon du roi de France, avec la résignation
d'une chrétienne soumise aux décrets toujours justes,
quoique souvent incompréhensibles de la Providence.
Elle était résolue à lutter, et à ne pas quitter la demeure royale. En vain, Philippe lui en avait-il fait
intimer l'ordre, et lui avait-il fait savoir, qu'il n'y ren-
trerait que quand elle en serait partie, Ingelburge
résistait toujours. Philippe, dont le caractère avait été
jusqu'alors noble et chevaleresque, mais dont la volonté était de fer et ne souffrait pas de contradiction,
s'irritait de cette résistance, d'autant plus qu'il avait
cru avoir affaire à une faible et timide enfant, et qu'il
se trouvait en face d'une femme forte de son bon droit,
et puisant dans ses principes de chrétienne et dans sa
dignité d'épouse, la volonté comme le courage d'af-
fronter l'orage. Poussé par d'indignes conseillers, qui

pensaient faire leur fortune en excitant les passions royales, Philippe rappela un à un tous les officiers qui composaient la maison de la reine, lui laissant à peine quelques serviteurs indispensables; et comme elle ne faisait pas mine de vouloir reprendre la route de Danemark, il annonça qu'il recourait aux voies de fait.

Ingelburge, qui sentait ses forces revenir, semblait vouloir renaître aussi à l'espérance. Elle se berçait de l'espoir que le temps et la réflexion ramèneraient le roi vers elle, et que peu à peu la colère de Philippe se dissiperait comme ces nuages qu'un beau soleil fait disparaître. Son visage avait repris son gracieux aspect, et appuyée sur Anne, elle se promenait dans le jardin royal, causant du passé et lui renvoyant un sourire en guise de souvenir. Dame Marguerite les suivait, mais à distance, réfléchissant à la singulière position où elles se trouvaient, quand, au coin d'une allée, la nourrice fut tout à coup accostée par une femme en haillons, dont la robe jadis bleue représentait, à cette heure, toutes les couleurs de l'arc-en-ciel.

— Brave dame, dit la pauvresse en tendant la main, la charité pour l'amour de Dieu!

Dame Marguerite cherchait dans les profondeurs de sa robe une pièce de monnaie, lorsque la mendiante la regardant fixement lui dit :

— N'êtes-vous pas la nourrice de la reine?

— Oui, répondit dame Marguerite étonnée. Mais pourquoi me faites-vous cette question?

— Parce que, dit la pauvresse en baissant la voix, j'ai quelque chose d'important à vous communiquer. Conduisez-moi dans un endroit où nous soyons sûres de ne pas être entendues, et je vous dirai des choses qu'il vous importe de savoir.

— Qui peut être cette femme, se demandait la nourrice, et que peut-elle me vouloir? Intriguée par l'air mystérieux de la pauvresse, dame Marguerite répondit : — Hé bien! ma bonne femme, venez dans cette allée : nul ne pourra nous épier.

— Écoutez, dit la mendiante, promenant autour d'elle son regard, afin de s'assurer qu'aucune oreille humaine ne pouvait les entendre. Le roi est furieux contre la reine de sa résistance à ses volontés, et il a ordonné à ses hommes de se saisir de sa personne, et de la conduire de gré ou de force à bord d'un vaisseau qui fait voile pour le Danemark. Ce soir vers dix heures, ils doivent arriver ici, et sous prétexte d'une réconciliation, décider la reine à les suivre.

—Mais ce n'est pas possible ce que vous me dites là! murmura dame Marguerite, en levant les mains et les yeux vers le ciel.

— Que trop vrai, ma pauvre dame. Mais la reine a un ami dévoué à la cour, et c'est lui qui m'envoie l'avertir du projet du roi. Si elle ne veut pas se laisser honteusement chasser, qu'elle se hâte.

— Non, elle ne veut pas se laisser chasser, dit dame Marguerite en relevant la tête avec hauteur. Si jamais elle sort de France, elle entend en sortir en reine et de son propre mouvement. Mais quel est cet ami, qui s'intéresse ainsi à son sort?

— C'est un noble et preux chevalier, répondit la pauvresse.

— Mais ne vous a-t-il donné aucun gage pour nous

prouver la vérité de vos paroles? demanda la nourrice.

— Si, répondit la mendiante en souriant, mais ce gage je ne dois le montrer qu'en présence de la reine. Où est-elle?

Dame Marguerite, sans répondre, fit signe à la pauvresse de la suivre, et elles eurent bientôt rejoint Ingelburge, qui était assise sous un berceau de verdure. De la main, la nourrice montra la reine à la mendiante qui, se prosternant, lui dit : — Permettez à une pauvre femme de vous assurer de son dévouement. Elle vient de la part d'un brave chevalier, pour vous informer qu'un complot s'est formé pour vous enlever de ce palais, et vous transporter à bord d'un vaisseau qui part pour le Danemark. Pour que vous ne doutiez pas de mes paroles et de ma fidélité, le chevalier qui m'envoie m'a chargée de remettre en votre présence, à votre compagne et amie, la damoiselle de Kirk, ce gage de sa foi.

— C'est l'anneau de nos fiançailles, s'écria Anne. Vous venez donc, brave femme, de la part du sire de Bressuire.

— Oui, damoiselle, répondit la mendiante, et il m'a recommandé avec instance de supplier la reine d'avoir foi en ses paroles et de partir sans retard. Il y a tout à craindre du roi Philippe.

— Il veut donc me traiter, moi, sa femme, comme la dernière des misérables, s'écria douloureusement Ingelburge.

—.Les hommes savent-ils ce qu'ils font quand la colère les domine, répliqua la pauvresse? Ils sont fous, et leurs conseillers sont plus coupables qu'eux.

— Pourquoi, mon Dieu ! me veulent-ils tant de mal ! que leur ai-je donc fait ?

— Faut-il vous dire, princesse, à vous si belle, qu'en vous voyant on ne peut que vous aimer, le secret douloureux qu'exploite l'ambition de ces hommes ? Ne dois-je pas craindre de vous blesser ?

— Ne craignez rien, pauvre femme, aujourd'hui rien ne peut plus me blesser ! Dites-moi la vérité tout entière.

— Vous êtes trop noble, vous, Madame, pour faire arriver à la fortune et aux honneurs, qu'ils ne méritent pas, ces hommes au cœur lâche et au sang dégénéré, et ils espèrent qu'en faisant asseoir sur les marches du trône, une femme que ni sa naissance, ni ses vertus n'y destinaient, ils pourront plus aisément satisfaire leurs convoitises, et trouveront une alliée dans cette femme, qui aura captivé le roi dans un jour d'enivrement, répliqua la pauvresse avec feu.

— C'est donc vrai, dit avec une mélancolie profonde la malheureuse reine, c'est donc bien vrai ce que j'ai entendu l'autre jour ? On ne me chasse que pour placer près du roi une autre femme. Si on voulait en venir là, pourquoi m'épouser avec tant de solennité ? Est-ce que j'ai fait, moi, des avances au roi de France ? En venant vers lui, je n'ai pas écouté mon cœur, mais mon devoir. Pourquoi n'a-t-il pas épousé la femme qu'il aimait ? Pourquoi briser ma vie par un serment qu'on ne lui demandait pas ?

— Madame, dit la pauvresse, après un moment de silence, le temps presse. Les archers du roi ne tarderont pas à arriver, et il faut qu'ils trouvent le palais

désert. J'ai là, fit-elle en indiquant sa besace, plusieurs déguisements, et sera bien fin celui qui vous
reconnaîtra. Mais hâtons-nous, de grâce. Il n'y a pas
un moment à perdre.

— Venez, dit la reine, en prenant le chemin du palais. Montons dans ma chambre, nous y revêtirons nos
nouveaux vêtements.

La mendiante sortit de sa besace trois costumes
complets de paysannes, que la reine et ses compagnes
s'empressèrent de revêtir, et qui les déguisaient si
parfaitement qu'il était impossible de les reconnaître.
Mais comment sortir du palais, sans éveiller l'attention? Il est vrai que le personnel du service n'était pas
nombreux, mais que fallait-il pour faire manquer
l'entreprise ? Après bien des réflexions, il fut décidé
que la pauvresse prendrait les devants, et que si quelqu'un la questionnait, elle expliquerait sa présence,
par la bonté de la reine qui aimait les malheureux.
Ingelburge sortirait peu après, suivie par ses femmes,
qui mettraient un certain intervalle entre leur sortie,
et iraient rejoindre Marie-Jeanne (c'était le nom de la
mendiante), dans un des fourrés de verdure qui paraient
le jardin, et où les gens de service n'entraient jamais.
Ainsi dit, ainsi fait, et quand les quatre femmes
sortirent du palais sans être aperçues, Ingelburge, les
larmes aux yeux et la tristesse au cœur, demanda à
Dieu du fond du cœur de la protéger dans cette
existence vagabonde qui hélas! allait être sa vie.
Très-Sainte Vierge, ma bonne mère, dit-elle en
joignant les mains, ne m'abandonnez pas. Pauvre et
errante, je n'ai plus un toit où reposer ma tête,

mais j'ai foi en Dieu et confiance en sa Providence !

De crainte d'exciter la curiosité, on se partagea en deux bandes. La reine et Marie-Jeanne prirent les les devants; dame Marguerite et Anne venaient ensuite. Elles cheminaient paisiblement quand au coin d'une rue, Marie-Jeanne fut interpellée par un petit garçon, dont les parents faisaient souvent l'aumône à la mendiante.

— Marie-Jeanne, dit le bambin, ne viens-tu pas aujourd'hui à la maison ? Il fait bon y dîner cependant, et ma mère a dit : Si Marie-Jeanne venait, je lui donnerais de la viande et du bon pain. Allons, entre donc.

— Je ne peux pas, mon petit ami, répondit la pauvresse, tremblant au son de cette voix si douce habituellement à son oreille. Je conduis cette femme à un village, fit-elle en montrant Ingelburge, et il faut que nous arrivions avant la nuit.

— Tant pis, reprit l'enfant, car tu aurais fait un bon dîner, et il ne fait pas bon voyager par cette chaleur. Mais au moins, viens boire un peu de vin.

— Je n'ai pas le temps de m'arrêter, même un moment, répondit la pauvresse. Mais merci tout de même. Tu es un bon petit garçon, et ça te portera bonheur d'aimer les pauvres du bon Dieu. Et joignant à ces paroles un geste de remercîment, elle s'éloigna promptement avec la reine. La chaleur qui était accablante, la marche forcée, à laquelle elle se livrait, fatiguaient Ingelburge plus qu'elle ne voulait se l'avouer, et de nombreuses gouttes de sueur perlaient à son front. Courage, disait la mendiante, quand elle voyait la reine à bout de forces, nous avons fait le plus pénible du voyage. Nous allons entrer dans les bois, où nous trouverons de l'ombre et de la fraîcheur.

Elles étaient en effet entrées dans les bois, quand elles aperçurent une troupe de gens armés, qui venaient dans leur direction. Comme on se trouvait loin des regards, la discipline avait été mise de côté, et chacun causait avec son voisin. En apercevant la mendiante, un des soldats qui lui faisait quelquefois la charité, l'arrêta tout à coup.

— Où vas-tu si pressée, Marie-Jeanne? Je t'ai rencontrée hier, je te trouve aujourd'hui. Pour sûr nous nous trouverons sur la route du paradis, ajouta-t-il en riant. Mais ne voilà-t-il pas que tu as une compagne, et parbleu, baron, dit-il en s'adressant au chef, une jolie compagne! N'as-tu plus de langue, Marie-Jeanne, quand tu ne me réponds pas? Quelle est cette femme, ajouta-t-il en baissant la voix, ma parole, elle est jolie!

— Qu'est-ce que ça vous fait qu'elle soit jolie ou laide? répliqua la mendiante, qui n'entendait pas raillerie sur ce chapitre.

— Tu es tout à fait farouche, ma pauvre Marie-Jeanne. Est-ce qui je ne suis plus, pour toi, le petit Antonin, que tu faisais sauter sur tes genoux? Ne te rappelles-tu pas le temps où tu me racontais les contes de fées?

— Je me rappelle cela comme si c'était d'hier, dit la mendiante, mais aujourd'hui je n'ai pas le temps de jaser, et salut, messire, et bon voyage, et en disant cela, elle faisait mine de poursuivre son chemin.

— Comme tu nous quittes, Marie-Jeanne. Tu n'es

pas polie, ma chère, reprit en lui barrant le chemin celui qui se nommait Antonin.

— Laissez-moi donc m'en aller, répliqua la mendiante, cherchant à s'ouvrir un passage, nous n'avons pas le temps de nous amuser.

— Ni nous non plus, je te le garantis. Ne sommes-nous pas de nobles et courtois chevaliers allant faire cortège à une reine, que nous ramènerons près de son époux, quelque peu oublieux, ajouta-t-il en riant à gorge déployée. Et confia-t-on jamais pareille mission à des hommes aux mœurs légères ?

— Qu'ai-je à faire, moi, avec les reines ? dit Marie-Jeanne, qui sentait le bras d'Ingelburge trembler sous le sien. Une pauvre femme comme moi n'a rien à voir avec les grands. Et j'aimerais, parbleu mieux, un verre de vin par cette chaleur que toutes les faveurs de la reine, ajouta-t-elle en s'efforçant de rire.

— Eh bien ! tu auras le verre de vin, dit le chef, que la conversation amusait, en faisant signe à Antonin de lui servir à boire.

— A ta santé, Marie-Jeanne, dit Antonin, remplissant la coupe. A la santé de la vieille, s'écrièrent tous les soldats en riant, longue vie et bonne santé !

— Maintenant que tu as réparé tes forces, à ta compagne d'en faire autant, dit Antonin en présentant la coupe à Ingelburge.

— Elle ne boit jamais de vin, se hâta de dire la mendiante qui mourait de peur que la reine ne se trahît.

— Tu as parlé pour toi, dit le baron. A ta compagne de parler pour elle. Allons, la belle, fit-il, un petit coup, ça rafraîchit, ça met la joie au cœur.

6.

— Merci, dit Ingelburge repoussant la coupe, je n'ai
pas soif ; et elle accompagna ces paroles d'un geste si
noble qu'il en imposa à toute la troupe.

— Vous voyez bien que je ne vous avais pas trompés,
dit Marie-Jeanne.

— Ta compagne n'a que faire d'un chaperon, elle
sait se garder toute seule, dit le chef: mais si besoin était, tu as bonne langue, bon œil et bon pied.

— Une gaillarde comme Marie-Jeanne devrait être
placée près de la reine de France, dit Antonin qui
était en veine de plaisanter.

— La reine de France n'a pas besoin d'une pauvresse
comme moi, répondit Marie-Jeanne, qui ne pouvait entendre ce nom sans frissonner. Allons, vous vous mo-
quez de moi depuis assez longtemps, et j'ai l'honneur
de vous saluer.

Et ayant fait un profond salut, elle entraîna Ingelburge dont le cœur battait à rompre sa poitrine.

— Marie-Jeanne sait se tirer d'affaire, dit le baron,
quand les deux femmes se furent éloignées. Avec elle,
la plaisanterie ne va pas trop loin. Mais, ma parole, sa
compagne a des manières d'une vraie grande dame.

Pendant cette scène, dame Marguerite et Anne, qui
marchaient à quelque distance, s'étaient arrêtées, et
elles se demandaient quelle tournure tout cela prendrait. Quand les soldats se furent remis en marche,
elles crurent tout danger passé, et ne prirent pas
garde qu'à leur tour elles allaient se trouver face à
face avec la troupe, que la conversation avec la pauvresse avait mise en gaieté. En apercevant de nouveau
deux femmes seules, les soldats recommencèrent leurs

plaisanteries, et le paquet de hardes et de bijoux d'Ingelburge, que dame Marguerite traînait avec peine,
excita particulièrement leur hilarité.

— Brave femme, dit un des plaisants, que portez-
vous de si précieux? Je gage que ce sont les diamants
de la couronne, ajouta-t-il en riant.

— Moi, je m'offre comme cheval de renfort, reprit
un autre mauvais plaisant. Allons, ma mie, fit-il en s'a-
vançant et en passant sa main sous le menton de dame
Marguerite, ne m'accepterez-vous pas pour compagnon?

Dame Marguerite qui souffrait difficilement la raillerie, se voyant le but des moqueries d'un tas de jeunes
libertins, sentit la colère l'envahir, et sans faire ni un,
ni deux, elle souffleta d'importance le gaillard, qui
voulait se jouer d'elle. Ce dernier, furieux de se voir
souffleté par une femme, devant ses camarades qui
riaient à gorge déployée, se préparait à rendre à
dame Marguerite, avec accompagnement de coups de
poing, l'insulte qu'il en avait reçue, quand le chef, qui
lisait sur tous les visages l'approbation donnée à la vigoureuse défense de la nourrice, intervint tout à coup.
Laissez, dit-il avec autorité, cette femme poursuivre
son chemin. Vous l'avez attaquée, elle s'est défendue:
c'était son droit. Pourquoi plaisanter aussi avec une
gaillarde de cette espèce? Ma mie, ajouta le chef en
s'adressant à dame Marguerite, vous avez la main
leste, et gare à qui vous approche de trop près. Allons,
en rang, marchons, et en disant cela, il poussa vi-
goureusement son cheval. La troupe suivit, et les deux
femmes, émues de cette rencontre, purent reprendre
leur marche.

— Quel danger nous avons couru ! disait la nourrice. J'ai appris à ce jeune écervelé qu'on ne se joue
pas ainsi d'une femme ; mais, en vérité, j'ai eu bien
peur....

Dame Marguerite et Anne eurent bientôt rejoint
leurs compagnes, et ensemble elles remercièrent Dieu
qui les avait si visiblement protégées. Cette troupe
était envoyée pour se saisir de la reine, et elle avait
passé tout près d'elle, sans se douter seulement de sa
présence !

On se reposa sur le gazon, et on attendit avec impatience les chevaux que le sire de Bressuire devait envoyer. Mais les heures s'écoulaient, et rien ne paraissait
à l'horizon. Le roi aurait-il eu l'éveil de leur projet?
le sire de Bressuire manquerait-il à sa promesse? La
crainte et l'inquiétude commençaient à envahir leurs
cœurs, quand des pas de chevaux se firent entendre.
Dame Marie-Jeanne, qui était à l'affût, se dirigea du
côté d'où venait le bruit, et se trouva bientôt en présence d'un homme, conduisant deux chevaux en laisse.

— France ! dit celui-ci.

— Danemark ! répondit vivement la pauvresse ; et
après ces mots qui étaient le signe de reconnaissance,
elle le conduisit vers la reine et ses compagnes. Après
avoir salué profondément Ingelburge, l'homme de
confiance de Robert de Bressuire fit avancer le plus
beau de ses chevaux et aida la reine à y monter. Où
faut-il vous conduire, demanda-t-il ? Mon maître, le
sire de Bressuire serait heureux de vous recevoir dans
son manoir, où vous pourriez attendre dans le calme et
la paix, des jours plus heureux.

— Le sire de Bressuire est un noble chevalier, et je vous charge pour lui de mes plus chaleureux remerciments, dit la reine, mais c'est à la maison de Dieu, et à la maison de Dieu seule, que je dois demander un abri. N'y a-t-il point par ici, de ces endroits bénis, où les blessés des luttes de la vie puissent aller réclamer des forces pour gravir le rude sentier de l'existence?

— A quelques lieues à peine, dit le conducteur, se trouve un monastère de Bénédictines dont on vante la piété et la charité. Nul ne frappe à leur porte sans être secouru, et au pain qui nourrit, elles ajoutent la parole qui console.

— C'est là alors qu'il faut que j'aille, reprit vivement la reine. Mon cœur souffre, elles le consoleront; mon esprit est troublé, elles le calmeront; ma vie est brisée, elles m'apprendront à l'offrir à Dieu, et à unir mes douleurs à la croix du Sauveur.

Damie Marguerite monta sans difficulté sur le cheval qui lui était destiné, et Anne se plaça en croupe derrière elle. Quant à Marie-Jeanne, elle les quitta à la sortie du bois, mais non sans émotion. Prenant la main de la reine, elle y appliqua ses lèvres et lui dit : — Puissé-je ne pas mourir sans vous voir, ô reine, aimée et honorée comme vous méritez de l'être!

Le chemin, que suivirent les voyageuses, était agréable et pittoresque. Tantôt elles prenaient des sentiers battus, tantôt elles suivaient les pentes accidentées de la route, tracée encore plus par la nature que par la main des hommes. Le soleil commençait à se dégager des brumes du matin, semblables aux langes dont on en-

toure un nouveau né, et en tombant sur les feuilles
des arbres et sur les herbes des prés, faisait miroiter
les gouttes de rosée que la fraîcheur de la nuit y avait
déposées, et qui se changeaient en autant de diamants.
Les champs de blé se balançaient mollement au souffle
du zéphir, les oiseaux chantaient le cantique du
matin, qui semblait comme un suprême appel à la
providence ; les fleurs ouvraient leurs corolles aux
baisers du soleil, et envoyaient au loin leurs suaves
parfums. La nature était en fête, et nos voyageuses,
quelque tristes qu'elles fussent, ne purent échapper
entièrement à sa bienfaisante influence.

Après quelques heures de marche, Ingelburge et ses
compagnes se trouvèrent en face du monastère de
Sainte-Marie, sainte et noble demeure, à l'architecture
sévère, qu'une rivière entourait comme d'une cein-
ture et qui semblait murmurer continuellement à
son oreille le refrain d'une prière. Le conducteur
se disposait à frapper à la porte du monastère, quand
la reine l'arrêta tout à coup. Je veux, dit-elle, entrer d'a-
bord dans la maison de Dieu et lui offrir cette nouvelle existence qui sera remplie, je le crains, de bien
des douleurs. Quand nos trois femmes franchirent le
seuil de la chapelle, la messe commençait. Un prêtre,
à cheveux blancs, incliné profondément devant l'autel,
prononçait ces mots, qui sont l'aveu de notre faiblesse :
Confiteor Deo etc. Elles prièrent longtemps et avec ferveur,
et lorsque Ingelburge se releva, elle se sentit plus forte,
et ce fut sans crainte qu'elle se dirigea vers le monastère.

— Qui est là ? demanda une voix douce, qui ne semblait propre qu'à exprimer des pensées de paix.

— Une malheureuse femme, brisée par les luttes de la vie, et qui vient demander l'hospitalité au cloître, répondit la reine.

La grille, ouverte un instant, se referma, et peu après une porte s'ouvrit devant Ingelburge et ses compagnes, et la supérieure, l'air doux et bienveillant, s'avança vers la reine.

— La reine de France proscrite et malheureuse vient demander, ma mère, à votre monastère asile et protection, dit Ingelburge. Mariée depuis quelques jours à peine, elle se voit lâchement abandonnée. On attaque la validité de son mariage, et on veut la faire renoncer à une union que Dieu a bénie. De crainte que ses plaintes n'importunent celui qui a violé ses serments, on veut l'éloigner. Mais elle ne peut, ni ne veut reprendre le chemin de sa patrie, avant que le vicaire de Jésus-Christ n'ait lui-même décidé de son sort. Elle ne cédera point à un caprice royal, qui trouve son explication, mais non sa justification, dans une de ces passions violentes, qu'on ne satisfait qu'aux dépens de la vertu et du devoir.

— La reine de France, heureuse et honorée, aurait été reçue dans nos murs avec tout le respect que comporte sa haute position, répondit la supérieure. Malheureuse et affligée, c'est avec notre cœur que nous lui ouvrirons nos portes. Épouses d'un Dieu crucifié, nous connaissons le prix de la souffrance, et dans l'âme froissée par le monde, nous retrouvons les sacrés stigmates de la croix que le divin Maître nous enseigne à honorer. La douleur, Madame, quand elle atteint une âme qui a conservé toute la fraîcheur de la vertu, est un présent béni de la Providence; et comment nous qui l'apprécions dans le pauvre et le malheureux vulgaire, ne nous inclinerions-nous pas devant elle, quand nous la retrouvons dans une noble femme, qui combat pour des droits légitimes, et qui n'en appelle qu'à Dieu et à son vicaire pour le redressement des torts qu'on lui fait?

— Merci, ma mère, dit Ingelburge en tendant la main à la supérieure, merci de vos bonnes paroles. Je me croyais abandonnée de tous sur la terre, vous me prouvez qu'il y a encore des cœurs que le malheur attire et qui savent compatir à la souffrance. Derrière les murs du cloître, je veux apprendre à souffrir courageusement, et je compte sur vos conseils pour exploiter ce trésor de la douleur que nous tous, hélas! nous repoussons, mais qui, monnayé par la soumission à la volonté de Dieu, sert à acheter le ciel.

— Mais, reprit la reine, après un moment de silence, je ne suis pas seule, ma mère, et montrant dame Marguerite et Anne, pour ma nourrice et ma fidèle amie je vous demande aussi l'hospitalité. L'une me nourrissait jadis de son lait, à cette heure, c'est sa tendre et affectueuse bonté qui console et fortifie mon cœur. L'autre est une amie que je ne me souviens pas d'avoir commencé à aimer. Fiancée en Danemark, son mariage devait s'accomplir le lendemain de mes noces, mais quand son fiancé vint lui rappeler sa promesse, Anne avait oublié les joies qui l'attendaient et ne voulait plus se souvenir que de mes chagrins. N'ai-je pas le droit d'être fière de ces deux nobles cœurs? Heureuse épouse, reine fortunée, j'aurais peut-

peut-être mis sur le compte de mon bonheur des attachements aussi purs, et j'aurais oublié de payer avec le
cœur ces affections, qui ne se paient que par le cœur.

— Madame, répondit la supérieure, présentées par
vous, vos deux nobles amies ne peuvent être refusées ;
mais ai-je besoin de vous rappeler que le dévouement
est une trop sainte chose, quoique personne mieux
que vous ne puisse l'inspirer, pour que nous n'accueil-
lions pas avec bonheur celles qui en font le but de leur
vie. Tout ce qui est grand et généreux a droit de cité
derrière le mur du cloître. Ce que nous repoussons,
c'est la fange et l'ordure de ce monde ; mais ce qui
porte le cachet de l'abnégation et du sacrifice trouvera
toujours nos portes ouvertes.

— Merci, mille fois merci, d'apprécier ainsi mes généreuses amies. Dieu certainement ne m'a pas abandonnée quand il m'a mise, ma mère, sur votre chemin.

— Mais, dit la supérieure, n'avez-vous pas besoin de
vous reposer ?

— Oui, répondit la reine, mais je dois un dernier merci
au sire de Bressuire et à l'homme généreux qui nous
a conduites vers vous, et ce disant, elle alla vers le
onducteur, qui, profondément ému, lui baisa la main
en pleurant.

La reine de France, en traversant les longs cloîtres
du monastère, éprouva dans tout son être un profond
apaisement. Ses sens se calmèrent, son esprit se rassé-
réna, et la prière sortit instinctivement de ses lèvres. N'é-
tait-elle pas dans la maison de Dieu ? n'avait-elle pas
trouvé le port, et n'était-elle pas à l'abri de l'orage ?

7

La supérieure s'excusa sur la simplicité toute mo-
nastique de l'appartement destiné à la reine, mais
celle-ci ne la laissa pas achever.

— Ma mère, lui dit-elle, ne savez-vous pas que les
lambris dorés n'empêchent pas la souffrance de pénétrer dans la demeure des rois? Ici l'on souffre peut-
être, mais ne se sert-on pas de la douleur comme
d'un navire habilement appareillé, qui conduit au
ciel?

La supérieure écoutait Ingelburge avec étonnement
et avec admiration. Ce langage de la reine n'était-il
pas le langage du christianisme dans toute sa pureté,
et dans cette femme, qui lui paraissait, à elle avancée
dans la vie, une enfant, ne trouvait-elle pas les sentiments
les plus nobles et les plus élevés?

La mère Saint-Pierre (c'était la supérieure) avait
passé le milieu de la vie, et les rides, précurseurs
de la vieillesse, sillonnaient son front, mais sans ôter à
sa physionomie cette beauté que possèdent les saints,
et qui a comme le cachet du ciel. La mère Saint-Pierre
n'avait jamais été belle. Ses traits n'avaient point cette
régularité qui frappe sur un visage de femme, et la
fraîcheur du printemps de la vie n'y avait jamais imprimé cet éclat qui fascine, qui éblouit et qui charme.
Et cependant, il y avait dans son regard quelque chose
de si bon, son sourire était si affectueux et si maternel,
qu'en voyant cette femme, et sans s'en rendre un
compte exact, on se sentait attiré vers elle. Le cœur
s'ouvrait naturellement au son de sa voix, et le secret,
le plus chèrement gardé, venait instinctivement sur les
lèvres, quand, après d'elle, on repassait sa vie, et les

douloureux mystères qui avaient été les tristes écueils
de la vertu. Cette femme n'était pas, à proprement
parler, une femme, c'était une mère, et sa physionomie, comme son regard, le disait au spectateur le plus
inattentif. Mais ce n'était pas la mère qui engendre
des cœurs terrestres, c'était la mère des âmes, celle
dont la voix chasse les souffles impurs, qui nourrit de sa
parole, et dont le regard investigateur va chercher
l'âme perdue dans les profondeurs de la matière, pour
la faire renaître à une vie nouvelle. En voyant cette
femme, on comprenait cette divine maternité des
âmes que le christianisme a créée, et qui est un des
plus doux mystères de cette religion d'amour. Au
regard tendrement affectueux, avec lequel la mère
Saint-Pierre considérait la reine de France, on devinait que sous cette enveloppe royale, la mère cherchait
l'âme qu'elle voulait réchauffer de sa vertu et prémunir contre les défaillances de la vie. Comme la mère
terrestre tend ses bras vers son enfant, et s'incline
pour lui porter secours, de même la mère Saint-Pierre
semblait vouloir s'incliner vers cette enfant royale, qui
portait le poids si lourd d'une couronne, et lui offrir
son cœur comme un point d'appui pour gravir le
sentier si rude de son calvaire. La pensée de la colère
du roi Philippe se présentait à peine à son esprit,
et ne lui inspirait aucune crainte. Que lui faisait,
à elle, la faveur des grands? Elle ne demandait que le
droit de s'immoler près de la croix, et de consoler ceux
qui souffraient.

X

Les jours qui suivirent furent employés à initier Ingelburge à la vie du cloître. Dès le début, elle refusa les distinctions accordées à sa naissance, et quand la mère Saint-Pierre lui en témoigna son étonnement, elle répondit mélancoliquement :

— Si je ne puis être religieuse de fait, qu'au moins j'oublie pour quelques jours ma triste destinée, et que je puise dans une vie forte ce qu'il me faut pour la lutte que je vais entreprendre.

La prière, le travail occupaient ses journées, et elle aimait à redire, avec les sœurs, les immortels psaumes que le Roi-Prophète nous a laissés comme un touchant témoignage de sa pénitence, et où elle trouvait tant d'allusions à sa propre destinée. Comme lui, en effet, n'était-elle pas en butte à la persécution et à la haine, et ne s'était-elle pas échappée comme le passereau des filets de l'oiseleur ? Mais c'était surtout le soir qu'In-

gelburge aimait à mêler sa voix à celles des sœurs.
Ces chants, au milieu du silence et des ténèbres de la
nuit, produisaient sur son âme quelque chose de difficile à rendre. Rien, en effet, n'est plus solennel que
la prière de la nuit dans le cloître; rien ne détache
davantage l'âme de la matière; rien ne l'émeut et ne
l'impressionne comme le chant dans les ténèbres. Ces
voix monotones, mais douces, qui s'élèvent vers Dieu,
qui le supplient et l'implorent, la lumière faible et va-
cillante qui éclaire le sanctuaire et crée des images
fantastiques, le costume religieux aux formes et à l'aspect austères : tout remue l'âme jusque dans ses dernières profondeurs. Il semble, qu'à cette heure, la matière reconnaît la loi de l'esprit, et que l'âme, humiliée
de se sentir unie à une boue immonde, se soulève et
veut s'élancer vers l'infini, dont elle a comme la sen-
sation.

Anne s'était promptement accoutumée à Sainte-
Marie, et sa gaieté, disparue un moment, était revenue
naturellement, quand son rire joyeux avait trouvé de
l'écho chez les religieuses qui aiment la joie comme
un ressouvenir du ciel. Elle songeait bien parfois au
passé, interrogeait bien l'avenir, mais son cœur se
reposait dans le présent comme dans une oasis. Quant
à dame Marguerite, cette vie douce et calme lui convenait moins qu'à la reine et à la damoiselle de Kirk.
La brave femme aimait le mouvement, l'agitation,
et, faut-il le dire? elle avait la passion du gouvernement. A la cour, elle s'inclinait devant la volonté
toute-puissante de la reine, mais elle faisait toujours
en sorte de faire pencher Ingelburge du côté qu'elle

souhaitait, de manière que la reine régnait, mais ne gouvernait pas.

Lorsqu'elles furent venues demander un abri à Sainte-Marie, il se trouva là un personnel tout organisé pour les choses matérielles, et la mère Saint-Pierre ne se servit point de l'intermédiaire de dame Marguerite dans ses rapports avec Ingelburge. La nourrice, qui n'était pas faite à l'idée qu'on pût parvenir à la reine sans avoir recours à elle, éprouva une véritable souffrance. Comment vivre avec des femmes, aux formes douces et polies, mais qui ne permettaient aucun empiétement, et qui s'armaient de leurs règles, quand la pauvre nourrice voulait leur prouver que son avis était le meilleur ? Dame Marguerite était une chrétienne fervente. Nul ne montrait plus d'ardeur dans la pratique de la religion, et n'avait plus de confiance dans l'intervention des saints et dans leurs reliques. Mais ce que son intelligence ne saisissait pas, ce que son esprit ne pouvait comprendre, c'était cette obéissance religieuse qui plie sous la même volonté tant de volontés différentes. Cette soumission révoltait son indépendance, et sa tête se relevait instinctivement, quand elle songeait qu'elle aussi devait subir le joug.

— C'est une belle chose que la vie religieuse, disait-elle un jour à la reine, mais pourquoi chaque sœur n'agit-elle pas à sa guise ? Est-il nécessaire que la mère Saint-Pierre leur dise ce qu'elles doivent faire et penser ? Tenez, je ne vous le cache pas, ça m'agace pour tout de bon, quand je leur donne des conseils pour la cuisine et pour l'agriculture, et qu'elles me répondent : nous verrons, nous en parlerons à la mère. La mère, toujours la mère ! Est-ce qu'on ne peut pas avoir confiance en moi ? ne gouvernais-je pas la cour ? Et comme Ingelburge souriait à ce naïf aveu, la nourrice ajouta comme correctif : C'est-à-dire que vous gouverniez, mais que vous me donniez quelque part dans le gouvernement.

— Et c'est ce que tu aimes, nourrice, dit la reine toujours souriant. Mais ici tout est réglé d'avance. Ces saintes filles marchent dans les sentiers de la plus sublime perfection, et elles pratiquent à la lettre ces paroles du divin Maître : Renoncez à vous-même. Dans le renoncement elles trouvent le bonheur. Tu ne crois pas cela ?

— Nous n'assurerons pas que dame Marguerite fût convaincue par les paroles d'Ingelburge ; et la reine, qui voyait avec peine le mécontentement de la brave femme, s'informa auprès de la mère Saint-Pierre s'il n'y aurait pas moyen de satisfaire cette soif de commandement, qui était un des besoins de la nourrice. Les religieuses de Ste-Marie répandaient de nombreuses aumônes dans le sein des pauvres, et il fut décidé que dame Marguerite serait chargée, désormais, de la distribution des charités du monastère. Cet emploi allait à sa nature. Elle était bonne, compatissante, et bientôt, aux alentours du monastère, on ne parla plus que de la générosité de la brave femme, et la voix publique déclara que jamais les aumônes du couvent n'avaient été distribuées avec autant de soin et de discernement : ce qui flatta singulièrement l'amour-propre de la nourrice, et commença à la réconcilier avec la vie du cloître.

— Ce sont des femmes admirables que ces religieuses, disait-elle dans ses jours d'enthousiasme, elles se
privent de tout pour les pauvres, mais... mais pourquoi ne pas croire mon expérience. J'en sais bien autant que toutes les mères ensemble...

Mais cette vie, si douce qu'elle fût pour Ingelburge,
n'était qu'une halte, elle ne le sentait que trop. Elle
était femme, hélas ! et le sacrement du mariage avait
imprimé sur son front son sceau ineffaçable, et lui avait
créé de nouveaux devoirs. Pouvait-elle vivre inconnue
et oubliée dans un monastère, elle qui était la femme
légitime du roi de France? Et si son honneur lui dé-
fendait de reprendre la route du Danemark, pour obéir
à un caprice royal, n'était-ce pas dans le sein de son
père bien-aimé qu'elle devait déposer les angoisses qui
torturaient le sien ? — Mon père, mandait elle au roi de
Danemark, on veut chasser honteusement votre fille.
On nie ses droits d'épouse et de reine, et on voudrait la
renvoyer, vers vous, comme une femme dont le cœur
et les mains sont souillés. Mon père, votre fille peut-
elle accepter ce suprême affront, et serait-elle digne
de vous et de sa race, si elle baissait la tête sous l'insulte? N'est-ce pas se montrer de votre sang que de
lutter jusqu'à la mort? Mais, père, votre enfant est
une pauvre femme abandonnée, elle est faible et ses
ennemis sont puissants. Ne viendrez-vous pas à son
secours? C'est vers vous qu'elle tend les bras.

Après cet appel de l'enfant à son père, Ingelburge
voulut protester, à la face du monde, de sa ferme
résolution de maintenir ses droits intacts ; et ce fut à
l'Église qu'elle s'adressa, par l'intermédiaire de l'évêque

Adalbert, pieux et saint prélat dont la France admi-
rait alors les vertus, pour faire entendre au roi le cri
de la femme offensée, et l'avertir qu'elle en appelait à
Rome pour sa défense.

« La reine de France, disait-elle dans sa protestation,
ne se laissera pas ébranler par la peur. Le sang qui
coule dans ses veines n'est point un sang vulgaire,
que le roi le sache bien. Ses ancêtres ont combattu
jadis avec l'épée et sont sortis vainqueurs; à leur
exemple, elle saura lutter, et ne laissera point tomber
de sa tête la couronne de la femme et de la reine qu'un
sacrement y a placée. »

Ingelburge espérait-elle que Philippe céderait devant
sa fermeté et sa résistance, et qu'époux soumis, il
reviendrait vers elle ? Hélas ! la conduite du roi à son
égard, son caractère fier et entier ne pouvaient lui
laisser que peu d'espoir, mais un rayon d'espérance
venait doucement caresser son cœur, quand elle songeait à son éclatante beauté, à laquelle chacun rendait
hommage, à ses attraits que nul ne contestait, et elle
se demandait si seul le roi de France dédaignerait des
charmes qui n'avaient point de rivaux.

XI

Laissons Ingelburge livrée à ses craintes et ses espérances, et transportons-nous à la cour de France. Le roi venait d'accorder quelques audiences, mais présentement il se trouvait seul. Il paraissait préoccupé. Il marchait à grands pas, frappait du pied par moments, et avait le front couvert d'un nuage. Après avoir fait à plusieurs reprises le tour de l'appartement, il pressa avec force un timbre, qui se trouvait sur une table, et au son qu'il rendit, un domestique accourut.

— Allez, dit le roi sans détourner la tête, me chercher le sire de Nohant.

— Quelques instants s'étaient à peine écoulés, pendant lesquels Philippe avait continué à arpenter la chambre, quand Nohant entra.

— J'avais besoin de te voir. Sais-tu ce qui m'est arrivé ?

— Et comme le courtisan s'inclinait négativement.

— J'ai reçu ce matin une charmante, une agréable

visite, ajouta Philippe avec ironie. Adalbert, l'austère
Abaldert, a quitté ses ouailles et son troupeau pour
me rappeler que j'avais une femme, et me menacer
des colères de Rome, si je ne la reprenais au plus tôt.
Ne trouves-tu pas pour le moins singulier que ce
prêtre se mêle de mes affaires ?

— Ne vous ai-je pas toujours dit de vous méfier de
ces évêques, répondit Nohant ? Ils ne travaillent qu'à
une chose, vous mener au doigt et à l'œil.

— Est-ce que je te parais bâti de façon à supporter
leur joug? fit le roi en relevant la tête avec orgueil.
Mais n'est-ce pas plaisant, en vérité, qu'Adalbert se
soit chargé d'un message de la princesse de Danemark?
Tiens, lis cela, dit Philippe en lui tendant un parchemin , ne me menace-t-elle pas des foudres de
l'Église et de la colère de Dieu, si je ne la reconnais
pour ma légitime épouse. Elle fait aussi du sentiment,
cette froide fille du Nord. On dirait qu'il y a des larmes
dans sa voix; mais la température de son cœur peut-
elle jamais arriver à produire ces orages qui amènent
des pleurs et des sanglots? Elle m'apprend qu'elle a
reçu de ses pères un sang qui ne répugne point au
combat, et m'annonce qu'elle luttera jusqu'à la mort.
Je ne lui croyais pas autant de courage à cette petite
Danoise, et il me semblait que j'en viendrais plus
facilement à bout. Mais voilà que les fortes têtes de
l'Église font mine de la soutenir. Elle s'est réfugiée au
monastère de Sainte-Marie, où on la repait d'idées
d'indépendance, et où on la berce de la pensée qu'en
me résistant, elle me forcera à plier. Ah! elle ne sait
pas à qui elle a affaire. Plus elle luttera, plus je la

repousserai ! Je la hais, et pour l'éloigner rien ne me
coûtera. Mais les prêtres, pourquoi s'occupent-ils de ce
qui me regarde ?

— Parce qu'ils trouvent là une occasion de dominer,
répondit Nohant. Tant que la princesse de Danemark sera abritée sous le toit de Sainte-Marie, elle
sera fière et indépendante. Dans l'atmosphère des
couvents, les femmes acquièrent un caractère viril,
et puisent une force qui leur manque ordinairement.

— Mais comment l'éloigner de Sainte-Marie ? demanda Philippe.

— N'êtes-vous pas le roi de France ? répondit Nohant
avec emphase.

— Sans doute, répliqua Philippe ; mais ne sais-tu
pas que les couvents ont des priviléges, des immunités ?
veux-tu que je soulève, contre moi, toute la chrétienté ?
Nohant, ignores-tu que la lutte avec l'Église porte malheur aux rois et aux familles qui l'entreprennent ? Vois
les Plantagenet. Ne semble-t-il pas qu'une main divine a frappé cette race ? Son chef était un preux et
vaillant chevalier. Toutes les prospérités humaines s'é-
taient données rendez-vous sur sa tête. Un beau royaume,
une femme qui lui avait apporté avec son cœur de riches
et d'opulentes provinces, une famille alors en germe,
mais qui paraissait devoir être sa gloire et sa couronne.
Qu'a-t-il fallu pour anéantir tout ce bonheur ? Henri
a blessé l'Église dans ses immunités. Il a entrepris
contre Thomas Becket une lutte ardente, et son bonheur s'est évanoui comme la fumée. Sa famille est
devenue une famille maudite : ses enfants se sont ré-
voltés contre lui, leur mère s'est unie à eux pour lui

faire une guerre acharnée. Tout a accablé cet infortuné vieillard, qui est mort en maudissant le jour qui l'a vu naître. Ah ! pourquoi Ingelburge est-elle à Sainte-Marie ! Fiez-vous aux femmes ! Celle-là a bien la face la plus moutonne qu'on puisse imaginer, et cependant quelle énergie ne montre-t-elle pas !

— Les femmes, prince, sont fortes et inébranlables tant que leur orgueil est en jeu. L'amour-propre : voilà le grand mobile de la femme. Pour satisfaire sa vanité, une femme est capable de tout. Montrez-lui qu'elle excitera l'admiration, en faisant telle action, elle la fait lors même qu'il y a souffrance. La princesse Ingelburge n'est ferme que parce qu'elle s'est persuadée que son honneur demandait qu'elle luttât. Cette pensée fait sa force, ôtez-la lui. Cette grandeur pour laquelle elle combat, prouvez-lui qu'elle n'est que bassesse, faites entendre à son oreille qu'il n'est pas digne d'une femme qu'on repousse, de vouloir s'asseoir sur un trône dont l'affection la bannit ; que c'est s'avilir que de lutter pour de viles caresses, qui ne flattent le cœur que lorsqu'elles sont volontaires, et que c'est mentir à un noble sang, que de s'agenouiller pour ramasser les restes d'une tendresse qui ne veut pas se donner. Mais, prince, voulez-vous que je vous dise toute ma pensée ? Pourquoi perdre votre temps à lutter contre une femme qui ne veut pas céder ? Pourquoi en appeler au Souverain Pontife et parlementer avec l'Église ? N'êtes-vous pas le maître de votre cœur ? Si cette alliance vous déplaît, pourquoi hésiter à en contracter une nouvelle ? En vous liant pour toujours à Agnès de Méranie, ne fermez-vous pas la bouche à

votre prétendue épouse, n'effrayez-vous pas l'Église
par cette détermination, et ne prouvez-vous pas au
monde que vous n'acceptez d'autre joug que celui du
cœur?

— Tu as là une idée hardie, Nohant, et si je n'écoutais que mes instincts d'indépendance, je n'hésiterais
pas un instant à la suivre, et, heureux époux d'Agnès
de Méranie, de cette fleur au doux et suave parfum,
je chasserais de ma pensée, comme je l'ai chassée de mon
cœur, cette femme au regard froid et glacé. Mais, ami,
t'avouerai-je ce qui me retient? te dirai-je la frayeur
que je ressens à contracter un nouveau mariage, avant
que le premier ait été rompu par l'Église? Ignores-tu
que je suis l'enfant d'une mère pieuse. Ma naissance a
été due aux prières d'âmes ferventes, je porte le nom
de Dieu-donné, comme marque du don que Dieu a
fait à la France, en lui accordant un prince. J'ai sucé,
avec le lait, le respect de l'Église; mon front a appris à
s'incliner sous ses bénédictions et à trembler sous ses
anathèmes. Ma jeunesse a été vertueuse et honnête. Je
n'ai eu d'autre passion que la gloire, et mon cœur n'a
point laissé monter jusqu'à lui la boue qui salit et
souille. Je me croyais invulnérable de ce côté-là, et il
a fallu les charmes de cette enchanteresse, qui se
nomme Agnès de Méranie, pour remuer en moi les
sauvages instincts. Mais qu'elle est charmante, cette
délicieuse créature! Comme son regard doux et profond
vous remue le cœur jusque dans ses dernières profondeurs! Son sourire enivre, et sa grâce et ses manières séduisent et enchantent. Je sens que mon
cœur ne peut plus appartenir qu'à elle. A elle,

je suis pour toujours. Mais Agnès ne peut entrer
dans ma demeure que femme légitime. Son front
est trop pur, sa main trop noble, pour accepter une
situation fausse et équivoque. Du reste, mon passé
si vertueux plaide contre moi, et fait retentir, à
mon oreille, l'anathème qui foudroie le misérable qui
donne entrée dans son cœur et dans sa demeure à la
femme qui n'est point couverte des chastes voiles de
l'hymen. Agnès ne peut être que ma femme légitime,
ét, Nohant, une autre femme réclame ce titre et s'appuie
de l'autorité de l'Église. L'Église prend son parti et
veut commencer une procédure. Cependant je suis décidé à n'accepter son jugement que si elle jette dans
mes bras Agnès de Méranie ; et par une bizarrerie inexplicable, je ne veux pour femme qu'Agnès, et je ne
veux Agnès que des mains de l'Église. Ma raison, en
révolte, me crie que si je ne veux accepter d'autre décision que celle où penche mon cœur, je ne dois pas
me soucier de l'Église, de ses bénédictions et de ses
anathèmes, que je dois rompre avec elle et m'enivrer
au parfum séducteur de cette poétique fleur de l'Istrie.
Mais à la pensée que je brave l'Église sciemment et
hardiment, je sens en moi quelque chose qui me fait
frissonner. Vois-tu, Nohant, mon sang est un sang
chrétien ; mon instinct, je l'ai reçu d'une mère pieuse.
Je tremble involontairement, à la pensée que je serai
banni de l'Église, et l'idée qu'Agnès de Méranie par-
tagera ces anathèmes me fait pâlir malgré moi. Je
retrouve, dans l'intime de mon être, ces instincts religieux, ces frayeurs pieuses que je ne croyais pas avoir
à craindre. Je suis travaillé en deux sens contraires ;

j'ai à lutter contre deux instincts également puissants, et je ne sais lequel sortira vainqueur. Ah! si la princesse de Danemark voulait retourner dans son pays, la chose s'arrangerait d'elle-même. Par son départ, elle romprait, en quelque sorte, de fait une union qui ne peut être légitime, mon cœur me le dit. Retirée à la cour du roi son père, elle formerait de nouveaux liens et il serait facile alors de faire déclarer nuls les premiers. Mais voici qu'elle s'acharne à rester en France, où elle travaille les esprits contre moi. Cette femme veut donc que je la haïsse du fond du cœur. Mon aversion ne lui suffisait pas, elle veut ma haine. Elle l'aura, féroce, implacable.

— Mais, prince, dit Nohant après un moment de silence, si vous lui rendiez la vie impossible en France, si vous l'humiliez dans son amour-propre le plus intime, peut-être reprendrait-elle le chemin de son pays. Dans ce moment, elle est heureuse sous le toit de Sainte-Marie. Elle éprouve, derrière les murs du cloître, cette volupté de la paix et de la tranquillité, qui a un charme tout particulier. Forcez-la à quitter cette demeure. Livrez-la à toute l'horreur de la pauvreté et de l'abandon, et, ou je me tromperais fort, vous l'amènerez à composition.

— Tu raisonnes juste, dit le roi, et à moins que cette femme ne soit de fer, elle rompra. N'a-t-elle pas auprès d'elle sa nourrice et la demoiselle de Kirk?

— Oui, répondit Nohant, et on prétend que le sire de Bressuire va épouser cette dernière sans tarder.

— Pour cela non, dit le roi avec vivacité; Bressuire ne s'unira pas à cette fille de Danemark ou mal-

heur à lui. Mais, Nohant, pourquoi ne m'as-tu pas em-
pêché d'épouser cette fière et sauvage Ingelburge ? Je
serais aujourd'hui l'heureux époux de la charmante
Agnès de Méranie. Près d'elle, je goûterais toutes les
joies du cœur, sans avoir à m'inquiéter d'une lutte
toujours désagréable.

— Les mariages sont écrits dans le ciel, ainsi l'assu-
rait ma vieille grand'mère, et elle ajoutait, la brave
femme, en souriant : Le bon Dieu, enfant, ne fait pas
de ratures sur son grand livre, répondit Nohant en regardant le roi.

— Cependant il faudra bien qu'il en fasse une à
mon intention. Je ne lui demande qu'une chose : bif-
fer un nom pour le remplacer par un autre, et, n'en
déplaise à ta vieille grand'mère, je gage qu'il le fera.

— Et moi aussi, répliqua gaiement Nohant, et ce sera
un beau jour, que celui où nous fêterons très-haute et
très-puissante dame Agnès de Méranie, reine de France.
N'avais-je pas dit juste en vantant ses charmes et ses
attraits ?

— C'est une vraie enchanteresse, mon pauvre Nohant, et moi qui me croyais à l'abri de toute tenta-
tion de ce genre, je m'avoue vaincu, tout à fait vaincu.

— Et heureux vaincu, n'est-ce pas ? demanda Nohant ?

— Non, répondit Philippe avec un sourire triste,
tant que cette femme, qu'abrite le toit de Sainte-Marie,
sera en France. Nohant, débarrasse-m'en, je t'en supplie.
Jamais je ne serai heureux tant qu'elle ne se sera pas
éloignée. Son nom me fait tressaillir d'horreur, son
souvenir me soulève le cœur.

— Voulez-vous me donner de pleins pouvoirs, et me promettre d'approuver tout ce que je ferai ? dit Nohant.

— Tout. Mais ne me brouille pas tout à fait avec Rome, je te le recommande, ajouta Philippe.

— Je ferai le possible, même l'impossible, reprit Nohant, et la princesse de Danemark sera bien fine, si elle échappe aux filets que je vais lui tendre.

XII

Il était deux heures de l'après-midi, et toutes les habitantes du monastère de Sainte-Marie se livraient au travail, qu'elles entremêlaient d'élans d'amour vers Dieu. Tout était calme et silencieux dans le cloître, quand on frappa brusquement à la porte extérieure. La sœur portière accourut, et elle se trouva en face d'un homme, que nos lecteurs reconnaîtront aisément pour le sire de Nohant.

— J'ai besoin de parler immédiatement à la supérieure, faites-la moi venir, dit-il ton bref.

Le sire de Nohant s'installa dans le parloir comme en pays conquis, et quand la mère Saint-Pierre fut entrée, il lui dit à brûle-pourpoint :

— Je viens ici de la part du roi de France, et vous devinez aisément ce qui m'amène. Le roi considère son mariage comme nul, et il trouve pour le moins étrange que vous ayez reçu la princesse de Danemark dans votre monastère. Jusqu'à présent il a fermé les

yeux, mais il ne saurait pousser plus loin la condescendance, et ne veut plus permettre que la princesse
Ingelburge fasse de votre monastère un camp retran-
ché où elle ameute les esprits contre lui. Elle n'a
qu'une chose à faire : c'est de reprendre le chemin de
son pays. Il y a longtemps qu'elle s'y serait décidée,
si vous ne lui aviez prêté aide et protection, si vous
ne l'aviez nourrie de l'idée que sa résistance forcerait le
roi à céder. Ces conseils, le roi ne vous les pardonnera,
qn'à la condition que vous ferez nettement entendre à
la princesse de Danemark que, sujette du roi de
France, vous vous voyez dans la nécessité d'obéir à ses
ordres, qui sont qu'elle quitte immédiatement votre
monastère; en ajoutant que l'intérêt que vous lui portez vous fait souhaiter qu'elle s'éloigne de la France,
qui n'est, et ne sera jamais pour elle qu'une terre
étrangère. Voilà, ma mère, le service que le roi attend
de vous. Les esprits sont troublés, une sourde fermen-
tation travaille le royaume, le clergé voit dans la princesse Ingelburge une pomme de discorde, par le
moyen de laquelle il espère pêcher en eau trouble. On
soulève l'opinion, et, sous le prétexte de venir au secours d'une femme opprimée, on porte atteinte au respect qu'on doit au roi, on met en brèche son autorité.

— Messire, répondit avec calme et dignité la supérieure, j'ai reçu la princesse Ingelburge sous le toit
de Sainte-Marie, comme je recevrai toute femme
pauvre et malheureuse qui viendra frapper à notre
porte. Les monastères, comme les églises, sont des
lieux d'asile, et n'est-ce pas un privilége que tous
doivent travailler à conserver : car le vainqueur

d'aujourd'hui peut être le vaincu de demain, et la maison de Dieu ne doit-elle pas être ouverte à quiconque est blessé par les luttes de ce monde, et réclame le cordial qui doit l'empêcher de faillir? Je n'ai considéré la princesse de Danemark que comme une pauvre enfant, dont le cœur saignait loin de sa famille et de sa patrie. Je lui ai prêché la résignation, la patience, le calme, mais je suis chrétienne, Messire, fille soumise de la sainte Église ; et, à ce titre, je crois à la sainteté du mariage. Cette enfant a reçu, devant Dieu, les serments du roi, elle est sa femme; et si cette union néfaste a des causes qui la rendent nulle, attendez, au moins, que Rome ait parlé. La princesse Ingelburge y a appelé, et au Souverain-Pontife elle remet son sort. Elle attend sa décision avec une soumission qui l'honore, et vous voulez qu'au moment où elle prend l'Église pour juge, nous la traitions en condamnée. Non, Messire, non. Mon devoir me dit, que tant que la princesse de Danemark voudra rester sous le toit de Sainte-Marie, je dois lui offrir un abri, et à ce devoir-là, avec l'aide de Dieu, je ne faillirai pas. L'Église, en recevant les vœux qui me lient à Notre-Seigneur, m'a appelée à accomplir les œuvres saintes, auxquelles le divin Maître a promis le ciel, et au premier rang ne trouve-t-on pas l'hospitalité donnée à qui n'a pas d'abri, à qui n'a pas de toit pour reposer sa tête?

— Alors, dit vivement Nohant, en frappant du pied, vous bravez le roi ?

— Non, Messire, je ne le brave point, répondit la supérieure. Je sais ce que je dois de respect à son autorité, d'obéissance à ses ordres ; mais ignorez-vous que les monastères ont des immunités ? Et en vertu de ces immunités, n'ai-je pas le droit et le devoir d'offrir un abri à la princesse, qui, étant appelante en cour de Rome, est sauvegardée par les lois mêmes de l'Église?

— Mais je vous avertis que vous encourez la haine du roi de France, sa haine la plus violente, s'écria Nohant en colère.

— Le roi de France, répliqua la supérieure sans se troubler, ne peut en vouloir à de pauvres religieuses de ne point chasser de leur demeure une femme qui en appelle pour sa défense au Souverain Pontife, et met son honneur, comme sa vertu, à l'abri de tout outrage derrière les murs d'un cloître.

— Ce cloître, dit le sire de Nohant avec vivacité, peut s'attendre à une guerre ouverte. Malheur à qui prendra sa défense.

Nohant se tut un instant, marcha à pas précipités dans l'appartement, et venaut se placer bien en face de la supérieure, reprit :

— Avez-vous bien pesé ce que vous venez de me dire? Persistez-vous à offrir un asile à la princesse de Danemark? Réfléchissez à ce que vous allez me répondre: il y va de la paix et de la tranquillité de votre monastère. Vous êtes une noble femme, que le roi aime et estime, et dont la France admire les vertus, voulez-vous perdre à la fois cette affection et cette estime ? Le courage et la force d'âme que vous avez montrés me font souhaiter une réponse satisfaisante. En accédant aux désirs du roi, vous rendez à la princesse Ingelburge une patrie et une famille. En Danemark, sa beauté et ses vertus

amèneront près d'elle un cœur à qui elle se liera par
des serments bénits par l'Église, ratifiés par le cœur.
Heureuse épouse et heureuse mère, elle bénira la
voix amie qui l'a détournée d'une lutte où elle aurait
usé sa vie, compromis son cœur, et reçu cette humiliation qu'une femme éprouve toujours, quand on fait
fi de son affection. L'intérêt bien entendu de la
princesse de Danemark le réclame, un intérêt plus
cher encore à votre cœur, l'intérêt de l'Église, vous y
convie. Voulez-vous l'engager dans une lutte terrible
avec le roi de France? Philippe ne reprendra jamais la
princesse Ingelburge, quelle que soit la décision de
Rome. Sa main et son cœur la repousseront toujours, et
pour l'éloigner, il est décidé à tous les sacrifices. Faut-il
vous rappeler les maux cruels qui accompagnent les
luttes des princes chrétiens avec le souverain pontife?
Quelles calamités n'amènent-elles pas après elles, et
n'est-ce pas ébranler l'autorité morale dans le monde,
que de donner de semblables spectacles aux peuples ?
Les rois y perdent leurs forces, et le Souverain
Pontife descend des hauteurs où, nous croyants, nous
aimons à l'apercevoir. En se mêlant aux choses
humaines, il perd cette auréole dont la foi l'environne;
les peuples, dans le combat, aperçoivent le défaut de
la cuirasse qu'il revêt pour la lutte, et souvent, hélas!
on retrouve l'homme sous la robe du pontife ! Laissez
donc le successeur de Pierre sous le nuage, et par une
sage prudence, ne mettez pas d'entraves au désir du
roi.

— Les arguments que vous faites valoir, Messire,
n'ont point de valeur auprès de moi, répondit la

8

supérieure. Je ne sais qu'une chose, pauvre ignorante que je suis : C'est que le mariage est un sacrement, grand en Notre-Seigneur ; qu'à Pierre et à ses successeurs a été remis le droit de nouer et de dénouer les liens qui unissent deux cœurs et deux destinées, et que par conséquent, lorsque le vicaire de Jésus-Christ remplit cette fonction, qui lui a été dévolue par Dieu lui-même, il accomplit une partie intégrante de sa charge. A lui, a droit d'en appeler celui qui se prétend lésé, et en abritant sous le toit de l'Église quiconque reconnaît son autorité, par un appel en règle, je ne fais qu'accomplir mon strict devoir.

— C'est votre dernier mot ? dit Nohant rouge et les yeux enflammés, hé bien! ce ne sera pas le mien. Je veux voir la princesse de Danemark, et je veux la voir à l'instant. J'exige que vous soyez présente à cette entrevue.

— Mais cette entrevue sera pénible pour la princesse, dit la mère Sainte-Pierre.

— Qu'est-ce que cela me fait ? Il faut, enfin, qu'elle sache la vérité. Avec vos nonneries, vous l'avancerez bien, vous autres. On la nourrit ici de lait et de miel, il est temps qu'elle connaisse le goût du fiel et de l'absinthe. Je veux la voir immédiatement, et si vous ne la faites venir, j'entre moi-même la chercher dans le monastère.

Devant un ordre semblable, il n'y avait qu'à obéir, et la princesse Ingelburge, avertie qu'un courtisan du roi demandait à lui parler, se rendit au parloir. Elle se doutait bien de quelque communication pénible, et ce fut en pressant sur son cœur le crucifix, et en

demandant au Dieu du calvaire la force et le courage,
qu'elle se présenta devant le sire de Nohant. Ce dernier
se leva à peine à l'arrivée de la reine, et Ingelburge,
lui ayant demandé la raison qui l'amenait auprès d'elle,
il répondit sur un ton qui était presque une offense :
Je présume que je n'ai pas besoin de vous la dire, et
que vous la savez d'avance? Le roi de France est las de
vos sourdes menées et de vos résistances à ses ordres.

— Mais, dit la reine, avec dignité, qu'appelez-vous
mes sourdes menées, mes résistances à ses ordres?
Femme légitime, reine de France devant Dieu et devant les hommes, je soutiens mes droits, et je les sou-
tiendrai jusqu'à la mort. Je suis d'une race où l'on
sait combattre et mourir.

— Même quand on est sûr d'être vaincu ? demanda
ironiquement le sire de Nohant.

— Dieu seul, répondit Ingelburge, ne laissant paraître que par une vive rougeur l'impression pénible
qu'avait produite le sourire de Nohant, Dieu seul,
reprit-elle, connaît l'issue de la lutte, et c'est em-
piéter sur les droits de son vicaire que de la présumer.

— Il y a des gens qui n'empiètent sur les droits de
personne, dit l'ami du roi, accompagnant ces paroles
d'un méchant sourire qui perçait comme un stylet,
mais qui n'ont besoin que d'interroger leur cœur pour
se convaincre qu'à certain nom, il ne répondra jamais par
un son affectueux. Pour cela, ils en sont sûrs, et si par
hasard vous en doutez encore, je puis vous en assurer.
Il y a des antipathies si fortes, des répulsions si violentes qu'à les combattre on travaille vainement. Mieux

vaut s'avouer vaincu : car la lutte ne peut constater que la défaite.

— Vous êtes cruel, Messire, dit Ingelburge, et le roi de France ne pouvait choisir un meilleur messager s'il tenait à m'enlever toute illusion.

— Et pourquoi en avoir des illusions, répondit Nohant ? Ne vaut-il pas mieux connaître la vérité tout entière? Pourquoi lutter pour conquérir un cœur qui s'est donné ailleurs, qui va s'enchaîner à d'autres affections qui, celles-là, l'enchantent et le ravissent? Pourquoi s'acharmer à solliciter un amour qui vous repousse?

— Mais si ce cœur s'était donné ailleurs, dit Ingelburge frémissante, pourquoi me venir chercher au fond du Danemark? Je n'ai pas, moi, sachez-le bien, Messire, sollicité la main du roi de France.

— Le roi espérait trouver en vous une femme selon son cœur, répliqua Nohant. Il s'est trompé, et ne peut enchaîner sa vie à une femme que tout son être repousse.

— Oh! Messire, qu'ai-je fait au roi pour qu'il me repousse? s'écria la malheureuse reine. Je suis belle, on me l'a toujours dit, et ce fragile avantage je l'appréciais, parce qu'il devait rendre le devoir plus facile au roi. Je suis de sang royal, et mon sang, Messire, est noble et sans souillure. Mon cœur n'a jamais connu que les saints et purs attachements. Dieu, mes parents, quelques amies d'enfance l'ont seul rempli jusqu'à ce jour ; et je pourrais vous y faire lire, jusqu'aux dernières profondeurs, sans que vous y rencontrassiez l'ombre d'une faiblesse. Qu'est donc le roi de France, quand il me repousse ainsi, moi, fille de roi, dont le cœur et la main sont nobles, et n'ont jamais, je puis le dire devant Dieu, forligné à l'honneur? — Mais je veux laisser de côté ces avantages, et ne considérer que la situation que me fait la loi du serment; hé bien! il est certain que le roi ne peut me repousser. Je suis liée, à lui, par les chaînes du droit et du devoir : chaînes invisibles qui sont la base de la famille et de la société.

— Je ne veux pas quant à présent apprécier la validité de votre mariage, dit Nohant. Le roi la conteste, mais ce que je tiens à vous dire : c'est que précisément parce que vous êtes noble et belle, il est indigne de vous de lutter pour de viles caresses, pour un amour qui ne viendra jamais à vous naturellement. Laissez à des femmes, à l'esprit moins élevé, ces gages d'une grossière tendresse, et vous plaçant à un point de vue plus noble, rendez au roi sa parole. Dites-lui, avec une dignité qui vous grandira dans son estime, que vous ne voulez pas lutter contre un cœur qui ne peut se donner, et que vous cédez un droit que vous ne voulez posséder que de son plein gré. Voilà ce qui serait noble, digne de vous.

— Ma fierté de femme, Messire, me tient absolument le même langage, et si je n'écoutais que mon cœur je ne resterais pas une heure de plus sur cette terre de France si inhospitalière pour moi. Mais je n'envisage pas tout à fait la question comme vous. Je crois, moi, à la sainteté, à l'indissolubilité du mariage. Je suis liée par un serment, et ma foi me dit que lors même que le roi de France briserait ses liens, ils existent hélas! toujours pour moi! Que j'aille en Danemark,

8.

que je demeure en France, je suis femme et épouse.
Nul ne peut enlever de mon front ce signe indélébile.
Mon cœur ne peut plus s'attacher sans honte et sans
péché. A d'autres affections, mon cœur se laisserait
prendre peut-être, mais ma foi me criera toujours que
ne m'appartenant plus, je ne peux plus me donner. On
me presse de retourner en Danemark, ah! si l'on
savait avec quelle ardeur je souhaiterais de revoir ce
pays, où s'est écoulée mon heureuse enfance, on ne me
solliciterait pas ainsi au départ. Non, je ne puis rentrer
dans ce pays où l'on croirait me venger en couvrant
d'outrages le nom du roi mon époux; où tout ce que
j'aime me presserait d'oublier mon devoir, pour ne
songer qu'à ma vengeance... Puis-je aller, moi pauvre
femme délaissée, me livrer aux joies bruyantes d'une
cour? Ne dois-je pas craindre de laisser endormir
mon cœur et ma vertu au chant séducteur qu'on ferait
résonner à mon oreille? Ne dois-je pas me mettre à
l'abri de toutes les séductions, et peut-être, hélas! de
toutes les hontes! Triste et douloureuse situation que
la mienne? Je me vois repoussée d'un cœur que mon devoir m'ordonne d'aimer, et j'ai besoin de lutter, hélas!
contre des consolations affectueuses et tendres, où
l'épouse méprisée trouverait une sûre vengeance, mais
d'où la chrétienne sortirait souillée. Ah! Messire,
plaignez la malheureuse femme qui se trouve devant
vous, et à laquelle la loi du serment fait une si triste
destinée. Elle avait, il le semblait du moins, tout ce
qui doit rendre la vie douce et facile, et il se trouve
que ce qui devait contribuer à son bonheur, l'anéantit
pour jamais!

Ces dernières paroles furent prononcées d'une voix étouffée et accompagnées de sanglots. Nohant, malgré lui, se sentait ému, mais il se souvenait de la promesse qu'il avait faite au roi, et craignant de prolonger un entretien d'où il n'était pas certain de sortir vainqueur, il voulut hâter le dénouement en le brusquant. Après un moment de silence, il s'adressa de nouveau à Ingelburge : — Madame, dit-il, je ne suis point appelé à résoudre la question qui vous divise avec le roi de France, et, fidèle serviteur de mon maître, j'ai à remplir près de vous un devoir pénible. Le roi ne peut tolérer plus longtemps votre présence dans ce monastère, et il regrette que des femmes, vouées à la prière et à la contemplation, descendent, pour vous aider à lutter, des hauteurs où elles sont placées et souillent leurs blanches ailes dans la boue de ce monde.

— On me chasse donc d'ici? s'écria la reine en pâlissant, et en interrogeant la mère Saint-Pierre d'un regard douloureux.

— Non, Madame, non, on ne vous chasse pas, on ne vous chassera jamais, se hâta de dire la supérieure. Vous êtes ici dans un lieu d'asile, et nul n'a le droit de vous en chasser. Fille soumise de la sainte Église, vous pouvez attendre sans crainte le mot qui décidera de votre sort, et c'est pour nous un honneur, laissez-moi vous le dire, en ce moment où l'on vous outrage, de vous offrir un asile, indigne de vous, sans doute, mais où vous trouverez des cœurs qui compatissent à vos douleurs, et des consciences qui vous entourent de leur estime.

— Mais ces cœurs-là, on les arrêtera dans leur élan,

s'écria Nohant en colère. Le roi ne souffrira pas qu'on le brave, et malheur à vous !

— Ma Mère, dit Ingelburge en prenant la main de la supérieure, merci des nobles paroles que vous venez de prononcer, et qui sont un baume pour mon cœur, une force pour mon esprit. Mais si ces paroles, je dois les conserver dans mon cœur comme dans le plus précieux des écrins, je ne veux pas accepter le sacrifice qu'elles m'offrent. Non, je ne veux pas apporter la persécution sous ce toit béni, où j'ai trouvé la force et la consolation ; non, il ne serait pas digne de moi de payer tous vos bienfaits, en vous vouant à la haine et à l'outrage ; et s'il est noble à vous de les envisager sans crainte, il est de mon devoir, à moi, de les éloigner. Le roi me poursuit de sa haine. Hé bien ! je veux être seule à en souffrir. Je veux apprendre à lutter seule, à souffrir seule. Et se tournant vers Nohant avec une dignité incomparable : — Allez dire votre maître, que la reine de France ne veut entraîner personne dans son malheur. Elle partira de Saint-Marie, et, pauvre et errante, elle ira où la conduira la Providence. Feuille battue par la tempête, où la poussera l'orage ? Elle l'ignore ; mais elle a foi en Dieu qui n'abandonne jamais le pauvre et le persécuté...... Mais que le roi de France le sache bien: Jamais elle n'abdiquera aucun de ses droits ; jamais, avant la suprême décision du vicaire de Jésus-Christ, elle ne cédera à la peur ou à la crainte !... Jamais elle ne sanctionnera par une lâche abdication ce don que le roi prétend faire de son cœur à une autre !... Toujours sa voix se fera entendre, terrible et menaçante pour la conscience du coupable, et

jusqu'à sa dernière heure, elle le montrera au monde
en s'écriant : Tu es un parjure!..... Et après un moment de silence, elle reprit :

— Ces menaces ne m'ont point effrayée, et j'aurais
trouvé, dans mon bon droit, le courage de ne point les
craindre; mais mon cœur, et mon cœur seul, tremblant
pour ce qu'il aime, me décide à consentir à la volonté du
roi. Je quitterai Sainte-Marie, mais je n'en serai pas plus
souple à subir ses caprices. Jamais je ne me suis sentie
plus forte pour lui résister; et vous son fidèle ami et son
courtisan zélé, vous pouvez aller l'en avertir. Cela lui
prouvera une fois de plus votre zèle, et nous débar-
rassera de votre présence, qui nous est rien moins
qu'agréable. Cela disant, et l'accompagnant d'un geste
de la main, elle congédia Nohant tout honteux, et
baissant la tête malgré son triomphe.

Les deux femmes restèrent un moment absorbées
dans leurs réflexions. La mère Saint-Pierre était atterrée, et ce fut Ingelburge qui rompit le silence.

— Maintenant, dit-elle, il me faut songer au départ,
et prévenir ma nourrice et Anne.

— Mais y avez-vous bien pensé, Madame, dit la supérieure, qui était restée comme anéantie pendant que
la reine parlait à Nohant? Pouvez-vous aller seule et
étrangère dans ce pays vous mettre en quête d'un gîte?

— Il le faut, hélas ! ma Mère. N'avez-vous pas entendu le sire de Nohant? Je ne peux plus m'abriter
sous votre toit sans vous vouer à la persécution, et il me
serait trop cruel de vous voir souffrir à cause de moi.

— Mais le roi ne mettra pas à exécution ses menaces,
dit la supérieure. C'est sans doute pour vous effrayer,
qu'il vous a fait tenir ce langage.

— Je n'ai pas votre confiance, moi, répondit tristement la reine. Le roi me poursuivra sans trève ni merci, et, étant décidée à lutter, il faut que je me mette à l'abri de sa vengeance.

- Mais où irez-vous? pauvre enfant, dit la mère Saint-Pierre les larmes aux yeux.

—Où la Providence me conduira, répondit Ingelburge.

— Mais n'est-ce pas la tenter, que de vous jeter ainsi dans un monde que vous n'avez aperçu qu'à travers le prisme de la grandeur ?

— Ma Mère, quand Dieu crée une position, pour nous, il y ajoute les forces pour la supporter. Soyez sûre, que puisqu'il permet qu'on m'éloigne de ce nid, où j'étais venue me mettre à l'abri du vautour, il me donnera l'instinct pour me préserver du danger. Les ailes me pousseront comme à ces oiseaux privés de leur mère, qui apprennent de la Providence à trouver le grain de mil et la goutte d'eau nécessaires à leur vie, et doivent à un instinct divin, de fuir sur les hauteurs quand le danger les menace. Je puiserai, dans la pensée que je vous évite une tempête, la force et le courage dont j'ai besoin. Et puis, n'ai-je pas ma nourrice et ma fidèle Anne comme pour preuve, que Dieu ne m'a pas complétement abandonnée?

Quand dame Marguerite eut appris, de la bouche de la reine, l'entretien qu'elle avait eu avec Nobant, la brave nourrice, rouge et animée, ne pouvait maîtriser sa colère ;

— Il vous a dit ça à vous, et vous ne le lui avez pas fait rentrer dans la gorge! Ah ! si j'avais été là !.....

Ingelburge lui fit part de sa résolution de quitter

Sainte-Marie, et la nourrice, qui avait pour principe de ne céler sur aucun point au roi, combattit d'abord cette résolution. Cependant elle s'y rendit sans trop de résistance, et nous n'affirmerons pas que la pensée de reprendre entièrement le gouvernement de la maison de la reine n'y fût pour quelque chose. Anne, qui avait, pour ainsi dire, pris racine dans le monastère, fut triste à l'annonce du départ, et de grosses larmes roulaient dans ses yeux, lorsqu'elle adressa ses adieux aux bonnes religieuses dont elle s'était fait des amies. Les reverrait-elle jamais? Leurs destinées, qui s'étaient croisées un instant, se rencontreraient-elles de nouveau, et en se disant adieu ne pouvait-on pas ajouter : Au revoir au ciel?

Le départ fut singulièrement triste. La mère Saint-Pierre serra plusieurs fois, en pleurant, la malheureuse reine, et leurs larmes se mêlèrent longtemps.

— Ma Mère, dit Ingelburge, vous m'avez accueillie avec votre cœur, et, en vous, j'ai trouvé plus qu'une amie, j'ai trouvé une mère. Voulez-vous me permettre, avant de vous en dire un dernier merci, de vous demander une grâce ? Bénissez-moi comme la plus humble de vos filles. La bénédiction, donnée par l'épouse de Notre-Seigneur, doit porter bonheur à l'épouse méprisée d'un roi de la terre. Par les liens sacrés qui vous unissent à Dieu, demandez-lui que ceux qui m'unissent à un homme ne blessent pas par leur attouchement cette partie du cœur, que le divin Maître s'est réservée ; et que dans la lutte que j'entreprends pour des droits légitimes, la chrétienne s'élève toujours au-dessus des misères, dont le cœur de la femme est, hélas! le triste dépositaire. Je combats pour mes droits, je lutte pour accomplir mon devoir, et cependant, dans les bas-fonds de mon cœur, ne trouvé-je pas une tendresse trop humaine, peut-être, pour celui qui m'humilie si cruellement? Hélas! ma chair frissonne à la pensée qu'une autre femme règne sur ce cœur qui m'appartient. Je tremble, et j'ai la fièvre, en même temps, quand ma pensée va les retrouver dans ce palais, où je devrais être souveraine maîtresse. Leur vue me ferait horreur, et cependant je voudrais les voir, entendre leur voix, lutter corps à corps avec cette femme, et, ma Mère, vous le dirai-je? j'éprouverais une jouissance indicible à déchirer ce visage, qui m'enlève un cœur qui est tout à moi! Oh! priez, ma Mère, priez pour la malheureuse femme dans le cœur de laquelle se livre un si affreux combat; priez pour que j'oublie les instincts de ma nature, et que je ne me souvienne plus que d'une chose : c'est que je suis une chrétienne!...

La mère Saint-Pierre fort émue leva sa main sur la tête de la reine de France, et d'une voix entremêlée de sanglots, elle supplia le Seigneur de la consoler, et de ne pas permettre qu'elle faillît sous le poids douloureux de sa croix.

Ingelburge et ses compagnes détournèrent souvent la tête en s'éloignant du couvent, pour envoyer un dernier souvenir à la mère Saint-Pierre et à ses religieuses, qui les suivaient des yeux. Mais bientôt un pli du chemin leur enleva cette vue bien-aimée, et après avoir fait un signe de croix sur cette dernière consolation de leurs cœurs, elles allèrent où les conduisait la Providence.

XIII

Où allaient-elles? Ingelburge ne le savait même pas. Décidée à la lutte, c'était seulement sur les terres de l'Église qu'elle pouvait se trouver en sûreté : aussi avait-elle recommandé à son guide de ne la conduire que là où les évêques et les monastères avaient pouvoir et juridiction.

Après quelques heures de marche, on arriva dans une petite ville, pittoresquement assise au pied d'une colline, dont les maisons, fraîches et propres, plus que ne le comportait le siècle, étaient entourées de fleurs qui les embaumaient de leurs parfums. Nos voyageuses s'arrêtèrent devant l'une d'elles, située à l'extrémité de la petite ville, que la reine à première vue trouva charmante.

— C'est ici, dit-elle, qu'il faut planter notre tente. Des fleurs et des prairies lui forment une parure, le soleil vient se jouer dans les branches de ses arbres et l'inonder de ses rayons. Tous les dons de Dieu lui

9

sont prodigués. Amies, restons-là. C'est ici que la Providence nous veut.

L'intérieur de la maisonnette répondait à l'extérieur, et après quelques pourparlers avec le propriétaire, qui se souciait peu de louer à des étrangères, on en prit possession. Dame Marguerite éprouva un véritable tressaillemeut de joie, en se retrouvant souveraine maîtresse à la cuisine.

— Tenez, princesse, dit-elle, c'est moi qui vous assure que nous serons heureuses ici. Je vous ferai faire les meilleurs dîners que vous aurez faits en votre vie, et je vous soignerai si bien que vous oublierez tous vos chagrins. Là, entre nous soit dit, je me sens plus libre qu'à Sainte-Marie. Ma langue m'y démangeait, et j'avais toujours envie de parler quand il fallait garder le silence. Allons, les couvents sont de saintes demeures, mais..., la main sur le cœur, j'aime mieux être toute seule avec vous et avec Anne.

Les premiers jours qu'Ingelburge passa à Donzac (c'était le nom de la petite ville) furent employés à faire connaissance avec les environs. La campagne avait, à cette époque de l'année (on était en automne), le caractère de mélancolie qu'elle revêt d'ordinaire, et qui, tout en portant à la tristesse, a un charme tout particulier pour les âmes rêveuses. Les feuilles jaunies qui se détachent de l'arbre, dont elles formaient naguère la couronne, et qui entreprennent à travers l'espace une course folle, ne disent-elles pas que rien n'est stable ici-bas? Elles semblaient unies à jamais à l'arbre séculaire, et qu'a-t-il fallu cependant pour les en séparer? Sa vie ne sera plus désormais leur vie. Une nouvelle existence, toute d'humiliations, les attend hélas ! Fouettées par le vent, poussées par la tempête, où les conduira l'orage ? La vie de la femme, n'est-elle point ainsi ? Parure de l'homme dans sa jeunesse, n'est-elle pas trop souvent, dans l'hiver de la vie, méprisée et abandonnée, et sa gloire, comme celle de la feuille des forêts, ne se borne-t-elle pas à un seul jour suivi d'amers regrets ? Ingelburge se le disait, et son cœur se serrait à la pensée que, moins heureuse que ces feuilles vulgaires, elle n'avait pas été, même un jour, la couronne de son époux !

En parcourant la campagne, la reine et Anne, qui ne la quittait guère, n'admiraient pas seulement les sites et les beautés de la nature, elles s'informaient surtout des besoins des habitants. N'y en avait-il pas qui souffraient de la vie ? Ne s'en trouvait-il pas qui demandaient à être consolés ? Ingelburge avait toujours été bonne et compatissante, mais à l'heure présente, sa compassion était devenue de la sympathie. La douleur, ne la connaissait-elle pas par une triste expérience, et le cri de la souffrance ne trouvait-il pas naturellement un écho dans son cœur ? A peine quelques semaines s'étaient écoulées depuis son arrivée à Donzac, que les pauvres ne nommaient qu'en la bénissant la bonne dame blonde (c'est ainsi qu'ils appelaient Ingelburge), dont ils ne connaissaient pas le véritable nom, et remerciaient Dieu de l'avoir envoyée vers eux comme un ange consolateur.

Un jour d'hiver, mais éclairé par un beau soleil, la reine proposa à la demoiselle de Kirk, qui lui devenait de plus en plus chère, d'aller visiter une pauvre femme, étrangère au pays, qu'on disait dans la plus grande misère. Elles trouvèrent dans une chaumière délabrée et ouverte à tous les vents une femme jeune encore, en proie à une fièvre violente. En les voyant entrer, la malade essaya de se lever, mais elle retomba bientôt épuisée.

— Vous souffrez bien, lui dit Ingelburge de sa plus douce voix.

— Oh! oui, répondit la malade, depuis quatre jours la fièvre ne me quitte pas.

— Pauvre femme! fit la reine avec un geste de commisération, mais comment êtes-vous venue dans ce pays-ci ?

— Ah! c'est toute une histoire, répliqua Jeannette (c'était le nom de la malade). Mon mari, que le bon Dieu ait son âme, car il est mort il y a un mois environ, n'était pas précisément un mauvais sujet, mais c'était un coureur. Quand il était ici, il voulait être là, et n'était content nulle part. Ah ! nous avons bien eu du malheur de quitter notre pays, où nous aurions été si heureux auprès d'une grande dame qui est ma marraine, mais c'était notre sort, comme on dit chez nous. Il voulait faire son tour de France, et, bon gré malgré, il a fallu le suivre. Les gens ne l'appelaient que le Juif-errant, et riaient de lui. Ça le montait, il se mettait en colère, voulait battre les rieurs, mais comme il n'était pas le plus fort, il attrapait les coups. Ah ! le malheureux ! quelle vie il m'a fait mener! Mes pauvres petits, il les a tués, oui tués, mes braves dames, aussi vrai que je vous le dis. Les pauvres petiots, ça avait la poitrine délicate, ça demandait de la chaleur, et lui de crier: Marche, les enfants ne doivent rien craindre, poule mouillée que tu es ! et par force, il fallait suivre. Mais un jour ces pauvres petits sont morts dans mes bras. J'ai voulu les réchauffer, ils étaient froids !... je les les ai appelés, ils n'ont rien répondu ! Pauvres petits, les ai-je pleurés !... si je les avais, ils me donneraient au moins à boire, ajouta la pauvre mère en pleurant.

— Mais enfin, dit la reine, votre mari s'est bien arrêté pour mourir.

— Ah ! je vais vous raconter ça, reprit Jeannette. Quand il a vu ses enfants morts, le chagrin l'a pris. Il s'est mis à les pleurer, lui, le bourreau, qui les avait tués ! qui l'aurait jamais cru ? et pour se distraire, comme il disait, il s'est mis à boire, et a tant bu qu'il en est mort. Il m'a bien demandé pardon, mais ça ne me rend pas mes enfants..... et me voilà toute seule, loin de chez nous, sans pain ni argent !...

— D'où êtes-vous ? dit Anne, que cette histoire avait vivement intéressée.

— Je suis née sur les terres du sire de Bressuire, et sa mère est ma marraine.

— La dame de Bressuire est votre marraine ? demanda Anne, que ce nom avait fait tressaillir involontairement.

— Est-ce que vous connaîtriez cette brave dame ? dit la malade, qui s'était aperçue de l'émotion de la demoiselle de Kirk.

— Non, répondit cette dernière en rougissant.

— Ah ! tant pis, car c'est une bonne et brave dame que ma marraine, qui aime bien les pauvres du bon

Dieu, et qui ne ferait pas tort de ça, fit-elle avec un geste expressif, au pauvre monde. Tout allait bien chez elle quand je suis partie, mais le bonheur, ça ne dure pas plus chez les pauvres que chez les riches. Son fils, un joli garçon celui-là, était le favori du roi, qui ne pouvait pas plus s'en passer que de son ombre. Mais ça allait trop bien, et il est arrivé que tout s'est gâté, parce que le fils de ma marraine s'est pris d'amour pour une jolie fille de Danemark, et que le roi ne veut pas entendre parler de ce mariage, et le menace de le chasser de la cour. Ma pauvre marraine pleure toutes ses larmes, elle a été trouver le roi, mais le roi ne veut pas entendre raison. Je n'aurais jamais cru, moi, qu'il voulût épouser une Danoise. On disait chez nous que sa cousine Alix et lui deviendraient mari et femme, et pour sûr c'était le rêve de ma marraine. Ah ! si je peux guérir, j'irai voir comme ça tourne là-bas.

Pendant que Jeannette parlait ainsi, la reine et Anne échangeaient des regards douloureux, et quand elles eurent quitté la chaumière, Ingelburge prit la main de son amie :

— Pauvre Anne, toi aussi tu souffres ! Tout ce qui tient à moi est voué au malheur !

— C'est vrai, je souffre, princesse, répondit Anne, dont les yeux se remplirent de larmes, et je n'aurais jamais cru autant aimer Robert de Bressuire, mais s'il est une consolation pour moi, c'est de souffrir auprès de vous et avec vous.

XIV

La reine et Anne revenaient fort émues de la visite qu'elles venaient de faire, quand elles aperçurent dame Marguerite accourant vers elles avec un air mystérieux.

— Qu'y a-t-il? dit vivement la reine en allant vers sa nourrice.

— Rien qui doive vous effrayer, répondit cette dernière. Au contraire, j'ai une bonne nouvelle à vous annoncer. Il vient d'arriver un envoyé de votre royal père.

— Un envoyé de mon père? s'écria la reine avec joie, en hâtant le pas.

— Le pauvre homme a eu bien de la peine, allez, pour arriver jusqu'à nous. Il a fait une foule de mauvaises rencontres, et en dernier lieu a été dévalisé dans la forêt voisine par une troupe de brigands, qui lui ont enlevé tout l'or qu'il vous apportait de la part du roi Waldemar.

— Ah! mon Dieu! s'écria Anne.

— Mais malgré son malheur, il a eu encore de la chance, reprit dame Marguerite; s'il a perdu votre or, il a sauvé le parchemin où votre royal père vous donne des conseils et vous exprime son affection.

— Ah! pourvu qu'il ait conservé la lettre de mon père, le reste m'importe peu. Ah! quel bonheur de causer de nos chers absents, de notre Danemark bien-aimé, s'écria Ingelburge avec joie!

Le pauvre messager avait les vêtements déchirés, le corps tout meurtri par les coups que ne lui avaient point épargnés les voleurs, et se reposait de son long et pénible voyage, lorsqu'il aperçut Ingelburge. A la vue de la princesse, le brave homme oublia ses douleurs, et se jetant à ses pieds, baisa ses mains en pleurant. La reine le releva et lui adressa de ces bonnes et affectueuses paroles, dont elle seule avait le secret.

— Mais, dit-elle, il n'est pas arrivé malheur à la lettre de mon père?

— Oh! s'écria l'envoyé du roi de Danemark, ils m'auraient plutôt tué que de m'enlever cela. Pour vous la conserver j'aurais donné plus que mon sang, et tirant de sa poitrine un parchemin, il le présenta à la reine.

Ingelburge rompit le sceau et lut: — Ma fille bien-aimée, quelle triste situation est la vôtre! et pourquoi ne puis-je aller moi-même vers vous, et vous plaçant sur mon cœur, vous ramener dans votre Danemark chéri? Là vous n'auriez à craindre ni insultes, ni outrages, et, près de ceux qui vous aiment, vous pourriez vivre heureuse et honorée. Mais, hélas! devons-nous satisfaire ce vœu de notre cœur? Si vous êtes ma fille, n'êtes-vous pas aussi une femme, et votre dignité vous permet-elle d'accepter un honteux renvoi? Pouvez-vous vous laisser déshonorer aux yeux du monde, et céder à un caprice que rien n'explique, que rien ne justifie? Non, mon enfant, le sang qui coule dans vos veines ne vous permet pas une pareille lâcheté, et, je le sais, vous vous montrerez la digne fille des rois de Danemark. Mais votre père ne fera-t-il rien pour vous? n'armera-t-il pas contre votre injuste époux? Ma fille bien-aimée, votre père donnerait sa vie pour votre défense, mais que ferait, hélas! une armée rangée en bataille? des milliers de cadavres ramèneraient-ils le cœur du roi? Le mariage est un acte saint aux yeux des chrétiens seulement. Le tort, que vous fait votre époux, est un de ces torts qui relèvent surtout de la conscience; et à qui doit-on en appeler du redressement de ce tort, si ce n'est au vicaire de Jésus-Christ? Ce qu'une armée victorieuse ne peut pas exiger, ce que votre père, avec tout son courroux, ne pourrait obtenir, le Souverain Pontife a le droit de le réclamer au nom de Dieu. En cédant à cette autorité, devant laquelle la chrétienté s'incline, le roi de France ne se sentira point humilié, et vous retrouverez, à la voix du successeur de Pierre, un cœur qui doit vous appartenir. Vous vous êtes adressée au Souverain Pontife, moi aussi j'ai sollicité sa haute intervention. Renouvelons nos demandes. Si elles n'amènent aucun résultat, sachez bien, ô mon enfant chérie, que vous avez un père qui vous aime, et qui recevra sa fille malheureuse avec encore plus de tendresse, que si elle était heureuse et comblée de félicités.

9.

Ingelburge pleura en lisant cette lettre. Ce que son père lui disait, son instinct de femme et de chrétienne le lui avait maintes fois répété. Dieu seul, en effet, a le droit d'exiger la soumission de l'intelligence et du cœur, et en s'adressant à une puissance spirituelle pour le redressement de torts relevant de la conscience, les rois du moyen âge, que nous traitons de barbares, accomplissaient non-seulement un acte de foi, mais encore un acte de haute raison.

Cette lettre et la vue de l'envoyé de son père furent comme un rayon de soleil dans le triste ciel d'Ingelburge. Mais quand le messager royal eut regagné le Danemark, nos trois femmes, qui avaient oublié un instant leur malheureuse position, se trouvèrent livrées à toutes les souffrances, non-seulement du cœur et de l'esprit, mais encore, hélas! aux souffrances matérielles. Cet or, dont de lâches brigands avaient dépouillé l'envoyé du roi Waldemar, leur aurait été non-seulement nécessaire, mais indispensable; car il fallait du pain, et il n'y avait guère d'argent dans la petite maison. Celui que la mère Saint-Pierre avait remis à Ingelburge, à son départ de Sainte-Marie, diminuait à vue d'œil, et la nourrice se demandait avec angoisse comment elle pourrait satisfaire aux besoins de sa royale enfant. Elle entreprit à force d'ordre, d'économie, de privations, de retarder l'instant où il faudrait avouer la triste vérité. Elle renvoya, sous un prétexte futile, la grosse fille de cuisine qu'elle n'avait consenti à prendre que sur les instances de la reine, et elle se chargea de tout le travail du ménage. Ce fut elle qui fit les emplettes, et bientôt on ne s'entretint, à Donzac et aux environs, que de l'avarice sordide de dame Marguerite. Elle passait sa vie en discussions avec les marchands, voulant obtenir à tout prix une diminution sur les denrées, et plus d'une fois elle fut sur le point d'en venir aux mains. Invariablement, elle trouvait des défauts à la marchandise, et en considération de ce défaut réclamait un rabais. Ses critiques, constamment renouvelées, exaspéraient les marchands et les épithètes les plus mal sonnantes venaient résonner à son oreille : Ah! vieille avare, disait l'un, vous voulez avoir pour rien la sueur du pauvre monde! — On dirait que l'argent et elle ne font qu'un, tant elle se démène pour le lâcher, ajoutait l'autre. — Vous trouvez la viande et le pain trop chers, reprenait une brave marchande, à laquelle la nourrice voulait prouver que sa viande était avariée. Hé! bien n'en mangez pas. Moi, j'ai des enfants, et pour vous faire plaisir, je ne peux pas les faire mourir de faim !

Dame Marguerite écoutait tout cela avec l'impassibilité d'une statue, et si, après toutes ces insultes, elle pouvait obtenir la plus légère diminution, son visage rayonnait de joie, et le sourire paraissait sur ses lèvres. Avec cette parcimonie, elle affectait de grands airs. Sa maîtresse, elle le disait à tous, était la plus grande dame de France, et il fallait voir avec quelles façons royales elle accueillait les rares visiteurs qui se présentaient à la petite maison. Ingelburge n'avait plus de cour, hélas! plus de flatteurs ! Dame Marguerite se chargea de suppléer à tout ce qui lui manquait. Elle se multiplia, alla à gauche, alla à droite, se leva tôt, se coucha tard, et par mille soins ingénieux, mille

supercheries, voulut faire oublier à l'infortunée reine
qu'elle était pauvre et abandonnée. Ingelburge et Anne
ne pouvaient s'empêcher de sourire, en voyant avec
quelle dignité la nourrice déposait, sur la table, le modeste plat de leur dîner. Malgré toutes les instances de
la reine, elle ne voulut jamais s'asseoir à ses côtés,
prétendant que sa présence était indispensable à la
cuisine, et on s'aperçut bientôt que les restes du dîner
qui devait être le sien, reparaissaient presque invariablement.

— Nourrice, tu es donc malade? lui disait affectueusement Ingelburge. Tu ne manges plus rien. La viande
d'hier, la voilà encore aujourd'hui.

— Non, répondait dame Marguerite, mais je n'avais
pas faim.

— Tu mangeais davantage, autrefois, ajoutait la
reine.

— Autrefois j'étais jeune, et ne savez-vous pas que
l'appétit diminue en vieillissant? répliquait la brave
femme, qui avait mangé son pain sec pour conserver
cette viande à sa chère enfant.

Dame Marguerite aurait bien voulu persuader à la
reine de diminuer ses aumônes, mais Ingelburge ne
prêtait qu'une oreille distraite à ce que lui disait sa
nourrice sur la fainéantise des pauvres en général, et
de chacun d'eux en particulier, et dame Marguerite,
qui pour rien au monde n'aurait voulu révéler à la
reine la triste position où elle se trouvait, s'avisa d'un
singulier expédient. Elle prit à partie chaque pauvre,
l'agonisa de sottises, le traita de misérable, de
paresseux, de vile canaille, et pourvu que la reine ne

l'aperçut pas, elle le renvoyait de façon à ne pas lui
donner envie de revenir. Quand Ingelburge était
présente, la physionomie de la nourrice s'adoucissait,
et si elle n'était pas bienveillante, elle n'avait plus cet
air furieux qui effrayait les plus intrépides. Elle savait
que la reine souffrirait de voir traiter ainsi des
malheureux, et dame Marguerite aurait donné sa vie
pour lui éviter une souffrance. Néanmoins, quand la
nourrice qu'on avait surnommée le Dragon, se
trouvait en compagnie d'Ingelburge, les pauvres
s'enfuyaient et disparaissaient comme par enchan-
tement.

— Je ne sais d'où cela vient, disait un jour
Ingelburge, quand je suis seule avec Anne, les
pauvres ne me laissent pas un instant de repos, et ne
me quittent que quand j'ai vidé ma bourse. Mais si
tu es là, nourrice, ils ne s'approchent pas, et ne me
regardent qu'en tremblant. Leur ferais-tu peur?

— Je vous fais respecter, princesse. Si je n'étais pas
là, tous ces fainéants, tous ces paresseux vous tireraient
le sang après vous avoir tiré votre argent.

— Tu remplaces, nourrice, dit la reine en souriant,
le capitaine de mes gardes : avec toi je suis aussi
en sûreté que si j'avais un millier de soldats à mes
côtés.

— Ah! s'écria dame Marguerite, je ne suis qu'une
femme, mais pour vous défendre, je trouverais le
courage d'un soldat.

La reine et la demoiselle de Kirk venaient de sortir,
et la nourrice se demandait avec anxiété de quelle
façon elle composerait son souper avec les maigres

restes du dîner, quand deux hommes frappèrent à la porte de la maison.

— N'est-ce pas là que demeure la reine de France? demanda le plus âgé, vieillard à la physionomie intelligente et douce.

Dame Marguerite, en entendant un étranger donner à Ingelburge un titre qu'on lui disputait, et qui résonnait si délicieusement à son oreille, tressaillit, et se sentant prise de sympathie pour cet inconnu, qui honorait par son langage une malheureuse princesse, elle lui répondit de sa voix la plus douce, accompagnant ses paroles de son plus gracieux sourire. En un clin d'œil, la ménagère, absorbée dans les détails matériels, eut disparu, et dame Marguerite, retrouvant ses instincts de grande dame, souhaita la bienvenue à ses hôtes inconnus, et les pria d'attendre le retour de la reine qui ne pouvait tarder à rentrer.

Le plus âgé des visiteurs fit la remarque que la maison était bien modeste pour une reine, et dame Marguerite, qui ne voulait à aucun prix qu'on se doutât de la triste position où était Ingelburge, trouva étrange qu'on ne déclarât pas charmante la maisonnette.

— C'est simple peut-être, dit-elle, mais la reine a des goûts si modestes; puis l'air est si pur, le climat si doux. Ces fleurs, qui l'entourent, reposent sa vue, et ce ruisseau, si coquettement capricieux, murmure sans cesse à son oreille comme une douce chanson.

— La reine est donc heureuse ici? dit le second étranger.

— Oui, répondit dame Marguerite, surveillant du regard l'impression que produisait sa réponse. Elle

aime la solitude, le calme, et où trouverait-elle cela
mieux qu'ici ?

— Cette existence lui plait donc, reprit le premier
interlocuteur, et par conséquent elle ne désire point en
changer ?

— Et pourquoi en changer? répliqua la nourrice, qui
dans ses relations avec les gens du dehors affectait
d'expliquer la séparation du roi avec Ingelburge
comme venant en grande partie de la volonté de cette
dernière : car elle souffrait trop, la brave femme, d'a-
vouer que la princesse de Danemark, belle et vertueuse entre toutes, n'avait pu retenir le cœur de
Philippe; et comme les étrangers ne répondaient point
à cette interrogation, la nourrice continua : — La reine
de France est heureuse ici. La prière, la visite des
pauvres occupent ses journées, et elle conserve précieusement la tradition des saintes reines qui disaient
adieu à la gloire des cours, aux joies du monde pour
ne songer qu'à soulager les souffrances des malheureux. Ici chacun bénit son nom, et je sens la fierté
monter à mon front, quand j'entends ses louanges sortir
de toutes les bouches.

Pendant longtemps la nourrice continua l'éloge de
sa royale enfant, et sut si bien voiler les tristesses et
les angoisses de son cœur, que les visiteurs demeurè-
rent convaincus que la reine se trouvait presque satisfaite de son sort. Ils étaient sous cette impresion, quand
Ingelburge rentra. Étonnée de rencontrer des étrangers, elle rougit légèrement, et allait leur adresser la
parole, quand le plus âgé lui dit : — Notre présence
vous étonne, sans doute, Madame, et vous vous de-

mandez quels sont les indiscrets qui viennent troubler
votre solitude ? Mais j'espère, cependant, que vous ne
nous refuserez pas la bienvenue quand vous saurez
que nous sommes les légats du Souverain Pontife,
envoyés par lui pour instruire l'affaire de votre mariage.

— J'ignorais en effet qui vous étiez, répondit Ingelburge, mais mon cœur me disait que vous me vouliez
du bien, et j'aime à penser qu'il ne m'a pas trompé.

— Le Souverain Pontife, Madame, dit le légat, a reçu
votre protestation si noble et si chrétienne, et qui
vous honore aux yeux de tout honnête homme. Fidèle
gardien des lois du mariage, il nous envoie pour juger
votre affaire, et vous replacer, s'il y a lieu, sur le
trône dont vous êtes digne. Nous venons entendre vos
plaintes, écouter vos réclamations; mais l'entretien
que nous avons eu avec votre fidèle nourrice nous
porte à croire qu'heureuse, dans une position modeste
et ignorée, vous ne souhaitez point les enivrements
de la grandeur, et que votre cœur trouve sa complète
satisfaction dans son commerce avec Dieu et dans les
joies de la charité.

— Mais on vous a trompés, si l'on vous a dit que je
suis heureuse ! s'écria Ingelburge. Je ne suis pas assez
élevée dans la vertu pour ne respirer que le ciel. Mon
cœur, hélas ! n'est point détaché des affections humaines, et mon amour-propre se révolte contre une situation qui le froisse et l'humilie. Je suis, oui, je suis une
femme chrétienne; mais, hélas! je suis une femme....
Mon cœur ne souhaite pour nourriture que les saintes
et légitimes affections, mais, faut-il vous l'avouer ?

mon père, il les réclame impérieusement. Ma vertu
est trop faible pour se sevrer de toutes les joies, et ma
jeunesse, pour être vertueuse et pure, a besoin d'un
bras ami qui l'aide à gravir cette rude montagne qu'on
appelle la vie. Non, je ne me sens pas la force de la
vierge, et mon cœur ne saurait se priver de tout appui
humain. Liée au roi de France par des serments sacrés, je me vois repoussée par lui, traquée comme la
bête fauve. Pauvre et malheureuse, j'avais trouvé un
abri sous le toit de Sainte-Marie. Près de Dieu, j'oubliais que j'étais reine et que je n'avais point de
royaume; que j'étais femme et que je n'avais point
d'époux! Le roi de France n'a point voulu me laisser
la consolation de l'oublier, et il a menacé les saintes
femmes qui m'avaient accueillies de toute sa colère, si
elles ne me chassaient comme une misérable, dont
le cœur et la main sont souillés. Elles ont résisté, les
nobles femmes, devant cet ordre d'un nouveau genre,
qu'elles en soient bénies! Mais je n'ai pas voulu, mon
père, vouer ce saint asile à la haine et à la persécution.
J'ai quitté son toit béni, et, poussée par la tempête, je
suis venue me reposer ici. M'y laissera-t-on? Je
l'ignore. Mais si Dieu se réserve l'avenir, il me laisse
au moins la consolation de n'avoir demandé qu'à
l'amitié le baume pour adoucir la blessure de mon
cœur. Au vicaire de Jésus-Christ, j'en ai appelé pour
ma défense, et votre présence ici m'annonce qu'il n'a
pas été sourd à ma voix. A lui je remets mon sort, et
quelle que soit sa décision, je me sens, avec la grâce de
Dieu, la force de m'incliner sous son autorité, et d'apprendre au monde la soumission que tout chrétien

doit à la parole du successeur de saint Pierre.

— Nous n'attendions rien moins de vous, Madame, dit le légat, et il nous est bien doux de vous trouver à cette hauteur, où la renommée vous a placée. Avons-nous besoin de vous assurer de notre impartialité et de la joie que nous éprouverons, de vous voir remontée sur un trône que vous honorerez ?

— Merci de vos bonnes paroles, répondit la reine que l'émotion gagnait. Ah! qu'elle est belle cette religion, qui prend la défense de tout ce qui est faible et opprimé ! qui pour faire prévaloir la justice ne craint ni la lutte, ni la haine des grands, et qui trouve la force d'opposer une digue aux passions fougueuses des sens ! De cœur, j'ai toujours été chrétienne. Mon œil a toujours aimé à regarder le ciel, mon oreille a toujours été attentive à ses saintes espérances, mais à cette heure, c'est ma raison qui proteste qu'elle est divine cette sublime religion, qui tend la main à tout ce qui souffre, et rappelle à qui les méprise les saintes lois de la vertu ! Oui, béni soit mon malheur puisqu'il augmente ma foi, et me fait trouver dans l'Église une mère qui tend les bras à son enfant, alors que tous l'abandonnent.

— Et cependant, que peu, hélas! sont reconnaissants pour l'Église, dit tristement le légat. Quand elle s'a-dresse au puissant, au nom du faible et de l'opprimé, on l'accuse de vouloir satisfaire un besoin de domina-tion, et, comme si le monde ne devait chercher qu'à dénaturer ses meilleures intentions, lorsqu'elle rap-pelle au petit la loi de l'obéissance et le respect, on lui répond en l'insultant, et en lui reprochant de faire cause commune avec le despotisme. Mais l'Église est fille du ciel. Rien ne la décourage, ni l'ingratitude, ni la calomnie, et elle continue sa marche, en enseignant les saintes lois qu'elle a reçues de son maître.

Les deux légats venaient de prendre congé de la reine, et regagnaient Donzac, quand dame Marguerite, qui n'avait pas perdu un mot de leur conversation avec Ingelburge, accourut vers eux. — Ah! j'ai besoin, moi aussi, de vous parler, dit la nourrice avec feu. Ah! le roi de France, quel monstre, n'est-ce pas? chasser une femme belle et pure comme les anges de Dieu! Mais cet homme n'a point de cœur! cet homme n'a donc point d'entrailles!.... Nous forcer à vivre comme de misérables bourgeoises dans une maison qui est une chaumière!....

— Vous la trouviez si élégante, il n'y a qu'un instant, dit le plus jeune des légats en souriant.

— Je ne savais pas qui vous étiez, répondit dame Marguerite, et qui se serait douté que vous fussiez les légats! Je fais la fière comme cela devant les gens: car contre mauvaise fortune, il faut faire bon cœur, mais maintenant que je sais qui vous êtes, il faut que je répande toute ma bile. Ah! ma pauvre princesse est bien malheureuse! C'est doux, c'est patient, mais ça n'en sent pas moins, allez. Elle ne parle jamais de son monstre d'époux, mais ça ne me trompe pas, moi. Que de fois j'ai surpris des larmes dans ses yeux! que de nuits sans sommeil, poursuivie par des rêves affreux! Je l'entends parfois se promener à pas précipités dans son appartement, et s'écrier au milieu de ses sanglots:

Mon Dieu ! mon Dieu ! pourquoi le roi me repousse-t-il ?.... Cette femme..... Ah ! elle m'enlève son cœur.....
— mais moi j'ai reçu ses serments...... Mon Dieu ! mon
Dieu ! ayez pitié de moi ! je suis trop malheureuse !.....
Ah ! la pauvre innocente, ajouta la nourrice en pleurant,
elle ne méritait pas d'être ainsi traitée, et, s'il y a un
Dieu au ciel, il ne peut pas s'empêcher de prendre son
parti !

Les légats assurèrent dame Marguerite de toute la
bienveillance du Souverain Pontife à l'égard de la
reine, et leurs paroles calmèrent un peu la nourrice,
qui revint au logis l'esprit et le cœur plus tran-
quilles.

La visite des légats avait rendu un peu d'espoir à
Ingelburge. Mais en découvrant les humiliations et les
souffrances dont son cœur était abreuvé, elle avait
rouvert une blessure qui tendait à se cicatriser. Il est
des douleurs que le silence et une résignation profonde à la volonté de Dieu peuvent seuls adoucir. La
pauvre reine ne le sentait que trop, et pendant longtemps, elle chercha vainement le calme et le repos.
L'odieuse conduite du roi se présentait sans cesse à
son esprit, et elle était obligée de faire appel à toute sa
force d'âme, pour l'envisager sans que tout son être ne
se révoltât.

XV

— Les légats sont en France, disait un matin le sire de Nohant au roi Philippe, et ils parlent d'instruire l'affaire de votre mariage.

— Tu les as vus? demanda le roi.

— Ils m'ont prié de les annoncer, et, comme vous voyez, ajouta Nohant en riant, je suis fidèle à m'acquitter de la commission.

— Quel genre d'hommes sont ces légats ?

— Ce sont des hommes à l'air respectable, il faut en convenir. Le plus jeune a bien soixante ans, et l'autre, à la barbe et aux cheveux blancs, descend rapidement la pente de la vie.

— Seront-ils de facile composition, demanda Philippe?

— Ils paraissent fort mesurés dans leurs paroles, demandent simplement à instruire l'affaire et veulent vous proposer de réunir un concile, répondit Nohant.

— Je ne veux pas de concile, dit le roi avec vivacité. Me livrer à tous les bavardages, à toutes les arguties d'une procédure ne me convient pas.

— Voulez-vous me permettre de combattre votre opinion au nom de votre intérêt? demanda Nohant.

— Parle, ami, ta voix est toujours écoutée sans peine, et, tu le sais, je ne me montre pas constamment rebelle à tes conseils.

— Hé bien ! puisque vous m'y autorisez, je vous avouerai sans détour qu'il me semble qu'un concile est, à l'heure présente, ce qui vous est le plus avantageux. Entre nous soit dit, vous êtes légitimement marié. La parenté, que vous faites valoir, est fort éloignée, et un grand nombre de théologiens m'ont assuré qu'elle n'était pas de nature à infirmer une union publiquement célébrée. Rome, c'est à peu près certain, jugera ainsi, et son jugement vous mettra, à l'égard de vos peuples, dans une situation difficile. La France est profondément chrétienne. Ses instincts sont religieux. Son esprit droit et logique accepte le joug de l'autorité royale, comme une conséquence naturelle de l'autorité émanant de Dieu. L'autorité divine a, aux yeux de tout chrétien, pour représentant ici-bas le Souverain Pontife, et en brisant les liens qui vous unissent à Rome, vous vous posez en adversaire de l'Église. N'est-il pas à craindre que vos peuples, qui vous sont soumis sans doute, mais qui, par l'instruction religieuse connaissent leurs droits et leurs devoirs, ne relèvent la tête et ne remettent en question votre autorité ? Les peuples chrétiens, voyez-vous, prince, n'ont pas cette obéissance vile et bestiale des peuples soumis au joug de croissant. Pour eux, le roi est, avant tout, le délégué d'une puissance supérieure, et en s'inclinant devant lui, c'est devant Dieu lui-même qu'ils s'inclinent. Le Franc, à l'esprit chevaleresque et indépendant, souffre difficilement le joug, et il a besoin de pouvoir se dire dans les bas-fonds du cœur, où l'obéissance trouve toujours de redoutables adversaires, que la soumission ne peut blesser son honneur, puisque celui auquel il obéit s'incline lui-même devant. une autorité supérieure, et rattache à Dieu lui-même ce grand principe de l'autorité, sans lequel les nations ne sont jamais fortes et puissantes. Et puis, ignorez-vous que l'Église est présentement l'arbitre des destinées de l'Europe ? Par les croisades, elle remue les peuples et pousse les armées vers l'Orient. Dans cette réunion de toutes les nations de l'Europe qui ne font qu'une devant l'Infidèle, c'est aux légats que revient le droit de donner le premier rang aux souverains, et n'avons-nous pas à craindre qu'une révolte ouverte ne nous aliène pour jamais les faveurs de l'Église ? Avec quelle satisfaction le roi d'Angleterre ne vous verra-t-il pas rompre avec le Souverain Pontife ? Tête brûlée, nature indomptée, Richard n'atteindra jamais à votre hauteur, mais si le pape s'en faisait un auxiliaire, et le posait en champion de l'Église ! Oh ! empêchons un semblable malheur ! Un concile, il faut du temps pour l'assembler ; sous un prétexte ou sous un autre on peut l'ajourner, semer la discorde entre ses membres ; que sais-je, moi ? Célestin est vieux et peut mourir. La princesse de Danemark peut se lasser de la lutte. Gagner du temps, n'est-ce pas beaucoup gagner ?

— Peut-être, dit Philippe. Mais en attendant, ma vie est triste et sans soleil ! Je n'aime qu'Agnès de Méranie, et je suis séparée d'elle ! Je ne vis que pour elle, et

un prêtre, qui ne connaît rien aux choses du cœur,
veut m'en éloigner. Mais je ne le supporterai pas.....
Ah! Nohant, quelle affreuse chaîne ne portons-nous
pas, nous autres princes chrétiens! Un vieillard,
qu'un geste de ma main anéantirait, qui n'a pas un
soldat, qui descend la plupart du temps de pauvres
gens, veut commander aux instincts de notre cœur, et
prétend être obéi! Ah! Saladin, tu es heureux, toi... Tu
n'as pas de pape pour te faire la leçon !..... Tu n'as pas
attaché à tes flancs une femme chrétienne qui prétend
forcer l'homme à lui reconnaître des droits.....J'envie,
oui, j'envie ton indépendance, j'envie ces mœurs qui
t'autorisent à traiter la femme comme une vile esclave,
j'envie tes peuples, docile troupeau, qui ne s'opposent
à aucune de tes convoitises, et ne connaissent pas
même de nom cette indépendance, qu'on nomme pom-
peusement l'indépendance chrétienne, et qui n'est autre
chose que de la licence. — Agnès, dans quelle position tu me mets! Je n'aime que toi, et un vieillard,
au nom de Dieu, veut s'opposer à mon amour...
Braver l'Église ! mais tu es fidèle chrétienne, toi, et
ne me repousseras-tu pas quand j'aurai rompu avec
elle?.....

Et l'Europe, de quel œil me regardera-t-elle? Si Richard s'armait de cette faiblesse de mon cœur pour me
supplanter ! Une excommunication peut jeter mes peuples dans ses bras. Ces provinces, rachetées par une
politique habile, deviendront-elles la proie de ce farouche Cœur de Lion? Ah ! maudit soit le jour où j'ai
épousé cette fille de Danemark... Et Philippe, dans
une agitation extrême, allait, venait, marchant à pas

précipités. Oui, dit-il tout à coup après un moment de silence, il faut que je voie les légats. Pour lutter avec succès, il faut connaître la tactique de ses adversaires. Dans la guerre morale, comme dans la guerre physique, la finesse et l'habileté sont les armes qu'il faut employer. Le succès définitif est acquis à l'homme rusé et intelligent. Va me les chercher. Je veux les voir. Des vieillards, il me sera facile de leur en imposer, et dans les arguments qu'ils feront valoir ne trouverai-je pas des armes pour les frapper?

Quelques instants après, les légats se trouvaient en présence du roi. Philippe les reçut avec politesse, et après quelques propos insignifiants, on en vint à la question brûlante.

— Le Souverain Pontife, dit le premier des légats, a pour le roi de France un cœur de père, et il souhaite plus qu'on ne saurait l'exprimer, que cette affaire s'arrange. Il rend hommage à son génie et à sa haute intelligence, et c'est au nom des grandes qualités qui le distinguent, qu'il le conjure d'être fidèle à ses serments.

— Que veut donc de moi le Souverain Pontife, dit Philippe?

— Que vous essayiez de nouveau de la vie commune avec la princesse de Danemark.

— Mais il ne sait donc pas que j'ai cette femme en horreur? Du reste, ne sommes-nous pas parents?

— La parenté est extrêmement éloignée, répliqua le légat.

— Je prouverai qu'elle existe, et j'entends m'en servir; mais n'existerait-elle pas, il m'est impossible

10

d'enchaîner ma vie à une femme que j'abhorre. Si l'Église nous défend d'avoir plusieurs femmes, au moins faut-il que celle qu'elle nous accorde satisfasse les besoins de notre cœur, et nous fasse oublier que d'autres religions se montrent moins austères.

— L'Église souhaite ardemment, ai-je besoin de vous le dire ? prince, que l'homme écoute son cœur, et surtout son cœur, à ce moment redoutable où il va fonder une famille. A cette heure suprême, elle entoure l'adolescent et le jeune homme de ses plus chaleureux conseils. Elle lui recommande de prêter une oreille attentive au cri de son cœur, et les familles, avides de s'agrandir, nous accusent, nous autres prêtres, de prêcher à leurs enfants l'indépendance, qui ne peut être, à nos yeux, dans cette circonstance, qu'un droit inaliénable. Mais une fois le mariage consommé, la famille existe en germe, et notre voix ne peut se faire entendre, alors, que pour rappeler à l'homme son devoir. C'est triste, je le reconnais, d'éprouver de l'aversion pour la compagne de sa vie; mais cette aversion, peut-on assurer qu'elle existe réellement, quand, le lendemain de ses noces, on renvoie la femme que l'on a épousée? Pour accomplir les plus simples devoirs de l'honnête homme et du chrétien, n'est-il pas nécessaire de travailler à combattre cette antipathie? Pourquoi ne pas essayer de parer cette femme de ce qui plaît et charme? Pourquoi ne pas la façonner selon son goût?

— La princesse de Danemark ne se façonnera jamais selon mon goût, dit le roi. Elle est du Nord, et les femmes au cœur froid ne se prêtent à aucune concession.

— Elle est bien jeune cependant, reprit le légat. Cette femme, c'est une adolescente, et si mes yeux de vieillard ne m'ont point trompé, elle a tous les attraits, toutes les séductions de la femme.

— Ah! dit Philippe en riant, la princesse vous a charmé.

— Je ne sais trop si elle m'a charmé, répondit le légat. Mes yeux, qui ne souhaitent plus que de contempler la beauté infinie, ont retrouvé sur ce visage, je l'avoue, comme un reflet de la beauté suprême, et dans toute sa personne comme un parfum du ciel. Nous, prêtres, nous avons sans doute, hélas! les instincts de l'homme, mais nos rapports plus fréquents avec Dieu, l'habitude que nous avons de lutter et de combattre, nous empêchent de nous reposer honteusement sur la créature, et d'y chercher une satisfaction que Dieu nous défend. Nos yeux, comme nos cœurs, doivent se servir de la créature, non comme du but, mais comme du moyen, pour s'élever vers Dieu; et nos sens, chastes et intelligentes abeilles, ne doivent prendre aux fleurs de ce monde que le suc noble et pur qui forme le miel délicieux de la vertu. La princesse de Danemark m'a paru, en effet, belle, digne et intelligente; et je suis à me demander comment une femme aussi distinguée n'a pu retenir à jamais votre cœur. Ce cœur n'aurait-il pas respiré de ces parfums malsains, qui dégoûtent de ce qui est pur et vertueux?

— Ah! dit Philippe en riant aux éclats, ne faut-il pas que je fasse ma confession maintenant? Mais que voulez-vous donc que je devienne? Puis-je rester complétement isolé, et mon cœur, qui repousse cette femme avec horreur, peut-il vivre triste et solitaire ?

— Mais alors que deviendra la reine de France, dit le légat ?

— Qu'elle fasse comme moi, répondit Philippe. Qu'elle se marie avec un autre : ce ne sera certes pas le roi de France qui l'en empêchera.

— Mais le mariage, mais la famille, faites-vous donc foin de toutes ces saintes choses ? Le foyer domestique, sanctuaire des pures et nobles affections, deviendra donc une chambre d'hôtel, qui, chaque jour recevra un hôte différent ? Son nom, lui-même devra être changé : car posséder un foyer, c'est avoir foi en quelqu'un et en quelque chose ; c'est croire à la famille, à la vertu ; et la famille peut-elle exister, alors que chaque heure changera ses membres ? Et votre peuple, prince, quel dangereux exemple ne lui donnerez-vous pas ?

— En suivant mon exemple, il trouvera le bonheur ; et je ne peux lui souhaiter que ce qui fait le mien, répondit le roi.

— Ah ! vous croyez trouver le bonheur, s'écria le légat. Hé bien ! ce sont mes cheveux blancs qui vous affirment que là vous ne le trouverez pas. Vous êtes jeune, et vous ne connaissez que les premières saisons de la vie ; moi, je connais celles où l'on recueille les fruits du printemps et de l'été. Non, ce ne sont pas les fleurs, à l'éclat et au parfum séducteurs, qui donnent la plus riche moisson. Trop souvent, hélas ! leur éclat cache leur pauvreté, et combien, en étalant leurs attraits, se font dévorer par un soleil trop ardent.

— Mais si les yeux et le cœur sont satisfaits, répondit le roi riant toujours, le but de leur vie est rempli. Qu'avons-nous besoin du fruit de l'automne?

— Les fleurs éblouissantes du printemps enivrent les sens, je ne le nie pas ; mais cet enivrement, délicieux dans la jeunesse, fatigue, énerve, quand la saison en est passée. Le cœur de l'homme n'aime pas, dans l'automne de la vie, ce qui l'a charmé à son printemps. Alors, il était attiré par l'éclat; ses sens étaient sollicités par ce qui les sortait d'eux-mêmes; quand il a vécu de longs jours, qu'il a subi les orages et les tempêtes, ce qu'il recherche surtout dans la compagne de sa vie, c'est le repos, la tranquillité, une existence calme et douce, et c'est seulement à la vertu, qu'il peut demander ces dons précieux.

— Et la princesse de Danemark, fruit savoureux et doux, me les fournira, vous en êtes certain ? répondit le roi. Quel malheur que cette femme soit un vrai glaçon, que les mers de son pays ont charrié jusqu'à moi.

— Les fleurs que l'on transplante dans leur plein épanouissement prennent difficilement racine, ne le savez-vous pas, prince ? Elles se fanent, s'étiolent et puis meurent. La plante, qui sera forte et vigoureuse, se montrera longtemps sans éclat et sans couleur : car le travail, qui fixe ses racines, absorbe toute son activité, et le jardinier intelligent, au lieu de s'en effrayer, en tire un augure favorable. Même dans sa sollicitude inquiète, il arrache sans pitié, effeuille sans miséricorde les fleurs trop précoces, qui en attirant les regards, et en sollicitant le soleil, peuvent compromettre sa force et sa vigueur.

— Alors la froideur de la princesse de Danemark est un attrait de plus? dit le roi.

—Est-ce au fils de Louis VII que j'ai besoin de rappeler ce qu'entraîne après lui ce violent désir de plaire, qui a enlevé à la France des provinces qui n'auraient jamais dû en être détachées ?

—Ah! fit Philippe, la duchesse de Guienne était une de ces femmes auxquelles je ne donnerai jamais mon cœur. Mon ambition est de chasser de ce royaume les enfants de cette femme à la coquetterie fiévreuse, et un de mes griefs contre la princesse de Danemark, est l'acharnement que son père a mis à me refuser les droits qu'il possède sur l'Angleterre. Si je les avais obtenus, peut-être aurais-je gardé la princesse Ingelburge, mais n'ai-je pas vu ce petit roitelet m'offrir, en remplacement, une misérable somme d'argent? Comment n'ai-je pas envoyé les pieds et les poings liés le porteur d'un semblable message? Mais ce que je n'ai point fait alors, je veux le faire aujourd'hui, et il verra, en recevant outrageusement sa fille, qu'on ne se joue pas ainsi du roi de France.

— Mais la princesse de Danemark est innocente de l'injure que vous reprochez à son père. Est-il juste de lui en faire porter les conséquences, dit le légat ?

—Je trouve une occasion de me venger, et, en homme intelligent, j'en profite, répondit le roi.

—Mais dans ce procédé, je ne retrouve pas la noblesse et la grandeur qu'on a coutume d'admirer chez le roi de France.

—Ma noblesse, ma grandeur, y avez-vous rendu hommage en Terre-Sainte, dit Philippe avec ironie et en s'animant ? N'ai-je pas eu à subir la hauteur et l'arrogance de ce cerveau brûlé de Richard, que le pape traite en enfant gâté? Je me suis aperçu, alors, que ma noblesse et ma grandeur ne m'amenaient pas à grand, chose, et qu'avec vous autres, il faut employer la colère et l'insolence.

—Le Souverain Pontife regrette la hauteur et l'orgueil que le roi d'Angleterre a montrés en Orient, et il aurait été heureux de vous voir au premier rang. Mais hélas ! il ne fait point les caractères, ne change point les natures. Comme le commun des hommes, il est forcé de les subir. Il a dû accepter le roi Richard avec sa fougue et son ardeur indomptées, tout en les regrettant.

—Tas de paroles que tout cela ! s'écria Philippe. Je ne me prendrai plus désormais aux phrases, il me faudra des preuves. Si le pape tient réellement à moi, pourquoi me tourmenter au sujet d'une femme que je hais ?

— Mais, prince, le mariage est un sacrement. C'est la base de la société et des États, répondit le légat. La loi du mariage est formelle, indiscutable.

— Mais alors, pourquoi accordez-vous la divorce quelquefois ?

—Parce que le mariage, comme tout acte légal, a ses lois ; et lorsque ces lois ne sont pas accomplies dans toute leur intégrité, l'acte se trouve infirmé. Le mariage est alors invalidé, et plusieurs mariages, je ne le nie pas, ont été rompus par l'Église même ; et en agissant ainsi, elle n'a fait que rendre hommage aux lois qu'elle avait promulguées. La parenté, qui tend à affaiblir les nouvelles générations, lui a fourni l'occasion de montrer sa haute sagesse dans des ruptures, que le vulgaire a souvent blamées.

—Mais moi, j'ai un cas de parenté, dit vivement Philippe, et je prétends le faire valoir. Avant que ce cas-là ne soit examiné, jamais je ne céderai. Je ne suis pas un petit garçon qu'on mène au doigt et à l'œil.

— Le Souverain Pontife n'entend nullement humilier le roi de France, dit le légat. Il veut maintenir des principes sacrés, mais il est prêt à tous les accommodements.

— Un concile me plairait assez, reprit Philippe. J'y exposerai mes raisons, j'y expliquerai ma conduite.

—Nous n'avons aucune raison pour nous y opposer, répondit le légat, et livrer un cas de parenté à l'appréciation d'une assemblée d'ecclésiastiques, nous paraît chose juste et raisonnable.

— Sur ce terrain, le roi et les légats s'entendirent, et, après avoir discuté quelque temps sur le mode de convocation du concile, on se sépara d'accord. Pendant qu'ils s'éloignaient, Philippe les suivait des yeux, et se disait avec un sourire de satisfaction : Bien rusés et bien adroits seront-ils, s'ils parviennent à obtenir du concile une autre décision que celle que je souhaite. En vérité, j'ai bien joué mon rôle!

XVI

Il ne fut plus question en France que du concile. C'était le sujet de toutes les conversations, sous le chaume comme sous le toit des palais, et nous retrouvons Robert de Bressuire dans le vieux manoir de ses pères, nid d'aigle adossé aux rochers, causant avec sa mère de cette grave affaire. Robert est en disgrâce. En vain, le roi a employé les caresses et les menaces, pour le faire renoncer à la damoiselle de Kirk, le sire de Bressuire n'a point cédé. Mais sa position n'est plus possible à la cour, et il est venu, auprès de sa mère, oublier ses tristesses et chercher des consolations auprès de son cœur. La dame de Bressuire, en voyant revenir son enfant, ne lui a point fait de questions, mais son regard s'est plongé dans celui de son fils pour y lire ce qu'elle n'osait lui demander, et elle y a vu tant de douleur, qu'en le baisant au front, elle s'est écriée involontairement : Pauvre enfant ! et que des larmes ont roulé dans ses yeux. Pauvre enfant! a-t-elle repris après un moment de silence, ton avenir était si beau, pourquoi la foudre a-t-elle tout anéanti?

— Robert, accoutumé à la vie de la cour et à la vie des camps, a de la peine à se faire à celle plus calme et plus monotone du châtelain. La chasse est devenue sa distraction favorite, il surveille ses vassaux, visite ses terres, mais l'ennui s'empare souvent de lui, et que de fois la dame de Bressuire ne le voit-elle pas, tristement accoudé à la fenêtre, demandant aux nuages qui passent, à la bise qui souffle, une distraction et une espérance. La pauvre mère soupire alors, regarde le ciel et essuie furtivement une larme. Ce jeune homme, qui végète ainsi, n'a-t-il pas tout ce qu'il faut pour briller, pour occuper le premier rang? Pourquoi la disgrâce du roi est-elle venue obscurcir un avenir si beau? Faudra-t-il, parce qu'il est fidèle au serment de son cœur, le voir s'étioler, et sa vie, qui promettait d'être un fleuve propre à féconder de riches moissons, deviendra-t-elle une eau croupissante, chargée de miasmes impurs? Pauvre mère! ce fils était l'unique préoccupation de vos jours, et vous le voyez triste et malheureux! Pauvre mère! avec quelle impatience vous attendez des nouvelles du concile, avec quel empressement vous vous attachez à la moindre espérance! Mais hélas! le concile se traîne au lieu de marcher; les jours passent et rien ne fait préjuger de la décision. Le roi s'acharne dans son amour pour Agnès de Méranie, et l'Église est muette!

Robert et sa mère se promenaient, tristement, sur la terrasse de leur vieux château, quand la dame de

Bressuire dit tout à coup, en regardant son fils : Sais-tu, Robert, que ta cousine Alix va nous arriver un de ces jours ?

— Alix vient nous voir ? fit Robert en riant.

— Oui, reprit la dame de Bressuire. Cette rieuse et charmante enfant va venir réjouir notre solitude. Chaque année, elle me consacre quelques jours, et en me quittant elle m'avoue que son meilleur temps est celui qu'elle passe auprès de moi.

— Son oncle ne la marie pas ? demanda Robert.

— Il ne demanderait pas mieux, répondit la dame de Bressuire, mais Alix est difficile. Elle veut un beau, un brave chevalier, et si cela abonde dans les romans, c'est rare, hélas! dans la vie réelle, mon pauvre Robert.

— Alix a cependant, si ma mémoire est fidèle, le droit de rencontrer l'homme de ses rêves.

— Alix est une jolie fille, possède un charmant caractère, dit la dame de Bressuire.

— Je me souviens qu'enfants nous avons bien souvent joué ensemble, et même, ajouta Robert en souriant, il arrivait quelquefois que n'étant pas d'accord, nous en venions aux voies de fait. Cependant il faut reconnaître que la guerre n'était pas notre état normal, et qu'après les hostilités, nous en venions invariablement à un traité de paix ; et ce qui est fort plaisant, c'est que ces bourrasques nous rendaient plus nécessaires l'un à l'autre. J'avais perdu Alix complétement de vue. Mon séjour à la cour, mon absence pendant plusieurs années ne m'ont laissé d'elle qu'un souvenir lointain. Mais, vraiment, je suis enchanté qu'elle ait la bonne pensée de nous venir voir, et c'est avec une douce sa-

tisfaction que je me retrouverai avec cette amie de ma
petite enfance. J'ai quitté Alix tout à fait enfant, je vais
la retrouver jeune fille. Quel accueil fera-t-elle à son
grand cousin? Voudra-t-elle, avec lui, évoquer le passé,
et se reporter à ces folâtres années, où j'étais son fidèle
compagnon de jeu ?

— Alix a conservé de toi le meilleur souvenir. Sans
cesse, elle revient, par la pensée, à ces jours heureux
où vous jouiez ensemble, et elle me parle souvent de
ce petit agneau, sur lequel vous vouliez absolument
monter à califourchon. Il y a surtout un incident
qu'elle aime à rappeler, et où tu as eu le beau rôle.
Alix voulait des noisettes, et pour lui en procurer, tu
t'es mis le visage tout en sang, ne t'en souviens-tu
pas ?

— Oh ! comme si c'était d'hier. Voilà, fit Robert, en
montrant un bois de noisetiers qu'on apercevait dans
le lointain, le théâtre de cette action héroïque. J'avais
cueilli toutes les noisettes qui étaient à la portée de
mon petit bras, et nous les avions croquées ensemble.
Mais Alix n'était pas rassasiée : Robert, j'en veux encore, faisait-elle, de sa plus douce voix. Tiens, il y en
a de magnifiques à cette branche. Et moi, en galant
chevalier qui ne refuse rien à sa dame, je grimpe sur
l'arbre, et au moment d'atteindre les noisettes, je perds
l'équilibre et je roule dans le ruisseau. J'avais le visage
en sang, les vêtements déchirés, mais Alix essuyait
mes mains couvertes de boue, avec sa robe, et disait
les larmes aux yeux : Pauvre Robert !

—Je vois avec plaisir, dit la dame de Bressuire en souriant, que tu n'as pas oublié cette aventure, et j'espère

qu'en causant avec Alix d'un passé heureux, tu oublieras le présent, hélas! si triste pour toi, mon pauvre enfant.

— Quand vient Alix, demanda Robert?

— Elle m'annonce son arrivée dans la huitaine, et je l'attends jeudi.

— Je crains de ne pas la reconnaître. Il y a huit ans que je ne l'ai vue. Elle doit avoir dix-sept ans passés.

— C'est cela justement, répondit la dame de Bressuire.

— C'est tout à fait une femme que ma cousine, ajoute Robert en riant, et moi je suis tout à fait un homme.

— Ce fut par une belle après-midi d'été, qu'Alix de Jenty arriva au manoir de Bressuire. Sa tante, qui ne l'attendait que le lendemain, fut agréablement surprise, et ce fut en l'embrassant sur les deux joues qu'elle lui souhaita la bienvenue. Pendant que les deux femmes sont toutes à la joie de se revoir, faisons faire connaissance au lecteur avec ce nouveau personnage. Alix est petite, mais bien faite et bien proportionnée. Sa figure est plutôt agréable que jolie. Son regard est intelligent, vif et mutin. Sa bouche, un peu grande peut-être, est meublée de dents petites et blanches qui paraissant des perles. Elle a toujours le sourire sur les lèvres, et semble heureuse de vivre. La joie et la bonne humeur paraissent faire le fond de son caractère. Orpheline de père et de mère, elle habite chez un oncle paternel, privé d'enfant, qui lui sert de tuteur, et attend sans trop d'impatience le jour où elle changera cette protection pour celle d'un époux.

11

— Alix caresse affectueusement la dame de Bressuire qu'elle semble aimer beaucoup, et raconte avec animation les divers incidents qui ont troublé son voyage. Son cheval l'a renversée deux fois. Il voulait absolument dit-elle, me faire faire connaissance avec les poissons de la rivière, mais il ne savait pas l'entêté à qui il avait affaire. Je l'ai corrigé d'importance, et malgré le vent, la marée et un cheval indompté, je vous arrive, ma tante, et si cela ne vous déplaît point, passer quelque temps avec vous.

— Tu sais bien que je t'aime, mon enfant, dit tendrement la dame de Bressuire, et que les heures que je passe près de toi sont bien douces à mon cœur. Mais comment fais-tu là-bas dans le vieux castel de son tuteur ?

— Je tâche de tuer le temps, répondit gaiement Alix. Mais ce vilain temps est dur à mourir, ne le savez-vous pas, ma tante? Mon oncle chasse, pêche, surveille ses vassaux. Sa femme et moi nous travaillons, nous filons, nous nous promenons et nous nous ennuyons. Ma tante aimerait à voir du monde, à courir les joûtes et les tournois. Mais mon oncle prétend que la vie la plus douce est toujours la plus solitaire, et professe à l'égard de tous les hommes en général, et de chacun en particulier, une sauvage misanthropie.

— Je connais ce caractère-là, dit la dame de Bressuire en souriant. Les années ne peuvent pas modifier cette nature. Mais toi, mon enfant, tu n'es là que pour peu de temps ; n'est-il pas question de te marier, ajouta-t-elle en la regardant dans les yeux ?

— Il en est souvent question, mais il y a toujours des *mais* qui se mettent au travers de tous ces projets ! Tel chevalier n'est pas d'assez bonne race, et mon oncle prétend qu'une Jenty ne peut se mésallier ; d'autres fois le sang est noble, mais la position dans le monde ne répond pas à sa noblesse, et ma tante me montre tristement un avenir privé de toutes les joies et voué à toutes les humiliations. Enfin, il arrive qu'un prétendant est riche et noble, convient à mon oncle, ne déplaît pas à ma tante, mais à moi ne dit rien au cœur, et voilà, ma tante, pourquoi je suis encore fille.

— Tu es trop difficile, ma chère, et quand on est si difficile, sais-tu ce qui arrive : on coiffe sainte Catherine.

— Vous croyez, ma tante dit Alix avec une moue charmante ?

— Certainement, répondit la dame de Bressuire, que la conversation amusait. Mais, enfant, tu dois être fatiguée de ton voyage ; va te reposer. Mais, ajouta-t-elle en la caressant du regard, réfléchis à ce que je t'ai dit : Les filles trop difficiles coiffent sainte Catherine. Alix sourit et quitta l'appartement.

La dame de Bressuire, en reprenant la quenouille qu'elle filait comme toutes les nobles dames de l'époque, se disait : Alix est charmante, et rendra sûrement un homme heureux.

— Ta cousine est arrivée, dit la dame de Bressuire à son fils, quand il rentra de la chasse.

— Tant mieux, répondit Robert, nous allons renouveler connaissance. Mais n'est-il pas convenable que moi, son grand cousin, je me hâte de lui souhaiter la bienvenue dans notre vieux manoir?

— Elle est dans sa chambre, mais elle va descendre car voilà l'heure du souper, répondit la dame de Bressuire.

En effet, on entendit bientôt un pas jeune et élastique, et la porte, en s'ouvrant, donna entrée à Alix. En voyant son cousin, elle rougit légèrement et parut quelque peu embarrassée. La dame de Bressuire, qui la suivait des yeux, alla vers elle et la présenta à Robert. Celui-ci lui souhaita la bienvenue de la manière la plus gracieuse, et ce fut sous une bonne impression qu'on se rendit dans la vaste salle où le souper était servi. Robert se montra gai, rappela de la manière la plus aimable les jeux partagés ensemble jadis, et se tournant vers Alix: J'espère, ma cousine, ne pas vous être un aussi mauvais camarade que par le passé. J'étais alors un garçon tapageur et querelleur.

— Si vous étiez parfois querelleur, vous étiez d'habitude bon et complaisant. Ce nid d'hirondelles que vous êtes monté un jour me chercher, sur un arbre, au risque de vous casser le cou, n'en est-il pas une preuve?

— Je n'avais pas en effet, tous les défauts; et si j'avais mauvaise tête, j'avais bon cœur. Il ne fallait rien moins que cela pour ne pas vous laisser un trop mauvais souvenir, n'est-ce pas?

— Vous croyez, Robert?

— Je le crains surtout, répondit Robert en souriant.

— Hé bien! je vous assure que vous trompez. Les jours que j'ai passés auprès de vous et de ma tante sont les plus chers à mon souvenir. Je n'ai rien oublié de nos aventures d'enfance. Interrogez-moi sur n'importe laquelle vous ne me trouverez pas en défaut.

— Alors, dit Robert en riant, nous vivrons beaucoup dans le passé, et vous verrez, ma cousine, que personne plus que moi n'aime à se souvenir.

La conversation continua sur ce ton, et la soirée se passa fort agréablement. Quand Alix fut remontée dans sa chambre, Robert, qui était resté à causer avec sa mère, se mit à dire : Ah ! l'excellente idée qu'à eue Alix de venir passer quelque temps avec nous. Elle est gaie, aimable, spirituelle. Elle fera diversion à notre tristesse, et nous permettra d'attendre sans trop d'impatience la décision du concile. Quand donc le concile se prononcera-t-il ?

— Mon pauvre Robert, mon cœur me dit, et crois-en mes pressentiments, que cette affaire ne s'arrangera pas. Le roi ne veut pas céder, et ne cédera pas. L'orgueil est le fond de sa nature, et l'empêchera de plier devant l'Église. Puis, ne sais-tu pas que son cœur est pris ailleurs ? Agnès de Méranie, comme une séduisante sirène a charmé cette fougueuse nature, et Philippe apporte dans cette passion, toute l'ardeur de son tempérament. Oui, mon pauvre enfant, je te le dis avec douleur, tu seras, toi, la victime de cette malheureuse affaire.

— Ma mère, moi, j'espère encore, et je veux espérer.

— Espère, enfant, espère, mais ta mère a l'expérience de la vie, et cette expérience lui dit, hélas ! que lorsqu'on est puissant comme le roi de France, et qu'on est sous le charme d'une violente passion, on lutte jusqu'à la mort. Ah ! pourquoi te trouves-tu mêlé dans cette affaire? Tu y perdras ton avenir.

— Mais je conserverai mon cœur à ma fiancée, à ma
bien-aimée Anne, dit Robert avec enthousiasme.

— Ta fiancée est dévouée à sa maîtresse, et si le
mariage est déclaré nul en fait et en droit, Anne n'a-
bandonnera pas la princesse de Danemark, et ensemble
elles reprendront le chemin de leur pays. Les suivras-
tu sous ce climat glacé, et me laisseras-tu mourir
sans venir me fermer les yeux?

— Oh! ma mère, ignorez-vous combien je vous aime,
dit Robert, en prenant les mains de la dame de Bressuire. Votre amour est toujours le premier dans mon
cœur. Rendre votre vie heureuse, vous voir aimée et
respectée de mes enfants, n'est-ce pas là mon souhait le
plus ardent? Ah! ma mère, si vous connaissiez Anne,
combien vous éprouveriez pour elle de sympathie. Elle
est née votre fille, permettez-moi de vous le dire. Elle
a votre dignité tempérée de grâce, elle a votre sourire intelligent et doux, et en l'aimant, ma mère, c'est encore
vous que j'aime. Non, je le sens, je n'aurais pu aimer
une femme vulgaire, et vous qui m'avez conduit par
la main jusqu'à l'âge d'homme, vous avez eu une influence capitale sur le choix de mon cœur. J'étais fier
de vous amener ma noble fiancée. Seule, elle avait dans
sa séduisante beauté ce que pouvaient souhaiter votre
intelligence et votre cœur, et je sentais en moi, le frisson
de l'orgueil, quand je me représentais l'admiration de
la cour à la vue de ma belle fiancée; l'enthousiasme de
mes vassaux, et que j'entendais ces paroles sortant de
toutes les bouches: Elle est digne de la noble femme
dont elle va devenir la fille. Dans cette race, le cœur a

des instincts qui ne le trompent pas, et il lui faut pour l'embaumer des fleurs, au parfum pénétrant et doux qui en le charmant, lui conservent sa virilité et sa grandeur. Ah! pourquoi le roi veut-il anéantir mes plus chères espérances? Pourquoi s'acharner dans son opiniâtreté?

— Nous ne sommes pas heureux, mon enfant, dit tristement la dame de Bressuire. Le bonheur que tu te promettais était trop complet, et ne sais-tu pas qu'un soleil trop éclatant est le présage de la tempête?

Le lendemain et les jours qui suivirent, furent employés par les deux cousins à faire plus ample connassance. Alix était gaie, spirituelle; sa conversation avait de l'entrain et de la vivacité, et ses gais propos avaient le don de chasser le nuage, qui couvrait habituellement le front de la dame de Bressuire.

— Quand le temps le permettait, les châtelains allaient faire une longue promenade dans les bois. On partait l'après-midi, et on ne revenait qu'à la tombée de la nuit. On s'asseyait sous les arbres séculaires, on causait, on riait, et la dame de Bressuire, au contact de cette jeunesse, retrouvait la joie de son printemps.

— Je me souviens, disait un jour Alix, assise sous un arbre à côté de sa tante et de Robert, que là nous sommes venus quand mon cousin et moi nous étions deux petits enfants. J'étais une châtelaine persécutée et malheureuse, et Robert un chevalier aussi noble que brave qui m'offrait aide et protection. J'étais sous le charme de ses généreuses paroles, et je lui demandai d'être pour toujours mon protecteur et mon ami. Mais, à ce moment, Robert me regarda d'une fa-

çon que je n'oublierai jamais, et après un instant de
réflexion, qui faisait honneur à ses dix ans, il dit en
relevant la tête avec fierté : Je verrai. J'eus beau le presser, je ne pus obtenir une réponse moins vague. Mon
cousin ne vous en souvenez-vous pas ?

— Un garçon, de dix ans qui ne veut pas s'engager
imprudemment, n'est-ce pas fort plaisant, ma mère,
dit Robert en se tournant vers la dame de Bressuire?
Vous voyez, ma cousine, que je n'agis pas sans réflexion, ajouta-t-il en riant.

— J'ai toujours conservé le souvenir de cette aventure, dit Alix.

— Ce souvenir m'est-il favorable ? demanda Robert
en regardant sa cousine.

— C'est mon secret, répondit Alix, et je ne dis pas
mes secrets.

— Pas même à des amis, pas même à nous, dit la
dame de Bressuire.

— Avant de s'ouvrir même à des amis, il est bon
de voir selon l'exemple de Robert. La réflexion n'est-
elle pas utile toujours, nécessaire souvent, dit Alix en
étudiant la physionomie de son cousin ?

— Vous me gardez rancune de ce propos enfantin,
fit Robert.

— Mais je parie que votre virilité me tiendrait absolument le même langage, dit Alix interrogeant Robert
du regard?

— Mais tu sais bien, se hâta de dire la dame de Bressuire, qui s'aperçut de l'embarras de son fils, que personne ne te chérit plus que nous, mon enfant. Peux-tu
en douter, en voyant la joie que ta présence répand

ici? Ne sais-tu pas que je t'aime comme une fille?

— Et Robert comme une sœur, dit Alix avec un sourire, où un observateur aurait remarqué de l'ironie.

La conversation devenait difficile. Robert baissa les yeux, Alix se mit à rouler entre ses doigts des fleurs qu'elle avait cueillies, et la dame de Bressuire n'essaya pas de répondre. Le silence durait depuis un moment, quand un cheval qui venait de jeter à terre son cavalier et qui furieux, errait dans la campagne, attira leur attention, en même temps qu'il leur inspira de l'inquiétude. Robert, écuyer de premier ordre, et qui excellait à manier les chevaux, courut vers la bête indomptée, s'en rendit maître sans trop de peine, et la caressant de la main et de la voix, le ramena à son propriétaire, dont heureusement la chute était sans gravité. Cet incident changea le cours des idées de nos promeneurs, et il ne fut plus question de la malencontreuse conversation de l'après-midi.

Le soir, on causa de chevaux, et Robert annonça l'intention où il était de reprendre ses promenades à cheval. Il avait trop négligé ces nobles animaux qui avaient été un de ces plus agréables passe-temps, et pour réparer sa faute, dès le lendemain il reprendrait ses courses sur une bête fougueuse et quelque peu indomptée.

— J'aime beaucoup les chevaux, dit Alix, mais j'avoue en toute franchise, que je suis fort mauvaise écuyère·

— Ton cousin pourrait te donner quelques leçons d'équitation, dit la dame de Bressuire, qui voulait faire disparaître la mauvaise impression du matin, et je suis certaine que Robert sera ravi de t'avoir pour élève.

— Mais je serai, je le crains, ma tante, une élève détestable.

— Vous vous calomniez, ma cousine, dit vivement Robert, et je serai fort heureux de vous apprendre le peu que je sais. Je suis tout à votre disposition, ai-je besoin de vous le dire ?

— Hé bien ! je vous accepte pour maître, dit gaîment Alix, mais souvenez-vous bien, mon cher Robert, que j'ai besoin de toute votre indulgence.

— Vous n'en aurez certes pas besoin, mais elle vous est acquise d'avance.

Robert s'occupa de dresser le plus élégant de ses chevaux, et quand le noble coursier fut dompté de manière à rendre tout accident impossible, les leçons commencèrent. Pour joindre la pratique à la théorie, on fit ensemble quelques promenades, mais courtes et de manière à ce que l'œil de la dame de Bressuire ne pût quitter les jeunes gens : car la mère de Robert avait des principes sévères, et ne voulait pas que ces courses devinssent le sujet de commentaires malveillants.

Cependant, aux environs, on s'occupait de la présence d'Alix au château, et des relations qui paraissaient amicales entre les deux cousins. Il était impossible que deux jeunes gens beaux et élégants, vécussent sous le même toit, ne se déplaisant pas absolument, et ne devinssent pas le sujet d'un roman, et d'un roman d'autant plus facile à dénouer, que tout se réunissait pour rendre leur union convenable et assortie. Aussi, il n'était plus question que de la prohaine union des deux cousins, et un jour que Robert, surpris par l'orage, avait été demander un abri au bûcheron de la forêt, il ne fut pas peu étonné d'apprendre que son prochain mariage avec Alix, défrayait toutes les conversations. La date en est même fixée, dit le bûcheron d'un ton assuré.

— Mais, mon ami, répondit Robert, je ne puis pas me marier, car je suis fiancé, moi.

— Mais, répliqua le bûcheron, avec un sourire, il paraît qu'aujourd'hui ça ne fait plus rien ni d'être marié, ni d'être fiancé: les grands, ça se démarie quand l'envie leur en prend. Notre roi n'avait-il pas bel et bien épousé la princesse de Danemark, et ne dit-on pas qu'il en prend une autre.

— Mais moi, mon ami, je veux être fidèle à mes serments, dit Robert, et je n'aurai jamais d'autre épouse que ma fiancée.

— Cependant, reprit le villageois, qui ne paraissait qu'à moitié convaincu, votre cousine, la demoiselle de Jenty a de grands biens, de beaux châteaux. Une de ses terres touche une des vôtres, et à elles deux, elles feraient bien le plus beau domaine de France.

— Ainsi, répondit en souriant le sire de Bressuire, nos cœurs doivent s'unir parce que nos terres s'arrondissent l'une l'autre.

— Que voulez-vous, reprit le bucheron, que le sourire de Robert avait un peu embarrassé, le pauvre monde ça raisonne comme ça ; et ça ne voit que ce qui est là sous ses yeux. Chez nous, quand deux terres se touchent et se regardent, et que leurs maîtres sont garçon et fille, il est bien rare que la jeunesse ne se tende la main, rapport aux champs. Et comme Robert continuait de sourire ; là bas, ajouta son interlocuteur, dans vos châteaux, on ne raisonne pas, je vois, comme nous autres dans nos cabanes.

— Mon ami, dit Robert avec bonté, nous sommes tous semblables, que nous soyons nobles ou vilains. Mais ne sait-on pas au village, que quand le cœur a une fois parlé, il faut l'écouter ?

De retour au château, la première personne qu'il rencontra fut sa mère, qui, inquiète de le savoir à la chasse par un temps pareil, le pressa de questions : Mon pauvre enfant, où donc as-tu trouvé un abri pendant cette affreuse tempête, lui demanda affectueusement la dame de Bressuire ?

— Chez le bûcheron établi sur la lisière de la forêt, répondit Robert. Et le brave homme ne s'est pas contenté de me faire un accueil chaleureux, il m'a encore conté les nouvelles du pays. Il paraît que je suis l'objet de toutes les conversations, ajouta-t-il en riant, et en regardant sa mère. On me marie bel et bien, et déjà on a fixé le jour de la célébration.

— Et avec qui te marie-t-on, demanda la dame de Bressuire, en plongeant son regard dans celui de son fils ?

— Avec Alix, répondit Robert en riant.

— Alix est de grande race, gracieuse, bonne et charmante, et rendra certainement un homme heureux, dit la dame de Bressuire, en ne quittant pas des yeux son enfant.

— Je le sais, ma mère, et personne plus que moi ne

rend hommage aux vertus et aux charmes de ma cousine, mais, ne le savez-vous pas ? je suis fiancé ; et tenez, dit Robert en montrant son doigt, voilà l'anneau que j'ai reçu au jour de mes fiançailles.

— Mais les fiançailles engagent peu, tu le sais. Du reste la demoiselle de Kirk t'a rendu ta parole.

— Que je n'ai pas reprise, ma mère, dit avec feu, Robert.

— Mais jamais Anne ne sera ta femme, tant que la princesse de Danemark ne sera pas reconnue reine de France, et au train où vont les choses, elle ne le sera jamais.

— Sauriez-vous quelque chose de nouveau ?

— Regarde cette lettre : elle est de ton oncle, le comte de Saint-Pol. Il nous annonce que le concile s'est séparé sans avoir pris aucune décision ; et que le roi, de plus en plus épris d'Agnès de Méranie, ne cache plus son dessein de l'épouser.

— Mais ce n'est pas possible, dit Robert en se levant avec vivacité.

— Hélas ! répondit sa mère, ce n'est que trop vrai. Je savais bien que mes pressentiments ne me tromperaient pas.

— Que va donc devenir la princesse Ingelburge ?

— Que veux-tu que devienne une femme, dont on méprise la tendresse, si ce n'est de retourner auprès de ses parents.

— Mais Anne la suivra-t-elle dans son lointain pays ?

— Ne m'as-tu pas répété mille fois, que jamais elle

ne quittera't sa maîtresse malheureuse, et y a-t-il un malheur plus grand, que d'être épouse sans époux, reine sans royaume ?

— Mais ma vie à moi ne peut pas être cependant à jamais brisée, dit Robert.

— C'est mon opinion, reprit avec vivacité la dame de Bressuire. Puisque de malheureuses circonstances brisent les liens qui t'unissaient à Anne, pourquoi se raidir contre une cruelle nécessité, et ne pas fixer ton cœur auprès d'un cœur qui t'offre une légitime revanche. Tu me disais, tout à l'heure, qu'on te mariait avec ta cousine. Pourquoi ne pas faire de ce bruit une réalité ? Alix a tout ce qu'il faut pour te rendre heureux. Elle t'aime, et le jour où elle mettra sa main dans ta main sera pour elle un jour trois fois béni. Cette union a été le rêve de ma vie, et quand j'appris qu'ailleurs tu avais donné ton cœur, je regrettai plus que je ne saurais le dire, la charmante enfant que j'aurais été si heureuse d'appeler ma fille.

— Mais, ma mère, vous ne connaissez pas Anne. Si vous vous étiez enivrée de son regard, oh ! jamais une autre femme n'aurait touché votre cœur ! Ah ! pourquoi n'avez-vous pas été charmée par son sourire ?

— Mais Alix n'est-elle pas gracieuse, aimable et charmante. Sa conversation n'a-t-elle pas le don de chasser le nuage de ton front ?

— Alix est sans doute une charmante femme. Je l'admire, et je suis fière d'elle comme un frère l'est d'une sœur chérie.

— N'as-tu pour Alix qu'une affection de frère ?

— Rien de plus, je vous l'affirme.

— Tu te trompes, mon enfant, et si le souvenir d'Anne de Kirk n'était pas dans ton cœur, tu épouserais ta cousine, non-seulement sans peine, mais avec joie. Écoute, reprit la dame de Bressuire après un moment de silence, écoute-moi, mon enfant. Anne a pu te plaire. Tu l'aimes, mais tu ne l'épouseras pas. Le roi ne te le permettra jamais : car cette union serait un sanglant reproche adressé à son parjure. Tu passeras ta jeunesse à attendre d'heureuses circonstances, qui pourront te rapprocher de la femme que tu aimes, et ces circonstances ne se présentant point, ta vie sera sans soleil et sans affection. Sans vocation pour le célibat, tu t'y trouveras forcé, et tu n'auras pas même pour te consoler les mâles consolations de la gloire. Le roi t'éloignera de lui, et ne te permetera même pas de servir la France. Tu végéteras dans le château, dont de joyeux enfants ne feront pas résonner les échos. Tu t'étioleras entre la tristesse du jour et celle du lendemain, et ta vie si belle à son aurore, se perdra, hélas ! dans une espérance qui ne se réalisera pas !

— Mais pourquoi ne suivrais-je pas ma fiancée en Danemark ? Là je m'unirais à elle pour toujours, dit Robert.

— Et moi, enfant, que deviendrais-je ? Qui donc me fermera les yeux, quand tu auras fixé ta vie loin de moi ? Ne sais-tu pas, qu'après Dieu, je n'aime que toi ? Lorsque j'ai perdu ton père, j'étais jeune et belle ; de nobles chevaliers m'ont offert leurs cœurs, mais j'ai refusé pour te conserver toute ma tendresse. Toutes mes pensées, toutes mes affections, toutes mes espé-

rances se sont concentrées sur toi. Je n'ai vécu que
pour mon enfant, et aujourd'hui que je lui ai out
sacrifié, il vient me faire entendre un brutal adieu.
Enfant ingrat !

— Ma mère, ne parlez pas ainsi, s'écria Robert, en
se jetant aux pieds de la dame de Bressuire. Oh ! ne
dites pas que je suis un ingrat, moi qui donnerais ma
vie pour vous ! Non, je n'irai pas vivre loin de vous ;
et quand un pareil projet est sorti de ma bouche, il
n'était par ratifié par mon cœur. Je veux vivre désormais pour vous, pour vous seule, et votre affection
remplacera pour moi toutes les autres. Vous m'avez
sacrifié votre jeunesse, je vous sacrifierai la mienne.
J'oublierai près de vous les grandeurs des cours, j'oublierai plus, j'oublierai la femme qui a reçu mes serments, et ce sacrifice n'en sera même pas un pour mon
cœur. Mais, de grâce, ne dites pas que je suis un ingrat. Oh ! ne dites pas cela.

— Mais, mon enfant, tu es arrivé à l'âge d'homme,
et le sacrifice que tu veux me faire, je ne puis, ni ne
veux l'accepter. Ta mère est chrétienne, et elle ne
pousse pas l'égoïsme jusqu'à vouloir être tout pour toi.
Ce qu'elle souhaite, ce qu'elle veut : c'est que tu sois
un honnête homme, un chrétien, que pour toi le devoir soit toujours facile, afin que tu y sois toujours
fidèle ; et en voyant ta jeunesse, enivrée d'un parfum
que tu ne pourras posséder, elle craint, qu'après t'être
épuisé à espérer, tu n'ailles, privé du point d'appui
d'une affection bénite par l'Église, te vautrer dans des
satisfactions grossières d'où ton cœur sortirait souillé.

— Non, ma mère, votre fils ne descendra jamais à

de telles hontes, non, parce qu'il est votre fils, dit Robert avec feu.

— Mais tu es jeune, Robert, et tu ne sais pas combien il est difficile de se tenir sur ces hauteurs où règne la vertu. Il y faut tout le courage d'un cœur viril, toute la force d'un chrétien.

— J'aurai ce courage, je me sens cette force.

— Ah! tu l'aurais cette force si, lié à une noble femme, tu trouvais auprès d'elle toutes les satisfactions du cœur, et ton noble sang ne faillirait point à l'honneur. Mais sans ancre et sans boussole, que deviendras-tu, mon enfant? Je ne veux pas forcer ta volonté, mais considère quel magnifique avenir splendide serait le tien, si tu oubliais cette fille du nord, qui elle, t'oublie, pour épouser ta cousine, gracieuse et charmante enfant que tu aimerais bientôt comme une épouse chérie. Vous m'entoureriez de votre amour, et les enfants que Dieu vous donnerait, seraient la couronne de ma vieillesse. Quand mon heure dernière sonnerait à l'horloge du ciel, je pourrais quitter ce monde sans une crainte, car je te saurais heureux par les saintes et légitimes affections, et ma dernière prière serait une suprême action de grâces.

En disant cela, la dame de Bressuire attachait tendrement son regard sur son fils, qui paraissait soucieux: — Réfléchis, mon enfant, à ce que je viens de te dire. Ah! dans cette circonstance, c'est encore plus ton bonheur que le mien que je souhaite. Comme elle achevait ces mots, la porte s'ouvrit, et Alix, le sourire sur les lèvres, s'élança dans l'appartement. En la voyant, la mère et le fils échangèrent un regard, mais

elle, sans prendre garde à l'impression qu'elle produisait, plaisanta gaiement son cousin sur sa malencontreuse sortie, le railla sur son costume, sur la boue qui
le couvrait, et se montra aussi gaie que Robert était
soucieux. Après quelques monosyllabes, le sire de
Bressuire, trop préoccupé pour riposter à sa cousine,
quitta l'appartement, sous le prétexte de changer de
vêtements, mais en réalité pour se trouver seul avec
lui-même.

Quand il fut seul, il se mit à réfléchir à la conversation qu'il venait d'avoir avec sa mère, et trouva que
tout ce qu'elle lui avait dit était marqué au loin de la
plus haute raison. Il aimait Anne, mais la posséde-
rait-il jamais? Ne devait-il pas quelque chose à l'a-
mour si dévoué de sa mère? Elle lui avait tout sacrifié,
ne lui sacrifierait-il rien, lui? S'il suivait sa fiancée en
Danemark qui fermerait les yeux à la noble femme, qui
n'aimait que son fils, qui ne respirait que pour lui?...
Épousera-t-il Alix? mais il ne l'aime pas. Alix est
pour lui une sœur, une amie, qu'on se plaît à rencontrer dans la vie, avec laquelle il est doux d'échanger
une pensée. Pour lui, elle n'est que cela, et en face de
ce sentiment, il en éprouve un autre, ardent, passionné,
qui remue tout son être, le fait frissonner, et ébranle
toutes les fibres de son organisation. Où est le devoir
pour lui? A quel sentiment doit-il obéir? Ira-t-il vers
Alix, et lui promettra-t-il son amour, quand une autre
possède tout son cœur? Mais Alix est la fille de choix
de sa mère. Depuis des années, la dame de Bressuire
rêve d'en faire la compagne de son fils; jamais il n'é-
pousera Anne, le roi ne le lui permettra pas.

La nuit se passa, pour Robert, fiévreuse et sans sommeil, et à peine le soleil avait-il paru à l'horizon que le sire de Bressuire, dont l'agitation était extrême, sortit du château, espérant que le grand air et la marche calmeraient son esprit et son cœur. Longtemps, il erra dans la campagne, le cœur agité, les sens émus. Sera-t-il mauvais fils ou sera-t-il mauvais époux ? Du côté d'Alix, tous les avantages : fortune, ambition satisfaite et surtout bonheur intime de sa mère; mais le nom seul d'Anne le fait tressaillir. Dira-t-il un adieu éternel à la femme qu'il aime ?

— Mon Dieu! disait le malheureux Robert, que faut-il que je fasse? Est-ce que je vais m'éloigner pour toujours de la route de l'honneur ?

Robert avait été élevé par une mère pieuse, et l'enfant chrétien était demeuré le jeune homme chrétien. Sa jeunesse avait été ardente, mais pure; et l'amour de la gloire avait seul fait bouillonner son sang avant qu'il eût rencontré Anne de Kirk. Il avait pour la Très-Sainte Vierge le culte des âmes pures et ardentes, et dans ce moment où les deux grandes affections de la vie se livraient dans son âme un si violent combat, il invoqua celle qu'on n'invoque jamais en vain, et tombant à genoux, il supplia Marie de ne pas permettre qu'il s'éloignât de la route du devoir. Après sa prière, il se sentit plus calme, sa position lui parut moins sombre, et il reprenait, à pas lents, le chemin du château, quand il vit accourir vers lui un de ses serviteurs. Étonné, il hâta le pas. — Messire, dit le valet, un envoyé du roi de France demande à vous voir, à l'instant.

— Que peut me vouloir le roi ? se dit Robert. Depuis longtemps il est mécontent de moi, et ses affaires ne s'arrangent pas de façon à rendre ma présence agréable.

L'envoyé de Philippe l'attendait avec impatience, car le message, lui avait-on dit, ne pouvait souffrir de retard, et dès que Robert fut rentré au château, il lui remit un pli venant du roi.

— Revenez au plus tôt, mandait Philippe. J'ai besoin de vous, et je désire votre prompt retour.

Devant un ordre semblable, il n'y avait plus qu'à obéir, et à obéir immédiatement. Aussi ne s'occupa-t-on plus au manoir que des préparatifs du départ. La dame de Bressuire, mère craintive et tendre, redoutait un piége sous l'ordre royal. Alix regrettait son cousin. Sans vouloir se l'avouer, elle s'était accoutumée à sa présence, elle avait pris goût à sa conversation aimable et spirituelle, et des larmes qu'elle essayait en vain de cacher, coulaient le long de ses joues, quand Robert s'approcha pour lui faire ses adieux.

— Adieu, ma sœur, lui dit-il d'une voix émue, et lui baisant la main, il alla vers sa mère.

— Comment, lui dit celle-ci étonnée et à demi-voix, comment tu n'as pas pour Alix un nom plus doux?

— Ma mère, en est-il un plus doux que celui de sœur? répondit Robert.

— Tu ne veux donc pas me donner la suprême satisfaction que je te demandais, mon enfant?

— Mère, vous savez bien que mon cœur ne peut rien vous refuser, mais il est un sacrifice que vous n'exigerez jamais de moi : c'est celui de mon honneur. Si j'étais un parjure, serais-je digne d'être votre fils?

Et accompagnant ces paroles d'un regard chaud de tendresse, il pressa sa mère sur son cœur, et essuyant les larmes qui coulaient de ses yeux, il saisit les rênes que lui tendait un valet, et montant sur son cheval, il s'éloigna sans détourner la tête.

Quant à la dame de Bressuire, elle le suivit long-temps des yeux, et ce ne fut que sur l'invitation d'Alix qu'elle se décida à rentrer au manoir. En regardant sa nièce, elle se sentit émue, et l'embrassant tendrement elle lui dit :

— Mon enfant, quoi qu'il arrive, tu seras toujours ma fille.

— Vous m'aimez, vous, ma tante, répondit la jeune fille qui ne pouvait plus retenir ses larmes.

— Oui, mon enfant, je t'aime, et s'il le faut, je t'aimerai pour deux, ajouta la dame de Bressuire avec un profond soupir.

XVIII

La nouvelle de la séparation du Concile vint tomber comme un coup de foudre dans la petite maison de Donzac, et la reine en recevant les meubles et les bijoux qu'elle avait apportés en France, ou dont elle avait fait usage pendant son séjour à la cour, comprit que le roi regardait cette séparation comme toute à son avantage. Cependant Rome n'avait point prononcé, aucune décision n'était prise. Mais Ingelburge pouvait-elle lutter, lutter toujours, et solliciter encore ce jugement que le roi paraissait vouloir retarder à tout prix ? Oui, la reine de France luttera, quelles que soient les souffrances qui l'attendent. Le monde a admiré la pureté dans la Vierge, le courage dans le chevalier, elle lui montrera que la force est avant tout la vertu de la femme chrétienne ; et que si la femme, marquée au front du signe du Christ, sait s'humilier quand sa foi l'ordonne, ce n'est ni par crainte, ni par pusillanimité, et que, l'heure venue, elle sait faire respecter, en sa personne, la dignité humaine, trop souvent mise en question, par ces êtres effrénés qui ne connaissent pour lois que leurs convoitises.

La séparation du Concile avait rendu la position d'Ingelburge de plus en plus difficile. Le monde, qui n'aime pas le malheur, surtout le malheur constant et sans issue, et qui craint de se compromettre à l'égard des heureux, détourna la tête de l'infortunée reine. On blâma sa constance à soutenir la lutte, on qualifia sa résistance d'opiniâtre entêtement, et ceux qui tenaient à se faire bien venir de la cour, lui firent de sanglants reproches. Le temps, en s'écoulant, avait épuisé toutes les ressources matérielles de la malheureuse Ingelburge, et l'opinion, en se prononçant contre elle, lui ôtait le crédit, ce dernier espoir de ceux qui n'ont plus rien.

— Comment faire, disait la pauvre nourrice en pleurant, plus de pain, plus d'argent, plus de crédit ! Mon Dieu, nous laisserez-vous mourir de faim après tant de souffrances ! Anne, la reine ne se doute de rien, mais comment lui cacher plus longtemps la triste vérité ?

Anne pleurait, et ne répondait pas.

— Mais, dit-elle après un moment de silence et en regardant les meubles envoyés par le roi, et qui gisaient pêle-mêle dans l'appartement, pourquoi ne pas vendre tout cela ?

— C'est vrai, répondit dame Marguerite, et moi qui n'y avais pas songé ! Certainement, c'est le bon Dieu qui vous a envoyé cette idée, qu'il en soit béni ! fit-elle en levant les mains vers le ciel ; et se mettant à examiner les meubles, elle ajouta : Ça vaut de l'argent, et un sourire illumina son visage. Mais la reine se doutera de quelque chose en voyant disparaître les meubles, et je voudrais tant lui cacher sa malheureuse position.

— Princesse, dit la nourrice à la reine, qui entrait en ce moment, que faire de ce tas de meubles, ça encombre, ça gêne. Si cela ne vous déplaisait pas, nous nous en débarrasserions. Tenez, ces vilains meubles vous entretiennent dans la mélancolie, et je surprends toujours des larmes dans vos yeux quand vous les regardez. Vendons-les, puisqu'ils vous rendent triste.

— Mais ce sont des souvenirs, fit la reine.

— Ah ! les souvenirs; les bons se gardent dans le cœur ; quant aux mauvais, je les chasse comme des mouches venimeuses, et si vous m'en croyez, vous ferez de même.

— Ces meubles pourraient convenir à quelque pauvre famille.

— Ces meubles sont trop beaux pour des pauvres, répliqua vivement la nourrice, qui ne voulait à aucun prix que la reine en disposât de cette manière. Mais en les vendant, vous pourrez avec l'argent qu'on vous en donnera, soulager bien des infortunes, ajouta dame Marguerite, qui se mit à penser, qu'en parlant ainsi, elle déciderait plus facilement la reine à la vente. Anne, ne le pensez-vous pas ?

— Certainement, répondit la damoiselle de Kirk, qui comprit le service qu'on lui demandait, et qui n'eut garde de le refuser.

— Puisque vous pensez ainsi, mes amies, je me rends

12

à votre opinion, et bien que ce ne soit pas, sans un déchirement de cœur. que je me sépare de ces meubles qui me rappellent un passé plus fortuné, vendez-les et qu'ils servent à faire des heureux, ajouta la pauvre reine, dont les yeux se remplirent de larmes.

Dame Marguerite fit tant et si bien qu'avant la fin de la journée tout était vendu. Ces meubles, destinés à orner l'appartement d'une souveraine, allèrent parer les maisons de pauvres vilains. Eussent-ils pu en disparaissant, dissiper la tristesse et les chagrins de celle dont ils avaient dû embellir la demeure!

— Comment, se disait sans cesse la nourrice, quand elle se trouvait seule avec elle-même, comment se fait-il qu'une aussi belle et aussi charmante femme que la princesse Ingelburge n'ait pu retenir le cœur du roi? vit-on jamais teint plus éblouissant, taille plus imposante! quelque mauvais génie ne se serait-il pas mis au travers de son bonheur? J'ai vu bien des ménages en ma vie, mais jamais une' femme belle et vertueuse lâchement abandonnée, et dire que c'est à mon enfant que cela arrive! Ah! je me souviens d'avoir entendu dire en Danemark que la famille royale vait un mauvais génie. Il lui aura jeté quelque sort, mais n'enlève-t-on pas les sorts? N'y a-t-il personne en France qui soit en commerce avec les es-prits? En Danemark, j'en aurais bien trouvé, mais ici...

Un jour que dame Marguerite traversait les rues de Donzac, elle rencontra une vieille femme, qu'une troupe d'enfants suivaient en lui jetant des pierres, et qui cherchait à se venger d'eux en leur lançant des malédictions.

— Que vous a fait cette femme que vous poursuivez ainsi ? demanda la nourrice.

— Ah ! ce qu'elle nous fait, répondit un enfant. Elle a fait périr tout notre bétail, rien qu'en le regardant, mon père l'a dit. Ah ! la misérable ! et l'enfant se mit à poursuivre la vieille femme.

— Tenez, dit un homme qui survint, je ne voudrais pas la rencontrer seul à la tombée de la nuit. Personne ne sait le mal qu'elle a fait. S'il y avait une justice, elle devrait être brûlée toute vive. J'avais une sœur belle comme le jour. Hé bien ! du jour où elle a trouvé cette sorcière du diable, elle a perdu force et santé.

— Mais, demanda, dame Marguerite, ne pourrait-on pas la forcer à réparer le mal qu'elle a fait?

— On dit bien qu'elle le pourrait, si elle le voulait, mais elle est méchante comme la gale.

Pendant plusieurs jours dame Marguerite n'eut d'autre pensée que d'aller trouver la sorcière ; mais comme elle ne voulait mettre personne dans sa confidence, force lui fut d'attendre un moment où son absence passerait inaperçue. Enfin la reine et Anne étant sorties, la nourrice se mit à la recherche de la jeteuse de sorts. Les indications qu'on lui avait données, étaient fort vagues, n'importe, elle se met en marche, décidée à ne rentrer qu'après avoir eu une entretien avec la femme en communication avec le monde surnaturel. La nourrice erra longtemps dans la campagne, sauta bien des fossés, gravit bien des monticules, se déchira les mains à plus d'un rocher, et aurait été peut-être obligée de renoncer à son entreprise, si elle n'avait tout à coup aperçu une fumée bleuâtre, qui paraissait s'échapper d'un trou de rocher. Intriguée par cette vue, elle regarde de tous côtés pour essayer de pénétrer dans le lieu d'où sortait la fumée. Comment, se disait-elle, une créature humaine peut-elle habiter dans cet antre, où nulle part je ne découvre d'ouverture ? Cependant cette fumée est produite par du feu, et les animaux n'en peuvent allumer. Anxieuse et inquiète, elle continuait ses investigations, quand une voix, qui chantait sur un rhythme monotone, vint frapper son oreille, et en même temps, des broussailles qui criaient en lui donnant passage, sortit la même femme que les enfants poursuivaient, en la nommant la sorcière. L'aspect de cette femme répondait entièrement à l'opinion qu'on s'en formait dans le pays. Grande, maigre, noire, au teint huileux, avec des yeux qui semblaient vouloir sortir de leurs orbites, et qui, lorsqu'ils s'attachaient sur vous, vous faisaient involontairement frissonner; des cheveux blancs, épars sur les épaules, et dont quelques mèches, étrangement relevées sur la tête, formaient avec sa coiffure bizarre et singulière, quelque chose qui imprimait la crainte et la terreur. Des vêtements déchirés, presque des haillons, la couvraient imparfaitement et dissimulaient à peine ses formes. Elle avait à la main une branche de coudrier, et paraissait se livrer à des conjurations, quand elle se montra à dame Marguerite. Quelque intrépide que fût cette dernière, elle se sentit saisie de frayeur à la vue de la sorcière. Un frisson traversa son corps, et une sueur froide couvrit son front. La sorcière, surprise de rencontrer un être humain dans cet endroit, étendit la branche de coudrier qu'elle tenait à la main, et laissant voir son bras nu et décharné, elle s'écria d'une voix qui paraissait sortir des profondeurs de la terre :

— Quelle est cette femme qui vient troubler ma solitude ? Malheur à elle ! trois fois malheur ! J'arrêterai son sang dans ses veines. Je...

—... Bonne mère, s'empressa de dire dame Marguerite, qui venait de retrouver tout son courage, ne parlez pas ainsi. Si vous saviez ce qui m'amène.

— Qu'est-ce qui vous amène ? Ne savez-vous pas que la mère Maggie connaît les secrets de la tombe, qu'elle donne le bonheur, ou renvoie le malheur à qui il lui plaît.

— Je le sais, se hâta de dire la nourrice, et c'est parce que j'ai foi en vous que je suis ici. Je viens vous consulter.

— Pour vous ou pour quelqu'un des vôtres ? demanda Maggie.

— Pour l'enfant que j'ai nourrie de mon lait, qui est belle autant que femme au monde, et qui, malgré tous ses charmes, voit s'éloigner le cœur de son époux. Ah ! si vous connaissiez le moyen de ramener ce cœur d'homme, tenez, tout ce que je possède ne serait pas trop, pour vous en témoigner ma reconnaissance.

— Ah ! la reconnaissance, fit avec un sourire ironique la mère ; tout le monde en parle, et quand Maggie a chassé les mauvaises influences, personne ne se souvient d'elle, ni de ses services.

— Il n'en sera pas de même de moi, répondit dame Marguerite.

— De vous comme des autres, reprit la sorcière. Maggie est une femme qu'on voudrait voir brûler sur la place publique, mais on a besoin d'elle; on a besoin de sa science, fit-elle avec orgueil, et pour obtenir d'elle quelques faveurs, il n'y a pas de bassesses qu'on ne soit décidé à faire. Et après quelques instants de silence, pendant lesquels son regard s'attacha sur dame Marguerite, elle reprit :

— Hé bien! Maggie ne garde pas rancune, et elle va rentrer dans son antre pour consulter l'esprit. Restez-là, dit-elle d'un ton impérieux à la nourrice, qui se disposait à la suivre. Nul profane n'a jamais franchi le seuil de ma demeure, et malheur à celui qui voudrait en connaître les mystères! Elle fit quelques pas, poussa une pierre, s'accroupit, et s'aidant de ses pieds et de ses mains, elle rentra dans son antre. Elle y resta longtemps, et rien ne venait troubler le silence qui y régnait, si ce n'était quelques paroles brèves et accentuées dont la nourrice percevait le son, mais sans pouvoir en distinguer le sens. Enfin Maggie sortit, de la même façon dont elle était entrée, et portant quelque chose de soigneusement enveloppé, elle le remit à dame Marguerite, en disant :

— Le cas est grave; répulsion provoquée par un mauvais génie, cœur épris d'une autre femme... difficile à faire disparaître.

— Tout est donc perdu? dit la nourrice en pâlissant.

— Tout serait perdu, en effet, si je n'étais pas là; mais j'ai conjuré l'esprit, et voici ce qu'il m'a dit : Se frotter le corps avec ce qui est dans ce paquet, faire trois tours, se prosterner du côté de l'Orient pour adorer l'esprit, et dire : Toi qui est le prince de ce monde, je t'adore. Si la femme délaissée est fidèle à faire cela, le cœur, qui s'oublie loin d'elle, lui reviendra, mais il faut qu'elle exécute exactement ce que demande l'esprit; sans cela, il ne serait pas satisfait. Maintenant, allez, fit la mère avec autorité, et en montrant à dame Marguerite le chemin par où elle était venue, et parole de Maggie, vous obtiendrez ce que vous souhaitez.

— Ma mère, dit la nourrice en lui mettant dans la main quelques pièces de monnaie, merci pour les paroles d'espérance que vous avez prononcées.

— Qu'ai-je besoin de cela ? fit Maggie en repoussant la main de dame Marguerite. J'ai le soleil pour me réchauffer, l'eau du torrent pour me désaltérer, la terre pour me reposer, et qu'ai-je à faire, femme, de ton argent! Cependant je le prendrai, ajouta-t-elle après un moment de réflexion, car Maggie se fait vieille, et ceux qu'elle a éloignés jusqu'à présent par la crainte, il arrivera peut-être un jour où elle devra les éloigner avec cette vile monnaie.

Quand dame Marguerite rentra au logis, il était tard, et la reine et Anne la pressèrent de questions sur son absence prolongée. Elle répondit d'abord vaguement, imparfaitement ; enfin, comme ses réticences excitaient au plus haut degré la curiosité de ses compagnes, elle leur avoua la vérité. Ingelburge, en l'écoutant, ne put s'empêcher d'admirer la tendresse de sa nourrice, qui ne reculait devant rien pour améliorer son sort, et de son regard, elle la remercia de cette nouvelle preuve d'affection. Comme toutes les femmes, la princesse de

Danemark aimait le merveilleux, et sa position était si bizarre, qu'elle était tentée d'y voir l'effet d'une influence surnaturelle. Elle prêtait donc une vive attention au récit de dame Marguerite, quand cette dernière répéta les paroles que Maggie avait commandé de prononcer, et par lesquelles on devait invoquer le prince du monde.

— Mais qu'est-ce que le prince du monde? dit Ingelburge. Ma pauvre nourrice, ne serait-ce pas Satan, l'ange en révolte? Ah! Dieu me préserve, fit la reine en se signant, de mettre l'ennemi du genre humain dans mes intérêts. Mille morts plutôt que de me livrer à des pratiques qui mettraient mon salut en danger!

Seigneur Jésus, mon Sauveur et mon Dieu! Je suis à vous pour toujours, et vous ne permettrez pas que pour recouvrer le bonheur et la prospérité du monde, je me livre à votre ennemi! que ces philtres sortis de l'antre d'une sorcière aillent rejoindre Satan au fond des enfers! et saisissant le paquet que Maggie avait remis à dame Marguerite, elle le jeta au feu.

Au moins, ajouta la reine, si nous sommes malheureuses dans ce monde, ne le soyons pas dans l'autre!

XVIII

Le Concile s'étant séparé sans avoir pris aucune décision, le roi Philippe annonça qu'il n'entendait plus écouter que son cœur, et la nouvelle de son prochain mariage avec Agnès de Méranie retentit dans toute la France. D'Ingelburge, il ne fut plus question, et son nom ne fut plus même prononcé. Agnès de Méranie occupa seule, la cour et la ville, et les courtisans, flatteurs des faiblesses royales, ne songèrent plus qu'à encenser cette nouvelle puissance, qui avait captivé le cœur violent de Philippe.

— Je me marie, c'est décidé, disait un matin le roi au sire de Nohant. Quelques jours encore, et je posséderai Agnès de Méranie. Quel doux nom que celui-là, et Nohant celle qui le porte a un charme encore plus pénétrant, un parfum encore plus suave !

— Mais l'Église que va-t-elle dire? demanda Nohant.

— Ce qu'elle voudra. Mais le concile ne s'est pas prononcé, par conséquent, je suis en droit de faire ce

que bon me semble. Du reste, je suis fort et puissant,
et Rome regardera à deux fois avant de me déclarer la
guerre. Les principes, les lois, la religion : tout plie
devant la force et le génie, mon pauvre Nohant. Tu
assisteras à mon mariage. J'emmène aussi de Bressuire.

— Ce fiancé toujours fidèle, dit ironiquement Nohant.

— Nous verrons si sa fidélité sera à l'abri de toutes
les épreuves, répondit le roi avec un mauvais sourire.

Peu après cet entretien, nous retrouvons le roi de
France dans la demeure d'Agnès de Méranie, entouré
d'une suite nombreuse et brillante, et sur le point de
s'unir à la femme qui l'a charmé. Tout est en joie dans
cette demeure, tout y rayonne, tout y resplendit. Dans
une vaste salle, où se trouve déployé un luxe royal, la
cour est réunie. Philippe est là, en habit de fête.
Il est triste cependant, et un nuage couvre son front.
Mais une porte s'ouvre, le nuage disparaît car
voici la dame de ses pensées, Agnès de Méranie,
vêtue en costume de fiancée. C'est, il faut en convenir, une séduisante créature que la fille du duc
de Bohême. Tout en elle est charmant, gracieux, aimable et enchanteur. D'une taille moyenne, mais
admirablement proportionnée, Agnès n'est ni blonde,
ni brune, mais chez elle la beauté et la blancheur du
teint s'unissent à l'éclat fascinateur du regard. Son
sourire est celui de ces enchanteresses, dont les légendes
nous ont conservé le souvenir, et que nul mortel ne
pouvait contempler sans être enivré. Avec ces attraits
et ces charmes, une grâce incomparable, des manières

douces et séduisantes et une démarche qu'une déesse aurait enviée. Quand elle entra dans l'appartement, elle fut saluée par un long murmure d'admiration, et le roi, se levant, alla vers elle. — Enfin vous voilà, dit-il. Le temps me paraît long quand vous n'êtes pas là.

— Vous trouvez, fit-elle avec un sourire.

— Ne le savez-vous pas ? Enfin notre mariage si longtemps retardé va être célébré, reprit Philippe.

— Mais... dit Agnès qui pâlit involontairement, mais... n'êtes-vous pas marié ?

— Vous ignorez donc que je ne le suis plus ? dit le roi avec un accent de reproche.

— Mais... Mais Rome n'a point prononcé, répliqua, Agnès avec tristesse.

— Le concile n'a rien décidé, et qui ne dit rien y consent, ma charmante fiancée. La loi du cœur : voilà la loi suprême, et Agnès, jamais cœur a-t-il parlé comme le mien ?

— Je voudrais bien que Rome parlât aussi, dit Agnès, avec une délicieuse moue.

— Enfant, pouvez-vous avoir des craintes? Quant à moi, je n'en ai point, dit-il en élevant la voix, et en relevant la tête, qu'on le sache bien, je suis le maître de mon cœur, et ce cœur est tout à vous, aimable enchanteresse. La couronne royale ira admirablement dans vos cheveux, reprit le roi après un moment de silence, en contemplant la magnifique chevelure d'Agnès. Mais l'éclat des diamants pâlira devant l'éclat de vos yeux. Agnès, vous, vous serez reine de France, et de par le cœur et de par la loi, je vous le jure, et malheur à qui s'opposera à notre union.

— Mais moi, dit Agnès, j'aimerais mieux que vous n'eussiez jamais été marié. Cette femme du Nord ne me portera-t-elle pas malheur ?

— Seriez-vous superstitieuse ?

— Un peu.

— Allons, c'est un charme, dit Philippe en riant, que je ne vous connaissais pas. Mais, séduisante Agnès, ne le portez pas trop loin, je vous en prie. Qui pouvez-vous craindre près de moi ? quelles épines pourront se trouver sur ¿votre chemin ? Ne serai-je pas là pour vous défendre et vous rendre la vie toujours belle ?

— Vous êtes si bon pour moi, dit affectueusement Agnès.

— Comment ne le serais-je pas ? vous avez séduit mes yeux, charmé mon cœur.

— Oui, je le sens, je serais heureuse près de vous. Mais... Mais l'Église, que va-t-elle dire ? Ah ! c'est le point noir, dit Agnès.

— Si vous m'aimez, ne me parlez jamais de cela, reprit Philippe avec vivacité.

— Je n'en parlerai plus, répondit Agnès, et baissant la voix, elle ajouta comme se parlant à elle-même : — Je voudrais bien que le roi n'eût jamais eu d'autre femme que moi.

Cependant l'heure de la cérémonie approchait, et l'Évêque qui devait bénir cette union, n'arrivait pas. On se demandait la cause de ce retard, quand un courtisan vint annoncer que l'Évêque ne viendrait pas : une indisposition subite le forçait à manquer de parole au roi. — Hé bien ! dit Philippe, s'il ne peut venir, pourquoi ne renvoie-t-il pas quelqu'un pour le remplacer? J'ai assez fait pour lui pour qu'il s'occupe de mes affaires.

— Il a eu ces derniers temps la visite de l'évêque Adalbert, dit un des assistants qui paraissait mieux renseigné que les autres. Adalbert a fait naître des scrupules dans son esprit, à ce qu'on prétend.

— Est-ce que je trouverai toujours cet Adalbert sur mon chemin? dit Philippe avec colère. Pense-t-il que je le crains? Je n'ai peur ni de lui ni de Rome. Qu'est-ce que Rome après tout? Le pape est un pauvre souverain que je briserais avec mon talon, si l'envie m'en prenait, et qui est trop honoré quand on veut le consulter. Mais voyez comme il se grandit, il veut faire la leçon, il veut gouverner. Mais je lui ferai voir, moi, que je suis le maître.

— Mon Dieu! dit Agnès en joignant les mains, personne ne voudra nous marier.

— Je vous réponds que si; et j'en trouverai des prêtres, dussé-je les faire conduire pieds et poings liés. Je les connais: si l'on a l'air de les craindre, ils sont intraitables, mais parlez-leur ferme, et faites-leur peur, et vous en venez facilement à bout.

— Mais un mariage bénit par force n'est pas un mariage, dit Agnès mélancoliquement.

— Qui vous dit qu'il sera bénit par force? répliqua Philippe.

— Mais vous-même, ne le dites-vous pas? répondit timidement Agnès.

— Vous ne m'avez pas compris, enfant. Regardez-moi, et dites si j'ai besoin d'être forcé pour être tout à vous. Jamais homme a-t-il aimé comme j'aime, et

13

cœur plus passionné a-t-il jamais prononcé un serment?

Mais les évêques, les prêtres, pourquoi ne veulent-ils pas nous bénir ?

— Ces prêtres nous béniront, je vous l'affirme où je les fais tous enfermer dans une forteresse. Mais le temps presse; et toi, Nohant, va avertir l'évêque Paul qu'il ait à se rendre ici sans retard. J'ai besoin de lui, et je n'entends pas qu'il me désobéisse.

Nohant ne se fit pas répéter cet ordre, et monté sur un cheval vigoureux, il eut bientôt franchi la distance qui le séparait de l'évêque. Mais ce dernier était absent, et on insinua à Nohant que craignant que le roi n'eût recours à son ministère, il avait prétexté un voyage indispensable. Philippe, en apprenant le départ de l'évêque entra dans une violente colère. La vue d'Agnès, qui d'ordinaire, calmait et adoucissait sa nature, ne faisait qu'augmenter sa rage. — Je ne trouverai donc pas un homme parmi tous ceux qui mangent mon pain pour faire la leçon à ces prêtres ! sécria-t-il. Ingrats !... Il sera donc dit que le roi de France n'a pas un serviteur fidèle!....

— Hé bien! mort ou vif, je vous en amènerai un, dit Nohant; et sans perdre de temps, il se mit en devoir d'accomplir sa promesse. Après avoir passé en revue les prêtres de sa connaissance, son choix tomba sur un d'entre eux dont la réputation laissait quelque peu à désirer, et allant le trouver, il lui montra la faveur du roi qui l'attendait, fit miroiter à ses yeux la mitre et la crosse, et lui prouva que le concile n'ayant rien décidé, Rome ne parlant point, le mariage du roi avec la princesse de Danemark devait être considéré comme nul en fait et en droit ; et endormant sa conscience sous des raisons spécieuses, il décida le pauvre prêtre à le suivre. Sans lui donner le temps de respirer et de se rendre un compte exact de la situation, on le conduisit à l'autel où le roi et Agnès l'attendaient, et où l'on procéda sans retard à la cérémonie du mariage.

Agnès, au sortir de l'Église, reçut les félicitations de toute la cour, et les courtisans, qui adorent le succès, et que tout soleil levant trouve à ses pieds, vinrent lui offrir leurs hommages, oubliant que c'est en quelque sorte participer à une mauvaise action que d'y applaudir.

Robert de Bressuire avait assisté à la cérémonie nuptiale en qualité d'écuyer, et on comprend avec quel douloureux serrement de cœur, il avait vu cette union qui était la ruine de ses plus chères espérances. Quand les courtisans s'approchèrent du couple royal, Robert s'éloigna instinctivement, et l'âme en deuil, il chercha la solitude qui convenait seule à la tristesse de son cœur. Mais il avait compté sans le roi, qui, voulant présenter sa maison à sa nouvelle épouse, le fit appeler :

— Voilà un de mes écuyers, dit Philippe à Agnès. Ce jeune homme est particulièrement attaché à ma personne.

— Est-il marié ? demanda Agnès.

— Non, répondit le roi avec un sourire ironique, et en dardant son regard semblable à une larme d'acier sur le malheureux Robert. C'est un garçon sentimental, une façon d'héros de roman.

— Ah ! fit Agnès d'un ton interrogateur.

— Oui, ma belle enfant, vous vous trouvez en face d'un être essentiellement romanesque, digne d'être chanté par les trouvères et les troubadours, et qui vit dans les nuages. Mais, reprit Philippe en quittant le ton railleur pour le sévère, il y a assez longtemps que le roman dure, il faut qu'il finisse. Je ne veux pas à mon service des gens qui ne font pas partie du monde réel.

— Mais, dit Agnès, dont les paroles du roi excitaient la curiosité, et qui paraissait s'intéresser à Robert, ce jeune homme a-t-il donné son cœur ?

— Oui, répondit Philippe en riant aux éclats, à une sorte de fille sentimentale qui l'a planté là, et qui l'y laissera longtemps, je vous le garantis. Tenez, vous à qui rien ne résiste, ma charmante Agnès, remettez donc ce jeune homme dans le droit chemin.

— Si nous le marions ? dit naïvement la nouvelle reine.

— A vous de lui trouver une femme, ma belle enchanteresse.

— Ce ne sera point difficile. Oui, je lui en trouverai une, fit Agnès.

— Et gare à lui s'il refuse, ajouta le roi. C'est moi qui lui ferai payer cher son refus.

Robert baissait la tête pendant que les deux époux échangeaient ces paroles que les courtisans accueillaient par des sourires approbateurs. Le sire de Bressuire ne pouvait plus se le dissimuler, hélas ! un complot était formé pour l'enlever à sa fiancée, et c'était à Agnès, belle et triomphante, qu'était remis le soin de le faire réussir. Il eut envie de fuir, mais n'était-il pas sujet du roi de France, et où pourrait-il se cacher pour échapper à sa colère et à sa vengeance.....

Les fêtes se succédaient dans la demeure royale, et Philippe, dont la conscience était troublée, s'étourdissait au milieu des plaisirs et de l'ivresse des sens. Autour d'Agnès se groupaient un essaim de jeunes et jolies filles dont Robert devint bientôt le point de mire. Le roi, n'avait-il pas convié à la conquête de ce cœur, et n'était-ce pas faire gracieusement sa cour à Agnès que de détacher le jeune rêveur, ainsi avait-on surnommé le sire de Bressuire, de cette danoise dont le dévouement à Ingelburge était une protestation aux outrages dont on l'abreuvait, et blessait la nouvelle reine qui seule prétendait inspirer l'affection, et enviait à sa malheureuse rivale, même les consolations do l'amitié! Quant à Robert, prix de cette nouvelle lutte, il se sentait toujours au cœur une tendresse passionnée pour la demoiselle de Kirk, mais au milieu de toutes les coquetteries qui le sollicitaient, résisterait-il à cette guerre à armes courtoises, et un jour l'ennemi ne monterait-il pas sur la brèche en criant: victoire?

Il y avait bal ce soir-là à la cour, et Agnès, éblouissante de beauté et de parure, recevait de tous les hommages les plus flatteurs, quand quittant tout à coup la danse, elle se dirigea vers Robert, assis dans un coin de l'appartement et paraissant rêver.

— Vous êtes triste et mélancolique ce soir, lui dit-elle de sa plus douce voix. Ces fêtes ne vous plaisent-elles pas? Le roi, qui vous aime, se préoccupe de votre mélancolie, et moi qui m'intéresse à vous, je

m'en offense. Dites, où rencontreriez-vous plus de joie?
Cette fille de Danemark veut-elle donc décidément
nous enlever un aimable et galant cavalier, et est-il
écrit que pour elle, vous vous privez de tous les plaisirs? Vous, vous êtes un noble cœur, mais elle, qu'est-
ce? si ce n'est un froid glaçon du Nord. Si son cœur
avait battu à l'unisson du vôtre, pourquoi ne pas
mettre sa main dans votre main, et ne pas vous donner
son cœur en retour du vôtre si généreux et si tendre?
Mais que fait-elle? Au lieu de s'unir à vous pour toujours, elle exige de simples fiançailles. Son cœur
n'est point à vous, soyez-en sûr. Elle est fière, et qui
ne le serait, d'exciter votre admiration, de posséder
votre affection? Sa coquetterie se pare de vous comme
d'une conquête qui doit amener vers elle d'autres
cœurs, lui attirer d'autres admirations.

— Oh! madame, s'écria Robert avec feu, vous ne
connaissez pas Anne de Kirk, quand vous parlez
ainsi.

— Je ne la connais pas, il est vrai, mais vous
avouerez que ses actions doivent la faire juger sévère-
ment. J'en sais, moi, des femmes, aussi belles et aussi
charmantes que cette danoise, qui ne feraient pas lan-
guir un brave cœur comme le vôtre. Ah! si vous vouliez
m'en croire, et Agnès accompagna ses paroles de son
plus séduisant sourire.

— Mais, dit Robert que les paroles d'Agnès trou-
blaient malgré lui, mais... il allait parler de constance,
du serment qui le liait à sa fiancée, quand le roi vint
à eux, et Agnès, qui vit le sire de Bressuire
troublé, embarrassé, se dit qu'elle avait enfin jeté l'in-

quiétude dans son âme; et toute fière d'avoir ébranlé sa constance, elle voulut s'en parer aux yeux de Philippe.

— Je crois que la forteresse se rendra, dit-elle au roi, à voix basse. N'est-ce pas, messire, ajouta-t-elle, en s'adressant à Robert, que vous ne vous montrerez pas toujours rebelle à mes conseils?

— Qui voulez-vous qui résiste à une enchanteresse comme vous? dit galamment le roi.

— Est-ce vrai que j'ai vaincu, messire? demanda-t-elle en interrogeant Robert du regard.

Ce dernier rougit, pâlit, rougit encore. L'image chérie d'Anne de Kirk se présenta devant lui, et il la salua comme une image trois fois aimée. Mais le bruit et l'enivrement de la fête, le regard d'Agnès attaché sur lui, la présence du roi qui semblait exiger une réponse favorable, les paroles de la reine qui accusaient sa fiancée de s'être jouée de son amour se présentèrent à son esprit. Tout se réunit enfin pour le troubler. Il baissa les yeux, et ne répondit rien.

— Je vous disais bien que j'avais vaincu, s'écria Agnès toute joyeuse. Merci, mon brave Robert, de vous fier à moi, de me charger du soin de votre bonheur. Aucun hommage ne pouvait me flatter plus délicieusement, laissez-moi vous le dire. En acceptant une femme de ma main, vous me prouvez que je suis réellement la reine de France.

— En avez-vous jamais douté, enfant? dit Philippe avec un accent de reproche.

— Oh! non, fit-elle avec un charmant sourire, mais n'en est-ce pas une preuve de plus? Quel bonheur de voir Robert tout à nous, de l'éloigner pour toujours

de cette fille du Nord ! Quelle satisfaction j'éprouve!
Ah! je suis bien heureuse!

— Allons, mon brave Robert, je suis content de toi,
dit Philippe, en lui frappant amicalement l'épaule.
Tiens, regarde ces séduisantes filles, ajouta-t-il en lui
montrant un groupe de jolies femmes, ne valent-elles
pas toutes les filles glacées du Danemark ? Choisis
celle qui te plaira, et parole du roi de France elle t'ap-
partiendra.

Agnès, en quittant Robert et en se livrant au plaisir
de la danse, disait à qui voulait l'entendre : Le sire de
Bressuire a cédé, nous allons le marier.

XIX

C'était par une après-midi de printemps. Le soleil, caché une partie de la matinée, paraissait tout à coup et semblait vouloir réparer le temps perdu en se montrant dans tout son éclat. Les fleurs ouvraient leurs corolles pour lui faire un gracieux accueil, et les oiseaux en chantant semblaient lui souhaiter la bienvenue, et convier les promeneurs à venir se réchauffer à sa bienfaisante chaleur. Cette invitation, Ingelburge n'eut garde de la refuser : car la promenade était la distraction favorite de la malheureuse reine. La vue de la campagne reposait son cœur, et au contact de la nature, elle se sentait moins seule, moins isolée.

— Vois, nourrice, disait Ingelburge ce jour-là en s'adressant à dame Marguerite, vois comme le ciel est beau ! Ne voudras-tu pas venir avec nous à la promenade ?

— J'ai bien de l'ouvrage à la maison, répondit celle-ci qui aimait peu les courses.

— Tu le feras une autre fois, repartit la reine en

13.

souriant. Nous ne pouvons laisser passer une après-midi pareille sans en profiter.

— Hé bien! je vous suis, princesse; et après avoir fermé soigneusement la porte, la nourrice se mit en mesure d'accompagner Ingelburge.

— Où allons-nous? dit la reine interrogeant Anne.

— Mais où vous voudrez, répondit la damoiselle de Kirk en souriant. A vous revient le choix de la promenade.

— Si nous poussions jusqu'au petit bois qui se trouve près de la rivière, dont le cours doux et mélancolique fait rêver? dit Ingelburge.

— Ah! l'excellente idée, exclama dame Marguerite, j'ai justement à parler à une femme qui demeure de ces côtés-là.

— D'une pierre, nous frapperons deux coups, nourrice, fit la reine en riant. Pendant que nous rêverons, tu songeras au positif de la vie.

— Tout le monde sera ainsi content, ajouta la damoiselle de Kirk.

— Allons, partons, amies, et jouissons de ce beau jour que Dieu nous accorde, dit Ingelburge en donnant le signal du départ.

Les promeneuses s'arrêtaient souvent, soit pour admirer le paysage, soit pour cueillir des fleurs, dont elles comptaient faire des guirlandes pour parer l'autel de la Très-Sainte Vierge. On causait peu, mais on s'abandonnait à la douce influence de la nature, jouissant du présent sans songer à l'avenir.

— Tiens, nourrice, dit la reine, en se baissant pour

cueillir une fleur cachée dans la mousse, voilà une fleur de notre Danemark bien-aimé.

— C'est la fleur préférée de votre mère, répondit dame Marguerite, en la portant à ses lèvres, que de souvenirs elle me rappelle!

— Et celles-ci, s'écria Anne, qui accourut portant un magnifique bouquet, ne sont-elles pas entièrement semblables à celles qui fleurissent à Geumberg? Ne vous souvenez-vous pas, princesse, du jour où je vous en ai fait une couronne?

— Oh! si vraiment, répondit la reine. Et celle-là valait mieux que celle que je suis venue chercher en France, ajouta-t-elle mélancoliquement. Mais, Anne, une couronne d'*aimez-moi*, car ces fleurs s'appellent ainsi, me convient-elle, à moi, pauvre femme délaissée! Petites fleurs, vous êtes pour Ingelburge une cruelle dérision; et deux larmes roulèrent dans ses yeux. Anne, qui n'avait voulu faire appel qu'à un souvenir d'enfance, essaya de donner un autre tour à la conversation, mais la reine, malgré ses avances, resta plongée dans ses tristes réflexions.

Après une heure de marche, on arriva au petit bois, endroit charmant au fond duquel coulait une rivière au cours mélancolique comme l'avait dit la reine. On s'assit au bord de la rivière, on causa, on rêva, et peu à peu la mélancolie d'Ingelburge se dissipa entièrement. On serait resté là encore longtemps, tant on s'y trouvait bien, si dame Marguerite n'avait rappelé à nos promeneuses que le soleil baissait à l'horizon, et que l'heure de rentrer était arrivée. On se dirigea donc vers Donzac, mais au lieu de prendre le sentier des bois, on suivit le chemin battu qui était plus court et plus facile. On marchait, en devisant, quand un nuage de poussière s'éleva sur la route et que des pas de chevaux se firent entendre. Nos promeneuses, qui n'étaient pas pour rien filles d'Ève, se retournèrent vivement et prêtèrent l'oreille. D'où venait tout ce bruit? Un cortége brillant où ruisselaient l'or, l'argent, les pierreries se présenta à leurs yeux. — Qu'est-ce que tout cela? dit la reine, en interrogeant Anne du regard, et en se reculant pour faire place aux nobles dames, qui s'avançaient montées sur de superbes coursiers. A peine avait-elle prononcé ces mots, qu'elle aperçut au centre du cortége, qui? Le roi Philippe, son époux, paré avec tout le luxe royal, le visage rayonnant de bonheur et chevauchant à côté d'une femme belle et charmante, qu'il entourait de ses attentions, et dont le regard semblait l'enivrer. Ingelburge les vit, elle reconnut son époux, elle devina, elle sentit que c'était là cette rivale qui lui avait enlevé le cœur de Philippe. A cette vue, son sang se porta à son cœur, ses pieds, ses mains devinrent glacés, un frisson parcourut tous ses membres, et sans prononcer un mot, sans jeter un cri, elle tomba sans connaissance dans les bras de la damoiselle de Kirk, presque aussi émue que la malheureuse reine. Appeler au secours, Anne ne le pouvait pas. Donner à ce cortége le spectacle d'une semblable douleur, faire insulter cette reine qu'on blessait ainsi, l'exposer aux sourires railleurs et à la pitié plus outrageante encore d'une rivale; oh! son cœur lui disait que tout était préférable à une telle souffrance pour son infortunée amie. Anne, tenant entre ses bras le corps glacé de la malheureuse

princesse de Danemark, vit passer le cortége brillant.
La poussière, que soulevait la marche de tant de cavaliers et de nobles dames, vint couvrir ses vêtements.
A son oreille arrivèrent les gais propos, les plaisanteries
aimables, accompagnement obligé des fêtes. Elle entendit crier : Vive la reine Agnès, que Dieu lui accorde de longs jours ! Elle vit cette dernière, éclatante
de beauté, rayonnante de bonheur, s'approcher si près
d'elle que son vêtement frôla le sien, et ce qu'elle
souffrit, pendant ce temps, est plus facile à comprendre
qu'à exprimer. Enfin, quand le pas du dernier des
chevaux se fut perdu dans le lointain, Anne prit la
malheureuse Ingelburge à bras le corps, l'étendit sur
le gazon et essaya de lui faire reprendre ses sens.
Longtemps elle y travailla vainement. Dame Marguerite, qui pendant le passage du cortége, était restée
appuyée contre un arbre, l'œil en feu, le visage enflammé, qui aurait voulu jeter de la boue et de l'ordure
au visage du roi, qui aurait éprouvé une satisfaction
indicible à déchirer cette femme qui anéantissait le
bonheur de son enfant bien-aimée, qui murmurait
une malédiction contre cette foule qui applaudissait
le vice heureux, qui tremblait, et qui cependant avait
la fièvre, ne s'était occupée de son enfant, pendant cette
scène, autrement que pour maudire ceux qui lui in-
fligeaient un semblable supplice. Mais quand la route
fut devenue déserte, la nourrice songea alors à Ingelburge, et courant vers elle, elle essaya de lui faire reprendre connaissance. Mais la pauvre reine ne revenait pas à elle. — Elle est donc morte, ma pauvre
reine ! s'écriait Anne pendant que dame Marguerite

essayait de la réchauffer, en la pressant sur son sein.

— Vous avez là une pauvre femme évanouie, dit une grosse fille de la campagne qui passait en cet endroit, cherchant ses brebis, mais vous voyez bien que vous ne savez pas vous y prendre pour la faire revenir à elle; et le fait est que l'émotion avait tellement gagné les deux femmes qu'elles ne savaient trop ce qu'elles faisaient. Grâce aux soins de la bergère, la reine ouvrit enfin les yeux. — Pauvre dame, dit la fille des champs, vous êtes bien pâle encore, mais voilà les couleurs qui reviennent ajouta-t-elle, en montrant le visage de la reine qui commençait à se colorer. Vous n'avez pas vu, dit-elle après un moment de silence, et comme pour entrer en conversation, le roi qui vient de passer avec sa nouvelle femme, une jolie reine, ma fine, et qui saluait le monde que c'était un plaisir.

— Nous avons vu ces gens-là, dit dame Marguerite, d'un ton colère, et nous n'avons que faire d'eux.

— Comme vous dites ça ! fit la bergère, que l'air et le ton de la nourrice étonnaient.

— Je dis ça comme je dois le dire, répliqua avec feu dame Marguerite, et comme la bergère souriait :

— Si tu me parles encore d'eux, je te donne une paire de soufflets.

— Pauvre dame, dit la paysanne avec commisération, il ne faut pas grand'chose pour vous mettre en colère, quand je disais que le roi est bien heureux et a l'air d'aimer sa femme, mais de l'aimer tout à fait.

— Hé bien ! va l'aimer avec lui, s'écria la nourrice qui ne se possédait plus, poussa violemment la bergère, et la fit tomber.

— Vous me paierez ça, s'écria celle-ci en se relevant, et en montrant le poing à dame Marguerite.

Anne, qui voulait rompre à tout prix un entretien aussi désagréable, alla vers la bergère.

— Laissez cette femme, lui dit-elle, en lui montrant la nourrice. Elle n'est pas à elle, vous le voyez bien.

— Mais, ma fine, elle sait bien donner les coups. Parce que j'ai dit que le roi aimait bien la reine. Hé bien ! je le dis et je le dirai, ajouta-t-elle en appuyant sur ces paroles, comme pour prouver qu'elle ne craignait pas dame, Marguerite.

Ces mots furent les premiers qui frappèrent l'oreille d'Ingelburge.

— Le roi aime cette femme, dit-elle en s'arrachant des bras de sa nourrice, mais elle n'est pas sa femme, elle ne restera pas avec lui, je ne le veux pas. Je la maudis !.... oui, je la maudis !...

— Que dit cette dame, demanda la bergère, en regardant Ingelburge avec étonnement. Elle dit que la reine n'est pas la femme du roi. Ah ! on disait bien chez nous qu'il en avait une autre mais, ma fine, elle l'a ennuyé et les rois ça change de femme comme de chemise.

— Allons, ma brave fille, dit Anne, qui comprenait que chaque mot de la bergère perçait le cœur d'Ingelburge, merci des bons soins que vous avez rendus à notre pauvre malade. Elle est assez forte maintenant pour rentrer à la maison. Voilà pour votre peine, ajouta-t-elle en lui mettant dans la main une pièce de monnaie.

— Vous êtes bonne, vous, fit la paysanne, comme la

reine qui vient de passer, et qui jetait de l'argent à
tous les pauvres du chemin.

— Il n'y a que moi de reine en France, s'écria Ingelburge, l'œil en feu en entendant prononcer le mot de
reine. Moi, je suis la reine, moi seule suis reine.

— Elle dit qu'elle est la reine, fit la bergère en regardant Anne, et en réprimant avec peine un sourire.
Elle est folle pour tout de bon, cette dame.

A ce moment parut un villageois portant une brebis
sur ses épaules.

— Ah ! dit la bergère en courant vers lui, voilà ma
petite Noirotte que vous me rapportez, Vrai, Guil-.
laume, je croyais l'avoir perdue !

— Ah ! petite vagabonde, fit-elle, en caressant la
brebis, tu es une coureuse, et va, j'ai trouvé du mal à
te chercher.

— Et elle ne voulait pas trop revenir, dit Guillaume
en souriant, elle broutait l'herbe fraîche et ça la faisait
s'oublier.

.— Ah ! la mauvaise, fit la villageoise d'un ton de
reproche.

— Au secours, au secours, cria-t-on du côté où se
trouvait la malheureuse Ingelburge, qui s'était de nouveau évanouie. A ce cri de détresse, Guillaume et la
bergère accoururent. Ce second évanouissement fut
heureusement moins long que le premier, et la reine,
quoique bien faible encore, put songer à rentrer au logis.
Mais la course était longue pour ses pauvres jambes, et
Guillaume qui était bon et compatissant lui offrit son
âne qui paissait à quelque distance. Dame Marguerite
l'accepta avec empressement au nom d'Ingelburge.

— Mais, dit la nourrice, avec une certaine inquiétude, serait-il méchant votre âne, par exemple?

— Il est doux comme un agneau, ma bonne dame,
répondit le villageois. Mais lors même qu'il serait
méchant, je serai là, moi, et je saurai le mettre au pas.

On installa la pauvre reine sur le modeste animal,
et les femmes marchèrent près d'elle ayant à leurs
côtés Guillaume qui, causeur par nature, ouvrit la
conversation en leur parlant du passage d'Agnès de
Méranie. Il vanta la beauté du cortége, le luxe royal,
et constata avec une certaine satisfaction qu'à une
lieue de là, il y avait une telle foule pour voir passer
le défilé, qu'on avait craint quelque malheur.

— J'ai dû, moi qui vous parle, dit-il, monter sur un
arbre pour ne pas être écrasé. Mais, ajouta-t-il, j'ai vu
le roi et la reine comme je vous vois, et tout le monde
n'en pourrait pas dire autant.

— Ah! vous avez vu tout cela, dit la nourrice qui
aurait bien voulu imposer silence à Guillaume, mais
qui ne l'osait de crainte de l'indisposer. Hé bien! moi,
mon brave, j'aime autant voir les grands arbres et
cette rivière que de passer mon temps à regarder tous
ces gens-là.

— Vous parlez, vous, comme ma femme, répondit
en souriant le villageois.

— Et que dit votre brave femme, demanda dame
Marguerite, qui se prit immédiatement d'affection
pour cette dernière, rien qu'en apprenant qu'elle ne
partageait pas l'enthousiasme de son mari.

— Ah! elle prétend que le roi n'est pas tout à fait
un honnête homme, et que ce n'est pas bien à lui de

laisser sa femme, sa vraie femme, qui est blonde comme les blés et jolie comme les bluets, à ce qu'on dit, pour courir après une autre. Les femmes, ça n'aime pas les cœurs volages, et si je n'avais pas marché droit avec la mienne, je ne sais pas comment ça aurait tourné.

— Tenez, elle a raison, votre digne femme, s'écria la nourrice, et je l'estime rien que pour ce que vous m'en dites.

— Pour ça elle n'a pas tort, reprit Guillaume, il y avait bien du monde, allez, qui disait comme elle et comme vous. De l'arbre où j'étais perché, j'entendais parler les gens. Il y avait qui disaient : Ah ! que c'est beau, tout cela ! Bienheureux les rois et les reines ! Ceux-là, ça ne connaît de la vie que les jours de soleil ; d'autres s'écriaient : Le roi, ma parole, est un bel homme, et Agnès de Méranie, comme elle est jolie et charmante, mais tout le monde ajoutait comme si ça avait été un refrain : Le roi a une autre femme vertueuse et belle, et c'est bien mal à lui de l'abandonner. Le pape n'aurait pas toléré ça autrefois, pour preuve, Philippe Ier et Bertrade, mais tout change, et pourvu qu'on soit fort et puissant, tout est permis!... Mais il y avait, et je ne peux pas y penser sans rire, une vieille et brave femme qui disait : C'est fait de nous, si le pape laisse passer cela. Qui prendra désormais le parti des faibles, des femmes, des malheureux, si celui-là nous abandonne!...Nous ne ferons qu'une bouchée pour les rois qui ont si bon appétit, et qui ont les yeux plus gros que le ventre!... Tout le monde riait en l'entendant parler, mais personne ne disait qu'elle avait tort.... Allons Jeannie, fit Guillaume en appliquant un vigoureux coup de bâton sur le dos de l'âne qui faisait mine de vouloir s'arrêter, pas de caprice mon brave, tu n'es pas, toi, le roi de France pour qu'on te les passe. En arrivant dans la petite maison de Donzac, dame Marguerite, si parcimonieuse d'habitude, ne se borna pas à remercier Guillaume, mais elle insista beaucoup pour le faire reposer et désaltérer, et le brave homme eut bien de la peine à faire comprendre à la nourrice que le soleil baissant à l'horizon, il avait hâte de rentrer. Comme il saluait pour prendre congé des trois femmes, dame Marguerite lui dit : — Mon ami, vous êtes un brave homme, et vous valez mieux à vous tout seul que ce tas de faquins, qui accompagnent ce prince sans cœur et sans entrailles, qu'on nomme le roi de France!...

Ingelburge fut longtemps à se remettre de la douloureuse secousse qu'elle venait d'éprouver. Des crises nerveuses vinrent s'ajouter encore à ses angoisses et à ses souffrances de cœur. Une fièvre lente et continue la cloua souvent sur son lit de douleurs, et, si chrétienne soumise, elle ne se révolta point contre les arrêts toujours justes, mais souvent incompréhensibles de la Providence, il fallut à sa volonté toute son énergie, à son âme tout son courage, à son cœur, tout l'amour de Dieu dont il était rempli, pour accepter en silence et avec résignation la consécration d'une injustice aussi criante.

La vie triste et mélancolique des trois femmes le devint encore davantage après le mariage de Philippe. Avant qu'un acte public n'eût lié le roi à Agnès de Méranie, leurs cœurs s'étaient bercés d'illusions ; elles

avaient espéré, contre toute espérance, ramener un
homme égaré. Mais à cette heure, il ne leur restait
plus qu'à gémir et à pleurer ! A tant de tristesses, à
tant de souffrances d'amour-propre, à tant de brise
ments de cœur venaient se joindre, chez Ingelburge,
de cruelles et douloureuses incertitudes et de pénibles
hésitations. Devait-elle, par son silence et son abdication, légitimer en quelque sorte une union illégale ?
Pouvait-elle, épouse méprisée et oubliée, rendre mépris pour mépris, oubli pour oubli ? Avait-elle le droit
d'enlever de sa tête la couronne de la femme qu'y
avait posée le mariage, et reprendre rang parmi les
princesses, dont la main ne s'était jamais unie à une
autre main ? Devait-elle baisser la tête sous l'outrage,
et reconnaître à l'épouse clandestine du roi le droit
de la supplanter, et ne conserver de son union avec
Philippe que la honte et l'humiliation d'avoir été repoussée ? Comme le roi pouvait-elle faire foin du mariage et ne lui reconnaître aucune valeur, en rompant
de son côté tous les liens qui l'unissaient à Philippe ?
Questions pénibles et difficiles à résoudre, où à côté
des droits et des devoirs de la chrétienne, se retrouvaient les instincts de haine, de jalousie, de colère
du cœur de la femme ; où la bête qui est, hélas !
en nous, et qui ne perd jamais entièrement ses droits
se rencontrait face à face avec l'Ange et le sollicitait
au combat.

Pauvre reine ! votre couronne d'épouse et de femme
est bien vraiment la couronne d'épines, et ses aiguillons sanglants atteignent votre cœur que Dieu a fait
si noble et si grand !

XX

L'Europe retentit bientôt de la grande nouvelle. Le roi de France s'était uni au mépris des saintes lois de l'Église et de la famille à Agnès de Méranie. Il avait fait fi de ses serments, et s'oubliait auprès de cette enchanteresse dont les charmes l'avait séduit. Le Souverain Pontife, gardien des saintes mœurs, tolérerait-il une semblable union ? Les foudres et les anathèmes de l'Église s'arrêteraient-ils tremblants devant le roi de France, et sa gloire et son génie éloigneraient-ils de lui les colères du vicaire de Jésus-Christ ? Les mœurs musulmanes, qui rendent l'homme maître de la femme, et ne la considèrent que comme un vil instrument de plaisir, vont-elles s'acclimater en France ? Le serment n'existera-t-il plus, et le cœur de l'homme est-il incapable, désormais, de subir le joug d'une chaste union ? Questions redoutables, de la solution desquelles dépend l'honneur ou la honte du foyer chrétien. L'Europe inquiète et troublée se tourne vers Rome, prêtant l'oreille à la parole qui va sortir de la bouche du Pontife, et se demandant, avec angoisse, si la femme a perdu son défenseur, si la cause du faible et de l'opprimé n'a plus pour appui le successeur de Pierre, si Agnès de Méranie, belle, triomphante, adorée, au mépris des plus saintes lois, se verra reconnue pour épouse du roi de France? Non. Que l'Europe soit sans inquiétude, Rome ne faillira point à sa mission. Là se trouve toujours le champion des vrais principes, le gardien des saintes lois, et Dieu a voulu qu'à ce moment de lutte morale, son représentant fut digne en tous points de la mission qui lui est confiée. Célestin III est mort, et la tiare est venue se reposer sur la tête d'Innocent III, grand homme et grand pontife, appelé dans ces temps de déchirement à rétablir l'autorité morale dans le monde, et à ramener vers les pâturages des saines doctrines, ceux que les herbes folles tendaient à en éloigner. Sa grande voix se fait entendre, et l'Europe apprend que les saintes lois du mariage et de la famille viennent de remporter un nouveau triomphe. Innocent III prononce la nullité du mariage de Philippe avec Agnès de Méranie, et un légat est envoyé en France pour en avertir le roi et le menacer d'une excommunication, s'il ne reprend la fille de Waldemar. Le légat, qui n'était autre que Pierre de Capoue, était à la hauteur de la mission qui lui était confiée. Il avait l'intelligence qui saisit, la fermeté qui résiste, le courage que rien n'arrête, et la bonté qui compatit aux faiblesses humaines. Arrivé en France, sa première pensée fut de porter les consolations du Pontife romain à l'infortunée victime des passions royales. La malheureuse Ingelburge le remercia avec effusion de sa sympathie et des consolations que lui envoyait le vicaire de Jésus-Christ. Sa voix seule, dit-elle, est venue me consoler et m'apprendre que la justice possède encore un représentant sur la terre. J'avais craint un instant, je l'avoue, que lui aussi ne m'abandonnât, et qu'en face de la lutte, il ne me refusât son appui. Je me suis trompée, que Dieu en soit béni ! En le voyant prendre hautement ma cause, je puis me rendre au moins le témoignage, toujours bien doux au cœur d'une chrétienne, que je n'ai point failli dans la route du devoir et de la vertu !...

— Non, Madame, et, permettez-moi de vous le dire, répondit le légat, vos vertus ont été aussi grandes que vos infortunes. Dieu qui vous éprouve à cette heure, a sur vous des vues de miséricorde, et les épines qui viennent douloureusement blesser votre cœur ne sont-elles pas une preuve que vous êtes sur la route du ciel, et cette route qui paraît rude et difficile à notre faiblesse ne nous conduit-elle pas au but suprême de nos désirs ? Du reste, la vie, quelque douce qu'elle soit, a partout des aiguillons. On se lasse, Madame, même du bonheur. Il y a des nuages aux plus beaux jours, des épines aux roses les plus suaves. Dieu seul, soyez-en convaincue, remplit le cœur de l'homme, satisfait son besoin de tendresse ; et la tendresse humaine, même la plus ardente, ne remplit jamais ce coin du cœur qui rêve l'infini, et que Dieu s'est réservé. Espérez, cependant, Madame, des jours plus heureux. Espérez : car tout hiver a son printemps, et les buissons d'épines ne portent-ils pas eux-mêmes des fleurs ? Ces douces paroles tombèrent comme un baume sur le cœur meurtri d'Ingelburge, et elle sentit le courage renaître en son âme en même temps que l'espérance.

L'arrivée du légat fut bientôt connue à la cour. Philippe, plus mécontent qu'il ne voulait le paraître, affectait de regarder la sentence de nullité comme non avenue, et plaisantait sur la décision du Souverain-Pontife. Mais au fond de l'âme, il était inquiet et soucieux. Innocent III était décidé à chasser le scandale de l'Église, et à maintenir les saintes lois du mariage, mais avant de frapper le roi d'excommunication, il voulut employer les voies de la douceur et de la persuasion. Pierre de Capoue vint, en son nom, supplier le roi de rentrer dans la ligne du devoir. Mais le roi de France reçut le légat avec une hauteur insultante. Que prétend le pape avec ses anathèmes et ses excommunications ? s'écria-t-il. Est-ce qu'il me prend pour un petit garçon qu'on effraie avec les épouvantails d'un autre âge ? J'aime Agnès de Méranie, je l'ai épousée et je la garde, n'en ai-je pas le droit ? Qu'ai-je besoin qu'un vieillard, ignorant par état des choses du cœur, vienne sans cesse m'entretenir d'une femme que je hais ?

— Mais cette femme est la vôtre, répliqua Pierre de Capoue. Vous l'avez épousée solennellement et de votre plein gré.

— Et si je ne la veux plus, dit Philippe, est-ce vous, par exemple, qui la ferez rentrer dans ma demeure ? Est-ce que vous ne savez pas que je suis le maître, et faut-il vous le rappeler ?

Mais si vous êtes roi, vous êtes chrétien, et par conséquent soumis au vicaire de Jésus-Christ, se hâta de dire le légat.

— Mais si je veux rompre ce joug fatigant, que votre maître prétend imposer aux princes chrétiens, n'en ai-je pas le pouvoir ? Je suis roi, et je puis faire ce que bon me semble.

— Oui, jusqu'à ce que le peuple se révolte, et vous apprenne qu'on ne se joue pas impunément des lois saintes qui sont la base des sociétés. Un roi, sachez-le bien, prince, continua Pierre de Capoue, et je viens vous le dire au nom de Dieu et de son vicaire, n'est fort que lorsqu'il est vertueux. Son peuple lui doit l'obéissance, sans doute, mais en revanche ne réclame-t-il pas le bon exemple ? Ses droits sont surtout des devoirs, devoirs sacrés auxquels il ne peut manquer impunément.

— Ah ! je vous y prends, s'écria Philippe que la colère saisissait, je vous y prends enfin. Voilà votre tactique à vous autres, prêtres de Rome. Vous prêchez la révolte au peuple.

— Non, nous ne prêchons pas la révolte, dit le légat avec dignité, car nous, prêtres de Rome, nous regardons l'autorité comme venant de Dieu, et le prince qui en est revêtu comme son délégué auprès du peuple. Mais si notre voix se fait entendre à l'oreille du petit et lui prêche l'obéissance et la soumission, nous ne regardons pas, prince, le peuple marqué au front du signe du Christ, comme un vil troupeau qu'un maître brutal a le droit de torturer à son gré. Nous, représentants de celui qui voulut être pauvre parce qu'il aimait les pauvres, petit parce qu'il voulait relever les petits, nous savons que de l'obéissance, saintement accomplie, découle des droits, droits sacrés que nul prince ne peut méconnaître, et devant lesquels il doit s'incliner. Ces droits, le successeur de Pierre en est le gardien, et si le peuple dans un jour de folie, vendait ces droits comme jadis Esaü vendit le droit d'engendrer le Messie, le Pontife Romain se mettrait au travers d'un semblable marché et sa voix et ses foudres, rappelleraient au peuple, ignorant et crédule, qu'il est des droits qui de leur nature sont inaliénables.

— Mais, dit Philippe qui avait écouté avec impatience, est-ce que mon peuple pas plus que ce vieillard qui siége à Rome a quelque chose à voir aux affections de mon cœur?

— Votre peuple, comme ce vieillard, a le droit et le devoir de demander à son roi d'être fidèle à ses serments; il a le droit d'exiger des exemples honnêtes et vertueux, il a le droit de demander que la famille dans son germe soit respectée par lui ; il a le droit de lui rappeler que ce n'est pas en vain qu'au jour de son couronnement, il a promis d'être chrétien et de conserver à ses peuples le dépôt de la foi et des saintes mœurs. En venant aujourd'hui, au nom de Jésus-Christ, vous rappeler ces serments qui demandent de vous l'honnêteté de la vie et le respect des engagements sacrés, l'Église ne fait qu'accomplir un devoir rigoureux. O roi, écoutez sa voix. Rappelez-vous que vous êtes un homme, un chrétien qui doit porter l'énergie du devoir jusque dans les jouissances intimes du cœur, que l'ivresse des sens n'est point le fait d'un homme ap-

pelé à commander aux autres, et qu'à celui seul, qui
sait commander à ses passions, revient le droit de porter le sceptre dominateur. Prêtez l'oreille à mes paroles
prince, je vous en conjure, au nom de votre jeunesse
si vertueuse et si pure ; au nom de votre génie qui
vous place au premier rang; au nom de vos instincts
et de vos souvenirs qui sont honnêtes et chrétiens ; au
nom de la France, noble nation, qui a l'intuition de
tout ce qui est grand et généreux, oh! rejetez cette
enchanteresse, qui vous a charmé dans un jour d'enivrement, reprenez cette noble femme qui a reçu vos
serments et dont le cœur bat à tout ce qui est grand et
élevé. Apprenez au monde, qui a les yeux sur vous, que
c'est être deux fois grand que de reconnaître ses torts
et de les réparer.

— Des torts, s'écria Philippe, je n'en ai point. Je suis
uni à une femme que j'aime passionnément et qui me
le rend bien. Où est le mal. Il y a trop de tristesse dans
la vie, pour qu'on ne conserve pas précieusement un
cœur dont l'amour guérit toutes les blessures, et dont
le sourire semble un rayon de soleil. J'ai trouvé une
fleur au parfum suave et doux, pourquoi ne pas la
garder comme un présent du ciel ?

— Comme un présent de l'enfer, dit le légat avec feu.
Auprès d'elle, vous perdez votre force, vous compro-
mettez votre honneur. L'Église, sachez-le bien, vous
excluera de son sein, car votre exemple serait conta
gieux, et les générations qui suivront, jetteraient l'a-
nathème au successeur de Pierre, s'il laissait ainsi se
prostituer une tête royale.

Ah! répliqua Philippe, est-ce que j'ai peur, moi, de

vos anathèmes. Prétendiez-vous par exemple faire tomber la couronne de ma tête ?

Nous l'avons fait tomber de bien d'autres, répliqua Pierre de Capoue.

D'imbéciles comme les empereur d'Allemagne. Mais cequ'ils ont supporté, je ne le supporterai pas, entendez le bien, et je n'ai peur de vous, ni de votre maître. Toutes ces remontrances me fatiguent, ajouta-t-il, et ouvrant une fenêtre : Va cria-t-il à un valet, me faire préparer mon cheval favori. Je veux sortir : car toutes ces radoteries de vieilles femmes et de vieux prêtres m'ennuient, reprit le roi en regardant Pierre de Capoue. Celui-ci ne répondit rien, se leva et sans dire un mot, quitta l'appartement.

Philippe ne se rendrait pas, le légat ne le voyait que trop, et le moment approchait où il faudrait en venir à de redoutables extrémités. Préoccupé de sa terrible mission, Pierre de Capoue se promenait dans la campagne, marchant à l'aventure, quand il se trouva tout-à-coup en face d'une charmante petite fille que suivait une femme, belle et séduisante qu'il reconnut aisément pour être Agnès de Méranie.

Mon papillon, mon papillon, s'écriait l'enfant avec des gestes de désespoir, par pitié, aidez-moi à le rattraper. Tenez, il est sur cette branche, si vous me le rendez je vous aimerai tant, fit-elle, en s'adressant au légat. Pierre de Capoue sourit à la petite fille, étendit la main et s'empara du papillon.

Je regrette l'indiscrétion de cette enfant, dit Agnès en s'avançant vers le légat. Elle court depuis un moment après ce papillon, et malgré tous ses efforts elle n'avait pu le saisir. Mais que vous avez été plus heureux qu'elle, ajouta-t-elle avec un charmant sourire.

Ah! te voilà, méchant papillon, dit la petite fille en prenant l'insecte que lui tendait Pierre de Capoue, et en le caressant. Tu es un coureur et un vagabond!... Quand je t'avais demandé si tu voulais toujours demeurer avec moi, ne m'avais-tu pas répondu par un gracieux battement d'ailes, et une minute ne s'était pas écoulée que tu avais oublié tes promesses. C'est bien vilain, répondit l'enfant en se tournant vers le légat, de promettre quelque chose et de ne pas le tenir.

Oui, mon enfant répondit Pierre de Capoue, mais hélas! qu'il y en a parmi les hommes d'aussi volages que le papillon!... Qu'il y en a peu qui savent garder un serment!...

Ce sont ces jolies fleurs qui l'ont tenté, dit la petite fille en caressant son papillon. Elles sont si jolies!

La beauté séduit aussi les hommes, mon enfant, répliqua Pierre de Capoue, en regardant Agnès qui baissa les yeux, et leur fait oublier leurs serments. Mais les fleurs qui éloignent de Dieu des cœurs humains sont bien coupables, ma pauvre enfant. Elles enivrent de leurs parfums ce qu'il y a d'honnête dans les papillons de ce monde, et les éloignent, pour jamais, de la route du devoir et de la vertu.

Mais vous, vous m'avez ramené mon papillon, fit l'enfant absorbée par la vue de l'insecte, et maintenant que je le tiens, il ne m'échappera plus j'en réponds.

Je voudrais pouvoir aussi ramener les papillons humains, reprit le légat. Mais hélas! le travail est plus difficile.

14.

Vous croyez, fit l'enfant avec une délicieuse petite moue, moi, je ne le crois pas. Et, ajouta-t-elle en se tournant vers Agnès, singulièrement embarrassée, n'est-ce pas que ma petite reine ne le pense pas non plus?

Interpellée ainsi, Agnès rougit et répondit: Oh! non en balbutiant.

Le légat se tourna alors vers elle et reprit : Puissiez vous dire vrai, Madame. Il serait digne d'une femme à laquelle Dieu a fait présent des dons si dangereux de la beauté et du charme, d'enseigner à un cœur d'homme qu'il ne doit pas s'y laisser prendre, parce que hélas! ils ne se trouvent pas pour lui dans le chemin de la vertu et du devoir, et qu'accepter un cœur qu'a lié un serment, c'est commettre un larcin devant les lois divines et humaines.

Vous croyez qu'accepter un cœur qui s'offre à vous, c'est commettre un larcin, demanda Agnès?

Oui, quand ce cœur ne s'appartient plus, par conséquent ne peut plus se donner. L'attirer vers soi, c'est un vol moral.

Je suis donc une voleuse! s'écria Agnès dont les yeux se remplirent de larmes.

L'enfant, qui jouait avec son papillon, entendit le mot de voleuse prononcé avec amertune et tournant la tête, vit Agnès qui pleurait. Ah! qui donc fait pleurer ma petite reine, dit-elle en se jetant au cou d'Agnès. Ah! c'est vous, vilain homme! Oh! méchant! Vous faites pleurer ma reine chérie!

Mais je ne pleure pas, fit Agnès en se débarrassant de la petite fille, et en essuyant furtivement ses yeux. Et pourquoi pleurerais-je? Ne suis-je pas reine de France, ajouta-t-elle avec orgueil?

Ce titre ne vous appartient pas, dit froidement Pierre de Capoue. Une autre le possède, et y a des droits légitimes.

Mais le roi n'aime et n'aimera que moi, et ce n'est pas cette froide Danoise qui m'enlèvera son cœur, répondit Agnès.

Mais l'Eglise ne tolérera jamais une union qui sape la famille par sa base, qui anéantit la sainteté du mariage et du serment, et en courant sus sur les coupables, elle accomplit un devoir auquel il ne lui est pas permis de manquer.

—Que me fera l'église ? Peut-elle ôter du cœur de Philippe l'amour qu'il a pour moi ? Peut-elle lui faire aimer une femme que tout son être repousse, et qui n'a su charmer ni son cœur, ni ses yeux ? Suis-je cause, moi, si je suis belle et séduisante ? Ces dons qui ont captivé le roi, Dieu ne me les a-t-il pas donnés ?

Dieu vous a donné la beauté du corps, pour que vous acquerriez des mérites en repoussant un amour que ce don périlleux a attiré vers vous; et que l'homme, dont vous aurez refusé le cœur au nom de la vertu, apprenne que Dieu ne vous a fait présent de tous ces charmes que pour les immoler sur l'autel du devoir.

Mais ma vie sera donc brisée, s'écria Agnès, parce qu'un roi m'a aimée ?

—Votre vie ne sera point brisée parce que vous montrerez au roi la grande route de la vertu. Vous ne serez plus sa femme, votre vie ne se mêlera plus à sa vie, mais par la grandeur même du sacrifice, vous vous élèverez dans son estime, et vos cœurs séparés se retrouveront sur les hauteurs sereines de la

vertu. Le monde, qui vous a vue vous oublier, un
moment, près du trône de France, sera saisi d'admiration devant l'exemple que vous lui donnerez.
Agnès de Méranie sera toujours la plus belle et la
plus séduisante des femmes, mais sa beauté, désormais sanctifiée par le sacrifice, ne fera plus rêver que
du ciel, et les anges eux-mêmes viendront la couvrir
de leurs ailes. Et quand votre heure dernière aura
sonné, que les ombres de ce monde disparaîtront pour
jamais à vos yeux, oh! croyez-moi, la paix du ciel que
vous sentirez dans votre cœur, au souvenir du sacrifice
que vous aurez fait, vous rendra douce cette heure
redoutable aux créatures les plus privilégiées.

Mais je suis jeune, je veux vivre et la mort ne
viendra pas de sitôt me saisir de sa griffe. Quand je
serai vieille, alors j'écouterai vos conseils, mais ma
vie est si belle et dois-je l'assombrir? Puis-je ôter
de ma tête le diadème que l'amour y a posé, et repoussez un cœur qui m'entoure d'une si affectueuse tendresse?

Mais l'Eglise, qui vous parle par ma bouche, ne souffrira pas une atteinte semblable portée aux lois saintes
du mariage. Prenez garde à ses anathèmes qui n'ont
jamais porté le bonheur à une femme. Prenez garde
à ses foudres qui menacent votre tête? Ah! ne savez-
vous pas que le châtiment suit de près le crime? Votre
conscience bourrelée vous poursuivra de ses sanglants
reproches. Nulle part, vous ne trouverez de repos, et
comme Caïn, l'image de votre victime vous poursuivra sans cesse, et sa voix se fera entendre au milieu
des ténèbres de la nuit comme à la clarté du jour, et

criera à votre oreille effrayée : Sois maudite, toi qui m'enlève un cœur qui m'appartient!.....

Oh ! ne dites pas cela, de grâce, ne parlez pas ainsi ! s'écria Agnès en se couvrant le visage de ses deux mains.

Mais j'ai besoin que vous entendiez ces paroles, répondit le légat. Une circonstance fortuite m'a mis sur votre chemin. Dieu l'a permis, sans doute, pour que je vous fisse entendre des vérités redoutables. Je ne suis plus en ce moment un homme soumis, hélas ! à toutes les faiblesses, mais le prêtre de Jésus-Christ, qui vous conjure, au nom de Dieu, d'écouter sa voix. Ah ! il en est temps encore, éloignez-vous de ces marais fangeux où va périr votre vertu. Croyez-en mon expérience. Après le premier moment du sacrifice, vous remercierez l'homme qui est venu vous rappeler au devoir et à la vertu, que même dès ce monde, on ne brave pas imnément. La France, couverte d'un voile funèbre, parce que le cœur de son roi s'est égaré, connaîtra bientôt les terreurs de l'excommunication. Votre palais va devenir désert. Tout ce qui sent battre un cœur chrétien s'éloignera de vous, et vous demeurerez seule, seule avec vos remords !... Le roi lui-même n'a apporté dans la passion qui l'attirait vers vous, toute cette fougue et toute cette ardeur qui vous ont séduite, que parce que son cœur avait été jusqu'alors un cœur gardé par le christianisme, s'éprendra, soyez en sûre, à d'autres fleurs, et vous apprendra par de cruelles souffrances, par de douloureux délaissements, qu'il n'est pas bon de se fier à un homme qui fait litière des saintes lois de la famille. Ah ! vous avez volé un cœur, une autre vous l'enlèvera à son tour !....

Oh ! Mais c'est affreux cela! C'est affreux, dit Agnès. Je ne veux plus entendre un semblable langage. Viens, enfant, fit-elle en rappelant la petite fille, cet homme me fait peur.

Ah ! méchant, dit la petite fille en montrant son poing au légat. Tu la paieras, toi, qui fais de la peine à ma petite reine. Je le dirai au roi qui te mettra dans un cachot bien noir, ajouta-t-elle, en se retournant pendant qu'Agnès marchait à grands pas.

Pierre de Capoue la suivait des yeux, et en la voyant entrer dans le palais il s'écria : Mon Dieu, il n'y a donc plus rien à espérer !... Votre parole, on la fuit.... On n'a pas peur du mal, mais on craint votre vengeance... Quand Agnès rentra au château, elle était pâle et troublée, ses yeux étaient humides. Qu'avez-vous, dit le roi inquiet ? Seriez-vous malade, mon Agnès bien aimée ? Vous ne répondez-point. Ne savez-vous pas que je suis votre meilleur ami, et que je ne puis être heureux quand vous êtes triste ?

— C'est un vilain homme, dit la petite fille, qui tenait toujours Agnès par la main, qui a fait de la peine à ma petite reine. Il lui a dit qu'elle était une voleuse, elle, ma reine chérie.

— Un homme vous a insultée, s'écria le roi avec feu, et il vit encore ! qui est-il ? parlez et vous serez vengée, c'est moi qui vous le jure !

— Ah ! cet homme ni vous, ni moi ne pouvons nous en venger, dit Agnès en pleurant.

— Que voulez-vous dire, dit Philippe, en l'interrogeant du regard ?

— Cet homme est le légat. Il m'a menacée de tous les

anathèmes de l'Église si je ne vous quittais.... Il m'a dit que je n'avais pas le droit d'être à vous. Ah! il m'a annoncé que l'ombre de la princesse de Danemarck me poursuivrait sans cesse comme le sang d'Abel poursuivait Caïn. Ah! cet homme! sa voix est terrible, son regard foudroie. Mon Dieu! mon Dieu! suis-je donc si coupable!.....

— Vous n'êtes point coupable, repartit le roi avec vivacité, non vous ne l'êtes point. Agnès. Personne ne l'est, mais si quelqu'un méritait des reproches, ce serait moi, et moi seul. Vous vous êtes fiée à ma parole, à la parole de votre époux. Je vous le demande, quel mal y a-t il à écouter la voix du cœur? Mais les prêtres veulent gouverner, et ne trouvent rien de mieux que de faire peur à une femme timide. Mais cette femme est la reine de France, qu'on le sache bien, et je ne souffrirai pas plus longtemps leurs bravades. Je n'ai pas peur, moi, de leurs anathèmes, que peuvent-ils me faire? m'empêcheront-ils d'être le premier roi du monde, et ma couronne sera-t-elle moins solide sur ma tête quand ils auront prononcé leurs excommunications? Je veux faire arrêter ce légat, et lui faire payer cher les paroles qu'il a prononcées.

—Oh! ne le faites pas, s'écria Agnès en le saisissant par le bras, il nous maudirait.

— Qu'ai-je à faire de ses malédictions! s'écria le roi dont la colère était au paroxysme, qu'ai-je à faire de lui et de son maître! non, il ne sera pas dit que je leur ai cédé. Ils veulent la lutte, ils l'auront. Ah! pourquoi ne suis je pas sarrazin! Mais dussé-je mourir, je me vengerai de tous les prêtres, oui, je m'en vengerai!...

XXI

Un concile réunit, à Dijon, tous les évêques et abbés de France, et l'heure est venue où la sentence va être prononcée contre le roi Philippe qui persiste à conserver Agnès de Méranie, malgré les anathèmes de l'Église. Toutes les voies de la douceur ont été employées, et il ne reste plus pour sauvegarder les lois saintes de la famille, qu'à retrancher le royal coupable du sein même de l'Église. Au milieu des ténèbres de la nuit, le son lugubre des cloches se fait entendre, annonçant l'état d'un homme luttant contre la mort. Les évêques se rendent à la cathédrale, et à la lueur des flambeaux, au milieu du silence, les chanoines font entendre d'une voix sépulcrale des prières et des gémissements. Bientôt le chant de la pénitence résonne sous les voûtes sombres de la basilique : *Miserere mei*, s'écrient toutes ces voix d'hommes, rendues plus imposantes encore par la majesté du lieu et la lugubre solennité qui les réunit. Mon Dieu, ayez pitié de nous ! Ayez pitié du pécheur qu'on va retrancher de votre sein ! Les statues des saints ont été transpor-

15

tées dans les souterrains, comme pour leur éviter la
vue du châtiment du coupable ; les flammes ont con-
sumé les derniers restes du pain sacré. L'Église a re-
jeté, loin d'elle, tout ce qui peut lui rappeler des
pensées de paix et de miséricorde, et au milieu de ce
deuil d'une mère qui se voit obligée de repousser l'enfant coupable et désobéissant, le légat, couvert de
l'étole violette, comme au jour de la passion du Sauveur, s'avance vers le peuple, et, au nom de Jésus-
Christ, sépare Philippe, roi de France, de la communion
des saints, et jette l'interdit sur tout ce qui est du
ressort de sa couronne, aussi longtemps qu'il ne renoncera pas à son commerce illégitime avec Agnès de
Méranie. Des gémissements interrompus par des sanglots se font entendre et accueillent cette terrible
sentence. Le grand jour du jugement semble arrivé.
Désormais les fidèles devront paraître devant Dieu
sans que les prières et les chants de l'Église les aident
à franchir le pont redoutable qui nous sépare de l'éter-
nité. Les sacrements, secours puissants que Dieu nous
a donnés dans sa miséricorde, nul ne recevra plus désormais ; les morts ne reposeront plus en terre sainte,
et le prêtre ne jettera plus l'eau sainte sur leur tête,
en suppliant le Seigneur de les regarder dans sa miséricorde ; les cloches, ces messagères des joies et des
tristesses chrétiennes, ne se feront plus entendre dans
les villes et villages de la France. Le silence, silence
lugubre et terrible, règnera désormais en souverain
sur cette terre, qui aime à s'appeler la fille aînée de
l'Église ; rien n'y rappellera plus à l'homme le commerce mystérieux qui l'unit, lui, faible et pauvre

créature, vouée à toutes les misères, au Dieu puissant qui l'a formé, et il n'y restera pour son cœur que les satisfactions grossières que procurent les sens. Tout revêt dans le royaume de France un aspect lugubre, et le peuple, saisi de terreur à la vue du châtiment, se frappe la poitrine en signe de repentir.

Le roi, en apprenant la sentence qui vient d'être prononcée, entre dans une violente colère ; furieux, il ne fait entendre que des paroles et des menaces de mort. Mais quand il apprend que les évêques et les abbés de France ont, par leur présence, approuvé l'interdit, et promis par conséquent de le garder, sa colère ne connaît plus de borne et devient de la rage.

—Comment ont-ils osé me braver ainsi, s'écrie-t-il ?... Mais je ne supporterai pas une pareille honte !... Je les forcerai à rétracter ces anathèmes... je saisirai leur temporel... je les persécuterai sans trêve ni merci, et malheur à qui me résistera !... On verra qui l'emportera du roi de France ou du Pontife romain !... C'est cet Adalbert qui a soulevé contre moi le clergé de France!... Ah! cet homme est mon ennemi personnel... Adalbert veut me braver, je lui apprendrai ce qu'il en coûte de braver le roi de France !...

La persécution, commencée par l'arrestation de l'évêque Adalbert, ne s'arrêta pas malheureusement à lui. On saisit le temporel des évêques, on les soumit à toute espèce de vexations, et on leur fit la guerre sous toutes les formes. Les monastères ne furent pas épargnés. La Mère Saint-Pierre se vit en butte à la persécution la plus odieuse. On lui enleva sa crosse abbatiale, et non content de l'avoir replacée dans l'humilité de la plus obéissante des sœurs, on l'éloigna de ce monastère qu'elle avait formé à son image, et malgré ses supplications pour qu'on la laissât mourir dans ce chaste nid où elle était venue s'abriter dans sa jeunesse, on la transporta dans un monastère qui n'avait de monastère que le nom, et où elle eut à subir mille outrages. Philippe avait espéré que son peuple ne se soumettrait pas à l'interdit; et il se réjouissait à la pensée de la mortification qui en résulterait pour le Pontife romain.—Mon peuple n'acceptera pas l'interdit, disait-il à ses plus chers confidents. Il m'aime et je suis convaincu que non-seulement il m'approuve, mais qu'il m'aidera à lutter. Pas plus que moi il ne veut subir le joug d'un prêtre fougueux !... Le roi se trompait. La France était plus profondément chrétienne qu'il ne le supposait. Son peuple, dont l'esprit et le jugement sont droits, alors même que son cœur s'égare, comprenait que c'était nier le principe même du Christianisme que de violer la loi sainte du mariage. Tous ses nobles instincts se révoltaient en présence d'un parjure. Le serment chez tous les peuples n'a-t-il pas été regardé comme sacré? Partout n'a-t-il pas été considéré comme un lien indissoluble; et malheur à qui l'a méprisé ! Comment le peuple français, si délicat en matière d'honneur, si bon juge dans les choses du cœur, aurait-il approuvé la conduite de son roi ? Sa généreuse nature, qu'émeut le malheur, et surtout le malheur immérité et noblement supporté, se sentit prise de compassion pour cette femme, si cruellement traitée, que naguère elle avait accompagnée à l'autel, et saluée de ses

acclamations. Son intelligence apercevait sous le parjure royal la ruine de toute promesse et de tout
serment, et sous la révolte du roi très-chrétien la
destruction de toute autorité morale. Aussi s'éloi-
gna-t-elle de Philippe qu'elle aimait, qui l'avait faite
si grande aux yeux de l'Europe, et dont le génie
plaisait à son génie. L'interdit fut gardé en France, et
nul ne souleva le voile de deuil qui l'enveloppait
comme un linceul.

A la cour même, les royaux coupables ne rencontrèrent que des visages sombres. Leurs serviteurs
s'éloignèrent, leurs courtisans ne les approchèrent
qu'en tremblant. Les plats et les vases, qui servaient
à leurs usages journaliers, durent passer par le feu,
de peur que leur contact ne souillât. Agnès vit ses
femmes ne la servir qu'en tremblant. Leurs regards
ne s'élevaient plus vers elle qu'avec crainte, leurs
paroles étaient courtes et brèves, et vainement elle les sollicitait à une douce causerie. Une terreur, terreur mys-
térieuse, s'était emparée d'elles et une crainte instinc-
tive les éloignait. Un jour, une femme d'Agnès devint
malade, et la reine, qui était bonne et affectueuse pour
ceux qui la servaient, alla la visiter. Mais elle n'avait
pas plutôt franchi le seuil de la porte, que la malade
se lève sur son séant, et étendant les bras dans la direction d'Agnès, la repousse du geste et de la voix.
— N'approchez pas, s'écria-t-elle. Oh! n'approchez pas,
vous qui êtes bannie de l'Église, vous me porteriez
malheur!... — Mais, dit Agnès, qui crut que ces paroles
étaient provoquées par le délire, ne me reconnaissez-
vous pas, Adèle? Je suis la reine de France.

— Vous ne l'êtes pas, vous dis-je, vous ne l'êtes pas!...
s'écrie la malade en s'agitant, et en entrant dans une
crise nerveuse. Vous êtes maudite, vous !... Oh ! ne me
touchez pas !... Ah ! ma mère me l'avait bien dit : Enfant, me répétait-elle encore à son lit de mort, ne suis
pas mon exemple. Ma vie eût pu être heureuse ; mais
j'ai méprisé les foudres de l'Église. J'ai servi Bertrade,
l'épouse illégitime de Philippe Ier, alors qu'elle était
excommuniée ainsi que son royal amant. Depuis ce
jour, ç'en a été fait de mon bonheur... Mes enfants
m'ont été enlevés par une maladie inconnue... De dix
enfants forts et vigoureux, toi seule m'es restée... Mon
mari est mort misérablement; et moi, ma fille,
regarde-moi étendue sur ce grabat pâle et sans vie, et
dis si Dieu ne s'est pas cruellement vengé!... Ah ! ma
mère, vous aviez bien raison!... Le feu qui brûle mes
entrailles, la soif qui me dévore, les visions affreuses,
assises à mon chevet, ne sont-elles pas le châtiment de
ma faute?... Oh ! allez-vous-en, vous qui êtes maudite !... allez-vous en de grâce !... J'ai peur, j'ai peur,
dit-elle en se recouchant précipitamment, et en se couvrant la tête de ses couvertures, Agnès de Méranie
veut m'emmener avec elle!... Je ne veux pas la
suivre... Ma mère me l'a défendu !...

Agnès était terrifiée. Pâle, froide, elle écoutait cette
femme dont les paroles tombaient comme un poids
douloureux sur son cœur. Elle était donc maudite,
elle !... Son regard portait la désolation, sa parole, on
la craignait, sa vue, on la redoutait. La servir était
une faute, l'aimer une honte. Ah ! elle était trop
malheureuse!... Cette couronne, que l'amour avait

posée sur son front, la brûlait; ce diadème la séparait de tout ce qui sentait battre un cœur chrétien.
Pourquoi ne le rejetterait-elle pas loin d'elle?...
Pourquoi ne fuirait-elle pas cette cour, et ne s'incli-
nerait-elle pas sous la main du Pontife suprême?...
Pourquoi ne regagnerait-elle pas le château de ses
pères? Là, son regard charme, sa parole réjouit, sa
vue est une bénédiction. Mais Philippe l'aime... Son
cœur, elle le lui a donné... Lui dira-t-elle pour toujours
adieu?... C'est le sacrifice qu'on demande d'elle... Ah!
les larmes coulent brûlantes le long de ses joues, sa
poitrine se soulève et fait entendre des gémissements.
Elle est prête à tout, à tout, sachez-le bien, mais elle
ne se sent pas la force de sacrifier l'amour du roi de
France... Si elle quittait Philippe, elle mourrait... Elle
est jeune, belle, pleine de vie et d'espérance, mais elle
est maudite, Adèle le lui a dit... Maudite, elle, est-ce
possible?... Mais qu'a-t-elle fait? Elle a enlevé un cœur
qui ne s'appartenait pas! elle a pris un cœur qu'avait
lié un serment!... Mais elle a les mains pures, ce cœur
n'est-on pas venu le lui offrir? Elle n'avait pas le droit
de l'accepter!... Mais elle l'aime... Elle aurait dû le repousser, c'est le Pontife qui l'a dit. Au lieu de s'oublier auprès de lui, elle devait lui montrer le ciel du
regard, et de la main la princesse de Danemark...
Ah! elle ne l'a pas fait, et voilà pourquoi elle est livrée à toutes les tortures de l'enfer!... Mais il en est
temps encore. La malédiction peut se changer en bénédiction. — Partons, dit-elle, fuyons ce palais. Retour-
nons vers les montagnes de l'Istrie. L'air y est plus

pur, les fleurs y ont plus de parfum. Là-bas le soleil,
les oiseaux, les prairies. Philippe, veux-tu venir dans
mon Tyrol bien-aimé? Là nous ne serons pas maudits...
Mais, lui crie la voix de la conscience : Philippe n'est
pas à toi. Pas plus sur les montagnes de l'Istrie, dans
les prairies de la Bohême que sur la terre de France
tu n'as le droit de l'aimer. Ton front si pur est marqué du signe de la réprobation... La honte t'environne
désormais. Tu n'as pas le droit de regarder le ciel.
Arrachons, s'écrie-t-elle, cette affection de mon cœur.
Pour elle, je perdrais peut-être la terre, mais puis-je
perdre le ciel? Mais cet amour je ne puis le repousser. Non, je ne le puis, oh! non!... Et fiévreuse,
agitée, elle cherche en vain du repos dans ce palais
où elle règne en souveraine. Tout lui crie : honte et
malédiction. Le bonheur d'être aimée, par celui auquel elle a donné son cœur, n'est plus qu'une
inutile satisfaction. Sa conscience vient jusque dans
son sommeil la troubler de ses reproches, et souvent
elle se réveille en sursaut, s'écriant l'œil égaré
et le visage enflammé : Oh! chassez cette femme;
je la reconnais, c'est la princesse de Danemark... Sa
main est glacée, et cependant elle a imprimé sur
mon front un cachet de feu... Les douces paroles que le
roi fait entendre à son oreille, la tendresse passionnée
dont il l'entoure ne font qu'une inutile diversion aux
remords de sa conscience. La bête, qui habite en elle,
trouve peut-être sa satisfaction dans l'ivresse des sens,
dans la volupté de la chair, mais l'anathème a troublé
tout ce qu'il y a d'honnête dans ce cœur, qui n'est point
entièrement corrompu ; et cette vie si adulée, si en-

tourée d'amour, si enviée, se passe dans la terreur et dans les larmes.

Philippe n'est plus reconnaissable depuis qu'il a oublié ses devoirs d'honnête homme et de roi. Lui, qui est né noble et chevaleresque, ne songe plus à cette heure qu'à se venger, à se venger de l'Église qui l'a condamné, de ses peuples qui ne l'ont pas suivi dans sa révolte et qui en se soumettant à l'interdit sont pour lui comme un violent et sanglant reproche.

XXII

Que fait Ingelburge pendant que les foudres sacrées viennent apprendre au monde que l'Église est la gardienne fidèle des droits de la femme, et que le coupable, portât-il le diadème, est forcé de reconnaître les lois suprêmes de la justice ?

La sentence, qui rejetait du sein de l'Église, Philippe et Agnès de Méranie, était venue trouver Ingelburge dans sa modeste demeure de Donzac, et si elle avait éprouvé une satisfaction intime en se voyant soutenue par le Souverain Pontife, cette satisfaction fut de courte durée. Bientôt elle apprit que le royal coupable ne s'inclinait pas sous la sentence qui le frappait ; et la persécution ardente, à laquelle fut soumis ce qui était fidèle à l'Église, vint briser douloureusement son cœur. Tout ce qu'elle aimait et vénérait souffrait, et souffrait à cause d'elle. Et elle, n'avait-elle rien à redouter de la colère du roi ? Philippe la laisserait-il vivre en paix auprès de sa nourrice et de sa chère Anne, elle, cause première de cette persécution? Si la malheureuse reine avait conservé des illusions à cet égard, elles lui furent cruellement enlevées quand, un matin, elle vit sa demeure cernée par des soldats, et que l'un d'entre eux lui déclara, au nom du roi, qu'elle était prisonnière.

— Je ne puis rien contre la force, dit Ingelburge en regardant ces hommes armés jusqu'aux dents, et la force appartient au roi de France. Mais, pauvre et faible femme que je suis, je proteste à la face du monde contre l'injustice d'un pareil procédé, et je vous prends à témoin, ajouta-t-elle avec dignité, que c'est devant la force, et la force seule que je cède en ce moment. En m'arrêtant, moi, étrangère et venue en France sur la parole du roi, on blesse toutes les lois de l'honneur.

On fit monter l'infortunée Ingelburge sur une espèce de charrette attelée de méchants chevaux; et l'on donna le signal du départ.

— Mais, au moins, qu'il me soit permis de dire adieu à ma nourrice et à ma bien-aimée Anne. On ne peut pas nous séparer ainsi, disait la malheureuse reine.

— Elles viennent par derrière, dit un soldat en riant.

— Mais j'ai beau regarder, reprit après un moment de silence Ingelburge qui cherchait des yeux ses compagnes chéries, je ne les aperçois pas. Si nous nous arrêtions un peu pour les attendre.

— Nous ne pouvons pas, répondit le chef d'un ton bourru, les ordres sont formels. Il faut que nous arrivions avant la nuit à la forteresse de Diving. Allons, marche, fit-il en fouettant ses chevaux.

— Mais c'est impossible qu'on veuille éloigner de

moi les amies de mon malheur. Elles ne m'ont jamais
quitté, elles ne sauraient vivre sans moi. De grâce,
qu'on leur donne le temps de me rejoindre, et Ingelburge prenait l'attitude d'une suppliante.

Sa douleur aurait ému des rochers, mais elle avait
affaire à des soldats brutaux et sans cœur, et l'un d'eux
lui répondit d'un ton rude :

— La princesse de Danemark doit être enfermée
seule, et sous aucun prétexte on n'admettra de femmes
auprès d'elle. Tels sont les ordres. Sont-ils clairs?

— Mais pourquoi me disiez-vous alors que mes
compagnes me suivaient? s'écria la malheureuse reine
en pleurant.

— Je voulais éviter les pleurs et les sanglots ; mais,
ajouta-t-il avec un mauvais sourire, je vois que je n'ai
guère réussi.

On comprend aisément quel fut le désespoir de
l'infortunée Ingelburge en apprenant toute la vérité.
Elle croyait avoir épuisé le calice de la douleur, et elle
s'apercevait, à cette heure, qu'il lui en restait à boire
le plus amer. Elle était seule, maintenant, en face du
malheur. Ces fidèles amies, elle ne les verrait plus ; leurs
voix si douces ne viendraient plus consoler son pauvre
cœur !... Mon Dieu ! Mon Dieu ! disait la malheureuse
reine joignant les mains, ayez pitié de moi, mais ayez
surtout pitié d'elles !... Que vont-elles devenir, pauvres
et étrangères dans ce pays ? Le désespoir me fait
sentir ses étreintes, mais augmentez encore, mon
Dieu ! l'amertume de mon calice si en souffrant davantage je peux diminuer la douleur de mes infor-
tunées amies!

Le soleil avait disparu à l'horizon, quand la misérable charrette, qui portait la reine de France, se trouva
en face d'un donjon à l'aspect lugubre, entouré de fossés pleins d'eau qui lui formaient une défense. Les
teintes fauves du déclin du jour ajoutaient encore à
la tristesse de ce lieu, et quand on invita Ingelburge
à descendre, l'infortunée reine se sentit saisie de terreur, et elle eut besoin d'une main étrangère pour
l'aider à franchir le seuil de sa prison. Elle avait
compté trouver en France une demeure splendide,
des hommages et une couronne, et voici ce qui l'attendait !... On la conduisit dans une chambre pauvre et
étroite, et la reine de France, épuisée par tant de douloureuses émotions, se jeta sur un misérable lit, demandant au sommeil l'oubli de ses maux.

Si tout chez Ingelburge était atteint, si chez elle
tout était en souffrance, il y avait cependant ce coin
de l'âme qui regarde le ciel, qui chez la reine conser-
vait un calme parfait. N'avait-elle pas le droit de regarder le ciel ? La blanche hermine que Dieu lui avait
confiée, elle ne l'avait point souillée. La fange jamais
ne l'avait atteinte, et son cœur avait conservé, elle
pouvait s'en rendre témoignage, toute la fraîcheur de
la vertu. Les hommes pouvaient la torturer, mais n'a-
vait-elle pas le droit de les regarder de haut, de réclamer, d'exiger leur estime ? L'Église, en la couvrant
de sa protection, ne l'entourait-elle pas comme d'une
auréole ? Comme ce pontife, mort naguère en exil pour
s'être élevé contre les vices des grands, ne pouvait-elle
pas dire : C'est parce que j'ai aimé la justice et l'équité
que je souffre sur une terre étrangère.

—Mon Dieu, disait l'infortunée reine, je souffre bien, le nier serait un mensonge, mais quelle joie n'est pas la mienne de pouvoir dire : Votre cause est ma cause, vos ennemis sont les miens et de me reposer avec confiance auprès de votre croix, de cette croix qui a sauvé le monde !

Revenons à la petite maison de Donzac où dame Marguerite et la damoiselle de Kirk se livrent au désespoir. Elles avaient réclamé, à deux genoux, le droit d'accompagner leur malheureuse maîtresse, mais on le leur avait brutalement refusé, et en présence de ce refus, dame Marguerite, exaspérée, s'était abandonnée à la plus violente colère; et il avait fallu l'intervention d'Anne pour que les soldats, blessés des épithètes outrageantes dont elle les qualifiait, n'en vinssent aux voies de fait.

— Ma pauvre enfant, où la conduit-on? s'écriait la malheureuse nourrice, folle de douleur. On veut la faire mourir de faim et de soif, et je ne serai pas là pour la défendre, pour mourir avec elle !... Mon Dieu, mon Dieu comment puis-je tant souffrir sans expirer !...

— Anne, disait un jour dame Marguerite, je ne peux plus vivre ainsi. Il faut que je sache ce que devient ma malheureuse enfant, que je voie qui l'a vue, que j'entende qui l'a entendue. Partons, Anne, et si notre destinée est de souffrir, souffrons au moins auprès de notre maîtresse. Ce langage répondait trop à celui du cœur de la damoiselle de Kirk pour ne pas être entendu, et un matin, nos deux femmes munies d'un léger bagage, seul reste de leur fortune passée, se mirent en marche. Elles ne connaissaient pas la France, et ne savaient rien de la position actuelle de la reine, si ce n'était qu'elle était renfermée à la forteresse de Diving. Où était Diving? Elles l'ignoraient. Mais que ne peuvent pas deux cœurs dominés par un généreux sentiment et se confiant à la Providence? Armées du nom de Diving comme d'une force, elles sollicitèrent des renseignements, s'adressèrent à celui-ci, s'adressèrent à celui-là, et après des ennuis de plus d'un genre, arrivèrent enfin en face de la forteresse. A cette vue, le visage de la nourrice, qu'un éclair de joie n'avait pas même traversé depuis le départ de son enfant bien-aimé, s'illumina de bonheur. Là, derrière ces murailles, se trouvait ce qu'elle aimait le plus au monde, et elle enviait aux murs du vieux donjon la possession de la malheureuse reine. Que n'aurait-elle pas donné pour pénétrer dans son enceinte? Mais les murailles massives, les fossés pleins d'eau, les barres de fer qui se croisaient aux fenêtres, ne disaient-ils pas que la forteresse était une prison dont nul ne pouvait approcher? Cependant pouvaient-elles être venues de si loin sans échanger une parole, un regard au moins avec l'infortunée captive?

Plongées dans leurs réflexions, les deux femmes contemplaient le donjon, quand un charbonnier, poussant un âne chargé de charbon, passa près d'elles et alla frapper à la porte de la forteresse. Après avoir débattu le prix de la charge avec une femme, il en débarrassa son âne, reçut quelques pièces de monnaie qu'elle lui donna en échange, et montant sur son baudet, fit mine de se diriger vers un petit bois. Dame Marguerite, qui le suivait des yeux et qui se disait que par lui elle pourrait avoir, peut-être, quelques renseignements sur la reine, n'eut garde de le laisser échapper, et, s'avançant avec lui cette liberté que donne le titre de voyageuse, elle lui demanda s'il ne pourrait pas lui indiquer un gîte pour la nuit.

— Vous êtes donc étrangères, mes bonnes dames ? répondit le charbonnier.

— Oui, dit la nourrice, et, soit dit sans vous fâcher le pays n'est pas beau. Ce château fort est bien sombre, et doit répandre la tristesse sur toute la contrée.

— Ce château n'est pas beau, c'est vrai, repartit le villageois, mais que voulez-vous, il faut vivre où l'on est né. Et puis, si le château est triste, on y vend bien son bois et son charbon. On y rogne bien le pauvre monde comme partout, mais ça ne veut pas dire que ça soit un malheur pour le pays. Il faudrait aller loin pour vendre sa charge, et c'est une peine de moins pour l'homme et pour la bête. Puis la portière a bon cœur, et la brave femme donne de temps à autre un verre de vin et ça réjouit, vous savez. La pauvre femme a son mari malade, et tout le travail retombe sur elle. Elle cherche partout une servante, mais elle n'en trouve nulle part. Tout le monde, voyez-vous, ne se soucie pas de s'enfermer là-dedans.

—Ah ! elle aurait besoin d'une servante, dit dame Marguerite dans l'esprit de laquelle se présenta soudain une lumineuse pensée. Quel travail exigerait-elle ?

— C'est pour faire le gros de l'ouvrage : balayer, laver, promener le petit garçon, et quand c'est fini, filer la laine et le chanvre.

— Si elle ne demande pas autre chose, je lui trouverai son affaire, repartit la nourrice.

— Mais ne disiez-vous pas tout à l'heure que vous
étiez étrangère dans ce pays? répondit le charbonnier.

— C'est vrai comme je vous l'ai dit, mais j'ai eu des
malheurs, nous sommes pauvres, fit-elle en montrant
Anne, et pour vivre il faut faire plus d'une chose à
laquelle on n'est pas accoutumé.

—Hé bien! parbleu! je crois que vous ferez son affaire;
mais la portière, soit dit entre nous, est un peu vive.
Bon cœur pour de vrai, mais la tête près du bonnet,
vous m'entendez.

— Il y a partout quelque chose, répondit la nourrice·
Pas de feu sans fumée, pas d'arbre sans ombre.

— Si vous le prenez comme ça, foi d'honnête homme,
je garantis que ça ira bien. Mais tenez, me voici arrivé
chez nous, dit-il, en montrant une cabane entourée
d'arbres. Entrez vous reposer. Nous reparlerons de
votre affaire entre la poire et le fromage, et si ça vous
va, demain je vous conduirai au château, et ou je serais bien malheureux, ou tout s'arrangera.

Dame Marguerite ne se fit pas répéter l'invitation,
et nos deux voyageuses furent reçues par une femme,
jeune encore, à la physionomie avenante, qui leur souhaita gracieusement la bienvenue. On reparla du projet de la nourrice de se mettre en service au château,
et la femme du charbonnier se mit à causer des habitants de la forteresse.

— Il y a, dit-elle, dans le château une bien malheureuse princesse, la pauvre reine Ingelburge. Personne

ne l'appelle la reine, cependant elle est aussi bien la femme du roi que je suis la femme de mon mari. Cette pauvre reine, elle souffre que ça fait pitié. Quand je pense que François pourrait me traiter comme ce roi traite cette pauvre femme, ça me fait dresser les cheveux sur la tête.

— Mais cette infortunée reine, dit dame Marguerite. qui faisait des efforts pour retenir ses larmes, quelqu'un la voit-il ?

— Je l'ai aperçue l'autre jour, la pauvrette, à travers la fenêtre grillée. Vous ne le croiriez peut-être pas, hé bien ! elle est tout à fait jolie, blanche comme le lys, et avec ça des couleurs qu'on a du plaisir à la regarder. Mon petit garçon lui a souri et lui a envoyé un baiser. La pauvre princesse l'a regardé avec bonté, et lui a répondu par un gracieux signe de tête. Pauvre femme! je ne peux pas m'empêcher de pleurer quand je pense à elle !

Le lendemain, dame Marguerite, levée avant l'aurore, ne donnait pas de repos au charbonnier qu'il ne la conduisît au château. Après un frugal déjeuner, on sortit, et tout en cheminant, François (c'était le nom du charbonnier) dit en regardant Anne :

— Que ferons-nous de cette belle fille ?

— Je voudrais me placer aussi en service, répondit la damoiselle de Kirk.

— Je ne crois pas qu'il y ait en ce moment de place pour vous au château. Mais qui sait, ça peut se rencontrer.

François présenta dame Marguerite à la portière qui parut enchantée. Vous me comptiez hier vos ennuis, dit le charbonnier, et voilà qu'aujourd'hui je vous ai trouvé juste ce qu'il vous faut.

— Allons vous êtes un brave homme, François, et montrez-moi votre belle trouvaille.

— Parbleu, ou vous seriez trop difficile, ou j'ai votre affaire. Venez, regardez-moi un peu ça, dit-il, en montrant dame Marguerite, ça vous convient-il?

— Mais vous savez, je ne suis pas riche, et ne peux donner de gros gages.

— Allons, ça s'arrangera, pas vrai la mère? dit le charbonnier en interrogeant la nourrice.

— Je ne demande pas mieux, répondit cette dernière.

— Hé bien, ma brave femme, quel serait votre prix? Je ne donnais à la servante qui est partie que la nourriture et le vêtement, ça vous va-t-il? ajouta dame Jeanne.

— C'est bien peu, remarqua la nourrice.

— Encore je crains que vous ne puissiez faire mon travail, repartit la portière. Vous êtes frêle et délicate. Comme vous avez les mains blanches! fit-elle en regardant les mains de dame Marguerite.

— Pour le travail, je me fais forte de le faire, se hâta de dire la nourrice, qui craignait un examen plus approfondi, et je ne demande qu'une chose, c'est que vous me mettiez à l'épreuve. Vous verrez comme je m'en tirerai.

— Et cette jolie fille, dit la portière en désignant Anne, veut-elle se mettre aussi en service?

— Oui, ma bonne dame, et si vous aviez quelque place pour moi.

— Je n'en ai pas à cette heure. Mais il y a dans le

donjon plus d'ouvrage qu'on ne peut en faire. Votre figure me va, et je ne serais pas fâchée de me débarrasser d'une bonne qui m'ennuie depuis longtemps. Attendez quelques jours chez François, et je trouverai bien quelque raison pour la renvoyer.

Dame Marguerite entra en service le jour même, et Anne retourna chez les braves charbonniers en attendant que la place fût vacante. La nourrice, accoutumée au gros travail de la maison depuis leur arrivée à Donjac, fut bientôt au courant, et son cœur surabondait de joie à la pensée qu'elle habitait la même demeure que son enfant chérie, et qu'un jour où l'autre elle pourrait apercevoir son visage bien-aimé. Aux attributions de portier, le maître de dame Marguerite ajoutait celui de geôlier. A lui revenait le soin de préparer les aliments de la malheureuse reine et de les lui apporter. Pendant sa maladie, ce fut sa femme qui se rendit auprès d'Ingelburge.—Cette pauvre princesse, disait dame Jeanne à la nourrice, est vraiment bien digne de compassion. Elle est douce comme un agneau, ne se plaint jamais, et passe sa vie à prier Dieu. C'est un véritable ange que cette femme.

— Mais au moins sort-elle quelquefois pour prendre l'air ? demanda dame Marguerite.

— Jamais. De temps en temps, elle fait quelques tours sur la galerie, mais rarement. Il ne fait pas bon, ma pauvre Marguerite, tenir tête à un roi. Ah ! les hommes, quand une passion les domine, sont-ils mauvais, grand Dieu !

Dame Marguerite n'avait qu'une pensée, ne nourrissait qu'un désir : voir son enfant bien-aimée, la

consoler, pleurer avec elle. Mais comment y parvenir?
Les clefs de la prison étaient soigneusement gardées,
et le portier et sa femme approchaient seuls de la malheureuse captive. Les précautions les plus minutieuses
étaient prises pour que nul ne pût l'apercevoir, et s'entretenir avec elle quand elle se promenait sur la galerie. La nourrice faisait en vain appel à tous les
expédients d'un esprit fertile en ressources, mais
hélas! elle se trouvait toujours en face d'obstacles in-
surmontables. Elle était même obligée de dissimuler
l'intérêt qu'elle portait à la prisonnière. Car que fallait-il pour éveiller les soupçons du geôlier et de sa
femme qui, s'ils s'étaient doutés des liens qui unissaient dame Marguerite à l'infortunée reine, l'eussent
renvoyée sans pitié.

Il y avait quelque temps que dame Marguerite habitait le donjon, quand on annonça l'arrivée d'un grand
seigneur de la cour du roi Philippe. Que venait-il
faire? Nul ne le savait, et toutes les curiosités furent
mises en éveil, quand le baron de Beaufort, sans se reposer, sans prendre aucune nourriture, demanda à
être introduit auprès de la princesse de Danemark.
Après s'être incliné profondément devant Ingelburge,
il lui dit qu'il avait à lui faire une communication
importante au nom du roi.

— Que me veut le roi de France? Que veut-il à une
pauvre femme qu'il tient lâchement captive, parce
qu'elle ne veut pas se soumettre à un de ses caprices?
répondit la reine tristement.

— Le roi, Madame, m'a chargé pour vous d'un message de paix, et croyez que je serais heureux de pou-

voir le remplir. La dignité, avec laquelle vous avez
supporté de pénibles épreuves, vous a élevée bien
haut dans son estime et dans celle de tous les honnêtes gens ; et permettez-moi de déposer à vos pieds
l'hommage de l'admiration que m'inspirent votre courage et votre force d'âme.

— Le roi reconnaît donc ses torts ? dit la reine dont
le visage s'illumina de joie.

— Le roi admire la dignité dont vous avez fait
preuve, et rend hommage à votre noble caractère. Son
estime la plus chaleureuse vous est acquise. Mais si
l'estime se mérite et s'impose en quelque sorte, il existe
un autre sentiment, hélas ! qui ne s'impose pas, qui
naît du cœur sans que le cœur ait part à sa généra-
tion, qui le domine, l'enchaîne et force l'homme le plus
indépendant à reconnaître son joug. Ce joug, malheureusement pour son âme fière et son cœur noble et délicat, le roi de France a dû le subir. Une fleur, ni plus
belle, ni plus éclatante que vous, Madame, l'a séduit.
Par un mystère étrange de la destinée, cette fleur l'a
enivré, et ce cœur si fort s'est senti vaincu par cet ennemi d'un nouveau genre... Il a lutté, Madame. Votre
image lui est restée comme le symbole de la vertu et
du bien, mais les liens qui enserrent son cœur lui enlèvent toute liberté. Homme faible, il a failli dans le
chemin !... Il s'est laissé prendre, hélas ! aux ronces et
aux épines qui entourent cette rose éclatante... Il sait,
Madame, tout ce qu'il vous doit d'estime et d'admiration, et les sentiments que vous lui inspirez ne lui
permettent pas, laissez-moi vous le dire, de vous offrir
les restes d'une affection que vous méritez tout entière...

Il ne serait digne ni de vous, ni de lui de former de nouveaux nœuds avec les débris d'un amour dont il se sent toujours, hélas! le tributaire... Il a tant de confiance dans votre haute intelligence, dans l'élévation de vos sentiments, qu'il m'envoie vers vous, Madame, solliciter, en son nom, le pardon du passé, l'oubli pour l'avenir.

— La femme du roi de France, rappelée près du trône et du cœur de son époux, couvrira d'un voile épais un passé douloureux. Ni son cœur, ni sa voix, ni son regard ne rappelleront au roi qu'il fut un jour où il méprisa tout ce qu'il y a de plus sacré.

— Je me suis mal expliqué, sans doute, se hâta de dire le baron, car en vous conviant à l'oubli du passé, je ne puis vous promettre, au nom du roi, cette affection que votre cœur réclame. Hélas ! il n'est point en son pouvoir de vous l'accorder. Il est enchaîné à des liens dont il ne pourra jamais se débarrasser, il ne le sent que trop... Pourquoi, devant une situation aussi malheureuse et qu'il regrette autant que vous, ne pas prendre le seul parti raisonnable et que la nature des choses semble indiquer. Pourquoi, ne pas rendre sa parole au roi et ne pas l'amnistier d'une faute, dont par ma bouche, il vous demande pardon?... Il vous reconnaît des droits, mais comme un débiteur malheureux que le cours des choses a complétement ruiné, il vous supplie de lui remettre sa dette, et en le dégageant de son serment, de lui rendre, de votre plein gré, une liberté qu'il ne possède plus. En s'adressant ainsi à vous, il vous donne la preuve la plus convaincante de l'estime qu'il a pour vous, de l'admiration qu'il professe pour votre caractère. Il ne veut être libre que par vous, et c'est à votre miséricordieuse compassion qu'il s'adresse pour le délier de serments, que sa raison et sa foi lui font regarder comme sacrés, mais que, hélas! son cœur et ses instincts repoussent.....

— Je remercie le roi de France, baron, de son estime; mais je ne le mériterais pas si je le dégageais moi-même de liens qu'il est obligé de regarder comme sacrés. Après des secousses aussi violentes, après des outrages aussi sanglants que ceux qui m'ont été infligés, vous croirez, aisément, que je ne demande que la paix, et que les serments qui gênent le roi sont pour moi des chaînes dont chaque anneau est armé d'un aiguillon. Mais puis-je, je vous le demande, enlever de ma tête le diadème sanglant de l'épouse? Puis-je oublier mes droits? Puis-je surtout oublier mes devoirs, quand l'Église fait de la cause d'une faible femme, la cause suprême de la civilisation? Je ne suis qu'une pauvre femme, je le reconnais, mais je représente en ma personne la fidélité au serment, la sainteté du foyer domestique. Que j'abdique, la femme ne se reconnaît aucun droit, ou, si elle s'en reconnaît, elle s'avoue incapable de les défendre. La force désormais primera le droit. Le devoir sera un vain mot, et nul, quand ses passions lui feront sentir leur étreinte, ne fera un effort pour l'accomplir. En refusant au roi de France de lui rendre sa parole, je sauvegarde les droits sacrés de la famille. La beauté a beau embellir un visage de femme, le charme séduisant du regard a beau enivrer un cœur d'homme, il arrive un jour où le plus beau des visages ne dit plus rien à qui l'a adoré, et où, à moins de devenir un lâche, il faut, pour ac-

complir les plus vulgaires devoirs d'honnête homme,
faire appel à des sentiments où les sens n'ont point de
part, et qui ne se trouvent que dans les cœurs chrétiens. Le roi ne le comprend pas, baron ; la colère avec
laquelle il a reçu les avertissements, la fureur avec
laquelle il me retient captive, ne le prouvent que trop,
et cependant, par ma résistance à ses convoitises, je l'arrête sur la pente de l'abîme, où un jour ou l'autre il se
précipitera. Agnès de Méranie l'a réduit, dit-on, sa
beauté l'a enivré. Hé bien ! lors même que cela serait,
croyez-vous à la durée d'une affection où les yeux ont
été seuls consultés, et où l'on fait fi de la vertu et du
devoir? Croyez-vous à la sincérité de serments qui
prennent naissance sur la violation d'autres serments
mille fois plus sacrés ? Cet amour, dont on vante l'ardeur, n'est qu'une halte, halte plus ou moins longue,
je le veux bien, mais une halte, suivie bientôt d'une
course effrénée dans les champs du vice et de la volupté. Philippe était vertueux, et son cœur pourra se
prendre plus longtemps que des cœurs vulgaires à ces
fleurs qui croissent dans l'abîme, mais ne vous y fiez
pas, baron, là où le cœur et la raison de l'homme re-
fusent le joug de la vertu et du sacrifice, un amour,
quelque violent qu'il paraisse, n'a que la durée de ces
plantes éphémères que l'orage fait germer, mais qui
disparaissent bientôt, parce que leurs racines ne peuvent vivre que dans la fange, et que de la fange nais-
sent d'autres fleurs qui leur sont d'un dangereux voisi-
nage, et leur enlèvent bientôt une affection qui faisait
leur gloire.

— Je ne nie point, Madame, répondit le baron, la

vérité de ce que vous venez de dire. La vertu est le seul terrain où les affections humaines ont chance d'être durables. Mais dans le cas présent, n'y aurait-il point quelques concessions à faire? Vous êtes jeune, vous êtes belle! Voulez-vous laisser faner les fleurs de votre printemps dans une lutte toujours pénible? Ce sombre donjon est-il une retraite digne de vous? L'isolement, où vous vivez et qui ne peut convenir à une intelligence aussi distinguée qu'est la vôtre, ne vous prêche-t-il pas la condescendance? Une seule parole d'abdication fléchira le pontife romain. La France pourra reprendre ses vêtements de fête, et vous, Madame, en recouvrant la liberté, toujours chère, quoi qu'on dise, vous pourrez vous rendre le témoignage que c'est grâce à vous, et à vous seule, que l'Église et la France ont recouvré la paix et la tranquillité. Cette gloire ne vous tente-t-elle pas?

— Non, baron, cette gloire ne me tente point parce qu'elle n'est point chrétienne. Dieu, en faisant du mariage un sacrement, réclame de nous l'obéissance et la soumission dans cet acte comme dans tous les autres. Le serment, qui me lie au roi de France, a été enregistré dans le ciel, et il ne m'appartient pas plus qu'à lui de me dégager des devoirs qu'il impose.

— Mais, Madame, est-il prudent, je vous le demande, de lutter contre un homme, livré aux plus fougueuses passions, quand cet homme est un roi, qui dispose de tant de moyens? Vous êtes captive, vous ne l'ignorez pas. Vous êtes entourée de serviteurs entièrement dévoués à leur maître. Un seul mot de sa bouche peut vous anéantir à jamais.

— Le roi de France voudrait-il se débarrasser d'une pauvre femme comme moi?

— Un homme auquel on résiste, Madame, est capable de tout, et n'est-ce pas de la sagesse de ne pas le forcer à recourir à de cruelles extrémités?

— Mais puis-je, moi, s'écria Ingelburge avec dignité, moi, fille et petite-fille de rois, enfant soumise et obéissante de la sainte Église, rendre au roi une parole et un serment prononcés devant Dieu et devant le peuple. Non, je ne le puis pas, non, je ne le veux pas... Ce serait de la lâcheté, et, sachez-le, baron, la reine de France a plus peur de la boue que du sang !... Non, la reine Ingelburge, non, la femme chrétienne ne renoncera pas à un titre pour lequel il faut combattre et mourir !...

— Mais, Madame, vous êtes bien jeune pour mourir ; pour mourir loin de votre patrie, loin de tout ce que vous aimez. L'agonie peut être longue et douloureuse, entourée d'angoisses et d'indicibles souffrances. Oh ! réfléchissez-y. Il en est encore temps.

— Mes réflexions ne m'apprendraient rien, baron : peut-être feraient-elles frissonner ma chair et mon sang, mais mon cœur saura s'élever au-dessus de toutes les souffrances, et je me sens la force de donner ma vie pour une noble cause.

Le baron essaya de lutter contre une résolution irrévocable, mais la reine se montra inflexible, et s'il partit mécontent et inquiet du peu de succès de sa négociation, il ne put refuser son admiration à la femme qui montrait autant de courage que de force d'âme.

Cette entrevue avait brisé les forces de la malheureuse Ingelburge. Sans doute elle était courageuse, mais

n'était-elle pas femme? Les paroles du baron se présentèrent de nouveau à son esprit, et s'y gravèrent en traits
de feu. Le roi ne pouvait être libre que par sa mort, et
elle était sa prisonnière. Mon Dieu! disait la pauvre
reine, je ne tiens pas à la vie, mais la mort sous quel
aspect se présentera-t-elle? Mourir dans une obscur
prison, mourir loin de mon Danemark chéri, n'est-ce
pas affreux!... Ma mort sera donc la consécration d'une
union coupable... Cette femme, qui m'enlève le cœur
de mon époux, ma mort déposera sur son front le diadème de la reine et de la femme!... Elle a brisé ma vie,
anéanti mon bonheur, et ma mort l'amnistiera de toutes
ses fautes, la lavera de toutes ses hontes!... Mon Dieu!
je ne voudrais pas mourir!... Mais le ciel est si beau;
là-haut plus de souffrances!... Mais suis-je prête à mourir?... Cette femme, je la hais. Mon Dieu, après m'avoir
enlevé un cœur, m'enlèvera-t-elle votre amour?... Mon
Dieu; ne le permettez pas!... Mais qu'entends-je? s'écria
Ingelburge en frissonnant, on ouvre ma prison, le
moment de ma mort est arrivé!... Mon Dieu, je lui pardonne, ayez pitié de moi!... Et sans lever les yeux, sans
faire un mouvement, la malheureuse reine s'accroupit
pour recevoir le coup fatal.

— Princesse, dit tout à coup une voix douce et affectueuse, ne me reconnaissez-vous pas?

— N'est-ce pas la voix de ma nourrice? dit Ingelburge. A cette heure suprême, Dieu m'envoie sans
doute son ombre bien-aimée pour me consoler.

— Mais c'est elle-même en chair et en os, dit dame
Marguerite, car c'était elle, en effet. Regardez-moi,
princesse, ne reconnaissez-vous pas votre nourrice

16.

qui est là pour vous consoler et pour vous aimer.

— Est-ce possible que ce soit toi, nourrice. Ah!
Dieu soit béni de t'envoyer en ce moment !

— Ne m'attendiez-vous pas ?

— Je te désirais tant, dit la reine en se relevant et
en se jetant dans les bras de dame Marguerite, que
c'était presque t'attendre, mais comment as-tu pu parvenir jusqu'à moi ?

— Rien n'est impossible à un cœur qui aime, et ma
visite d'aujourd'hui n'est que le prélude de celles que
je vous ferai la nuit quand tout dormira dans le donjon.
Je suis en service chez le geôlier, et grâce à un coup
de trop qu'il a bu en l'honneur du baron, j'ai pu m'emparer de ses clefs.

—Sais-tu qu'ils veulent me tuer, nourrice ?

— Ah ! ils ne le feront pas tant que je serai là ! s'écria
dame Marguerite ! Malheur à eux s'ils touchent à un
cheveu de votre tête !

— Ah ! tu me rends le courage, nourrice. Que Dieu
est bon de t'avoir amenée ici ! Mais Anne où est-elle ?

— Également dans la forteresse, et une de ces nuits
je vous la conduirai. Mais il faut être prudent et ne
pas éveiller l'attention. Pauvre princesse ; que je suis
heureuse de vous voir !...

— Et moi, dit Ingelburge en pleurant. Mon Dieu,
soyez béni de m'offrir une pareille consolation !... La
pauvre reine mêlait ses larmes à celles de sa nourrice,
échangeait avec elle des paroles de tendresse, et depuis longtemps son pauvre cœur n'avait éprouvé une
aussi douce satisfaction.

XXIII

Philippe et Agnès de Méranie continuaient à braver les foudres de l'Église. De leur amour coupable étaient nés deux enfants, et au moment où nous en sommes de ce récit, le couple royal traversait la France, entouré de ces rejetons bâtards, donnant au peuple le dangereux spectacle d'une résistance opiniâtre aux anathèmes de l'Église. Le cortège royal venait d'entrer dans une petite bourgade, et, pendant qu'on faisait reposer les chevaux, les enfants, dont l'un avait quatre ans, l'autre cinq ans, s'amusaient à regarder les passants, et à jouer avec les pierres du chemin. Tout à coup ils furent interrompus dans leurs jeux par l'arrivée d'un enterrement. Des hommes, des femmes, des vieillards marchaient près d'un cercueil qu'aucun prêtre ne suivait, et que ni chants, ni prières n'accompagnaient à sa dernière demeure, demeure qui ne devait même pas être la terre sainte. L'interdit était toujours rigoureusement observé en France, et les morts

seuls qui avaient pris la croix, avaient le bonheur de reposer dans une terre bénite ; aux autres une terre vulgaire et impure était réservée. Le peuple, qui formait
le triste cortége, marchait les yeux baissés et baignés
de larmes, et dans la foule on entendait des mur-
mures et des paroles de colère. Pourquoi fallait-il en-
terrer un chrétien comme une bête de somme?... Est-ce
que le roi de France n'avait pas honte de laisser l'interdit peser sur son royaume?... Pour une femme, faire
traiter ainsi des chrétiens!...—On veut que les pauvres
gens soient fidèles à leurs serments, disait une vieille
femme, avec un sourire ironique, et notre roi, lui, ne
sait pas tenir les siens!... En vérité, le bel exemple qu'il
nous donne !... Ah ! ce pauvre Jacques qui avait tant de
religion, qui lui aurait dit qu'il serait conduit ainsi au
cimetière ! disait une autre femme en s'essuyant les
yeux.

Quand le couple royal fut remonté en voiture, les
enfants se mirent à causer de l'enterrement auquel ils
avaient assisté. — Ici on fait de bien vilains enter-
rements, dit la petite fille, en faisant la moue. On ne
chante pas, il n'y a ni prêtres, ni cierges, on ne sonne
pas les cloches.

— C'est en Normandie qu'ils sont jolis, répondit le
petit garçon. Te rappelles-tu celui que nous avons vu
quand nous avons passé sur les terres du roi d'Angleterre ? Ça en faisait-il du bruit ! y en avait-il des
prêtres qui chantaient, et les cloches, comme elles son-
naient !

— Ma nourrice, reprit la petite fille en prenant un
ton sentencieux, assure que c'est parce que nous ne

sommes pas sages qu'on ne fait pas d'aussi jolis enter-
rements en France qu'en Angleterre. Mère, dit l'enfant
en s'adressant à Agnès, qu'est-ce que nous faisons,
en France, pour ne pas être sages ?

Agnès ne répondit pas, baissa les yeux, et un observateur attentif aurait pu y surprendre deux grosses
larmes qu'elle essuya furtivement.

— Mon père va me le dire, dit le petit garçon en interrogeant Philippe.

— Qu'est-ce qu'il y a, demanda ce dernier, qui
n'avait pas pris garde à la conversation des enfants ?

— Il y a, répondit la petite fille, que les enterre-
ments sont fort laids en France ; et que ma nourrice
prétend que c'est parce que nous ne sommes pas sages
qu'ils ne sont pas aussi jolis qu'en Angleterre. Pourquoi, père, ne sommes-nous pas sages en France ?
ajouta la petite fille d'un ton câlin.

— Les enfants sont insupportables, s'écria le roi dont
le visage se couvrit d'un nuage.

— Mais, petit père, c'est pour devenir bien sages,
reprit la petite fille en le caressant, et pour avoir un
bel enterrement avec des cierges et des prêtres, que
nous voulons savoir pourquoi ici tout est triste, et
qu'on ne chante pas.

— Pauvres enfants ! sanglotait Agnès, si vous saviez !

— Agnès ! dit Philippe d'un ton de reproche, devant
ces enfants.

— Mais la vérité sort de la bouche des enfants, répondit Agnès en pleurant.

— Ah ! les ennuyeux enfants, s'écria le roi, qui ne

savait sur qui faire porter sa mauvaise humeur. Vous voyez bien que vous faites pleurer votre mère.

— Petite mère, dit le petit garçon en embrassant Agnès, je ne voulais pas te faire de peine à toi, qui es toujours bien sage. Mais c'est moi qui suis méchant de te faire pleurer.

Agnès suffoquait. Ces paroles étaient comme un poignard qui lui perçait le cœur.

— Mais vous allez vous trouver mal! s'écria le roi en lui prenant la main.

— J'ai besoin d'air, fit Agnès, descendons.

On descendit. Mais ni l'air, ni la marche ne parvinrent à calmer le trouble qu'avaient fait naître les paroles des enfants. Fatiguée et épuisée, Agnès se trouva bientôt forcée de remonter en voiture, et Philippe continua de marcher seul. Troublé aussi, mais plus maître de lui, il cherchait par un exercice physique à calmer son esprit et sa conscience. Mais ce fut en vain. Sa conscience endormie s'était réveillée, et lui faisait de sanglants reproches. Il était coupable. Cette affection à laquelle il avait sacrifié son honneur d'homme et de roi, de pauvres enfants viennent la lui reprocher, en lui en montrant le châtiment et la honte. Livré à ses remords, il marchait au hasard, quand il se trouva en face d'un château qu'il avait habité étant enfant. La vue du castel, les souvenirs qu'il lui rappela donnèrent un autre cours à ses pensées. C'était là qu'il était venu avec sa mère, ici qu'il se plaisait à cueillir des fleurs pour lui en faire des bouquets. Qu'était devenue cette charmante petite compagne de ses jeux, fille du jardinier, qu'il couronnait jadis de fleurs, en l'appelant la

reine Marie ? L'enfant a grandi, est une femme à cette
heure. Est-elle heureuse ou la vie est-elle dure pour
elle ? Philippe, au milieu des préoccupations et des
luttes de la politique, avait perdu de vue cette amie
des premiers jours, mais jamais il ne l'avait complètement oubliée, et en apercevant le vieux manoir, sa première pensée a été un souvenir d'affection pour elle.
Les années ont eu beau passer sur son front, les passions fougueuses faire battre son cœur, elles n'en
ont point enlevé cette première affection. Elle est là
dans toute sa fraîcheur. La vie de Marie doit être calme
et douce, se dit Philippe. Elle est née, elle doit vivre
ici. Ces existences modestes ne sont-elles point à l'a-
bri des orages ? Nulle tempête ne vient les troubler, et
le soleil, qui mûrit leurs moissons, ne produit jamais
de tempêtes dans leurs cœurs !... Pourquoi ne suis-je
pas né dans une de ces positions modestes ?... Là sûrement est le bonheur. Là le cœur peut aimer sans que
la politique ait rien à voir à son choix. Pauvre Marie !
qu'il me serait doux de te revoir, de te rappeler le
passé, hélas ! aujourd'hui si loin de nous... Le roi marchait ainsi, se parlant à lui-même, lorsqu'il passa devant
un champ où travaillait un vieillard.

— Mon brave homme, dit Philippe en s'adressant au
laboureur, n'avez-vous pas connu autrefois Jacques, le
jardinier du château qui habitait au bas du parc
royal ?

— Ah ! si je l'ai connu, fit le vieillard ! un brave
homme, celui-là, mais qui, allez, a été bien malheureux.

— Quel malheur lui est arrivé ? demanda Philippe
avec intérêt.

— Sa fille, la pauvre Marie, une brave fille aussi, a épousé le plus mauvais sujet du pays, méchant comme la gale et toujours ivre.

— Pourquoi ne quitte-t-elle pas ce vilain homme, dit le roi avec feu?

— Mais elle est mariée, hélas ! répondit le vieillard d'un ton grave. Elle ne le voulait pas, car elle devinait ce qui est arrivé, mais son père qui savait Léonard riche, et qui n'était pas bien, lui, dans ses affaires, a tant fait, tant dit, que la pauvre petite s'est sacrifiée. Si elle n'avait écouté que son cœur, elle serait aujourd'hui la femme d'un brave garçon qui n'a que ses deux bras, c'est vrai, mais qui est bon comme le bon pain. Mais maintenant c'est fini. Quand le mariage a passé par là, il n'y a qu'à courber la tête.

— Cependant, dit Philippe en s'animant, une pauvre femme ne peut pas souffrir toute sa vie parce qu'elle est tombée entre les mains d'un méchant homme.

— Ah, Messire, c'est bien sûr que c'est triste, mais la pauvre Marie est un ange de Dieu aussi vrai que nous sommes là deux. Le devoir est tout pour elle. Si elle quittait son mari, elle serait heureuse peut-être, mais le bon Dieu et les braves gens ne seraient pas contents.

— Alors il faut, reprit Philippe, qu'elle soit martyre.

— Oui, martyre du devoir, oui. Être fidèle au serment; être fidèle aux promesses que l'on a faites devant Dieu et devant le prêtre, y a-t-il rien de plus noble et de plus grand ? Tenez, moi qui vous parle, quand je la rencontre, j'incline involontairement devant elle ma tête toute blanche, et rien que de la voir ça me fait penser à Dieu.

— Tout ce que vous voudrez, mon vieux, mais cette malheureuse mène une vie de souffrances, et où est la récompense de tant de peines et de douleurs?

— Là haut ! fit le vieillard en montrant le ciel d'un geste indéfinissable.

— Le devoir ! se disait Philippe, après avoir quitté le laboureur, le devoir ! il y a donc, par le monde des personnes qui sacrifient leur vie à le remplir..... Il existe donc quelque chose au-dessus des jouissances matérielles..... La vertu imprime donc le respect et la vénération plus que la pourpre et le diadème..... Pauvre Marie ! quel bonheur j'éprouverais à entendre ta voix, à te saluer comme l'honneur et la vertu !... Est-ce que, moi aussi, je crois à la vertu ?... La loi du cœur n'est-elle pas la loi suprême ?... Mais Marie ne l'a point suivie, elle a suivi celle du devoir, et cependant, à son nom, je m'incline involontairement. Y aurait-il en nous l'instinct de ce qui est bien et de ce qui est mal ?... Le sacrifice et l'abnégation sont-ce de si nobles choses pour que le cœur les vénère?... La femme coupable par le cœur, pourquoi est-elle méprisable?... Un pli de la route amena le roi de France près d'une fontaine où des animaux se désaltéraient. Au même instant, une femme, un vase sur la tête, vint y puiser de l'eau. Philippe ne l'eut pas plus tôt aperçue qu'il l'avait reconnue. C'était Marie, sa petite compagne, l'amie de son enfance. C'était bien elle, il ne pouvait en douter. La fraîcheur de ses joues s'était fanée, son teint n'avait plus d'éclat, son regard, toujours doux, était triste et mélancolique, et ne semblait plus pouvoir se tourner que vers le ciel

Et cependant cette femme était belle. L'auréole de la vertu l'entourait et lui formait une couronne. Philippe fit un pas vers elle ; mais instinctivement, il se sentit saisi de respect. Il recula devant cette victime du devoir et de la vertu. Il rougit, en comparant son parjure à la fidélité avec laquelle cette amie de son enfance accomplissait ses serments, et il se dit qu'il n'était pas digne de venir troubler cette femme dans le chemin du devoir. Arrêté par le respect qu'inspire la vertu, il la suivit longtemps des yeux sans oser avancer, sans oser élever la voix. Ce ne fut que quand elle eut disparu derrière la colline, que le roi, les yeux baissés, la conscience troublée, songea à continuer sa route. Le soleil baissait à l'horizon quand il rejoignit sa suite. Il ne voulut pas remonter en voiture, se fit amener un cheval de selle, et n'eut pour Agnès ce soir-là ni un regard, ni une parole de tendresse. Par moments on l'entendait murmurer : Le devoir est une noble chose!... Pauvre... Marie, pauvre ange, toi, tu me fais croire à la vertu!

XXIV

Les jours, les mois se passaient tristement pour Ingelburge. Rien, hélas ! ne venait rompre la douloureuse monotonie de son existence, et seule la vue de sa nourrice et d'Anne venait apporter quelque adoucissement à son malheur. Mais que leurs visites étaient rares et que de précautions ne fallait-il pas prendre pour ne pas éveiller la défiance ! Le régime intérieur de sa prison devenait chaque jour plus sévère, la surveillance plus exacte, et il était facile de s'apercevoir que par tous les moyens, on voulait l'amener à composition. Mais la reine n'était pas prête à se rendre. Pieuse aux jours de sa grandeur, elle avait senti son amour pour Dieu augmenter avec ses malheurs. Pour elle, Dieu n'était pas seulement un père bon et compatissant, mais encore un ami, le plus tendre et le plus affectueux des amis. La prière était devenue sa force et sa consolation, et à cette heure, elle envisageait sans crainte la mort, qui naguère se présentait à elle sous un aspect lugubre. Le roi de France pouvait la faire mourir, elle saurait mourir en chrétienne et en reine.

— Petit oiseau, disait un jour où son âme était plus triste et plus mélancolique que de coutume, la reine Ingelburge à un petit oiseau qui était venu se reposer sur sa fenêtre; pourquoi ne suis-je pas libre comme toi? Pourquoi ne puis-je pas faire mon nid dans le feuillage, chanter au soleil levant les louanges du Créateur, et, quand viennent les frimats fuir vers les contrées qu'aime le soleil? Petit oiseau, pourquoi es-tu libre et heureux, et pourquoi suis-je captive et malheureuse? Si les vents te poussent vers mon Danemark bien aimé, va te reposer sur les arbres au feuillage toujours vert, qui baignent leurs pieds dans le lac qui réfléchit l'azur du ciel. Apporte-moi une des fleurs qui croissent dans son eau. Sa vue me fera du bien, son parfum me fortifiea le cœur, et avec moi je veux qu'elle repose quand, hélas! je ne serai plus.....

Pauvre reine! le présent est bien triste pour vous, mais que vous réserve l'avenir?

Pas un de ses verroux n'a glissé, pas une de ses chaînes n'est tombée, et cependant la physionomie d'Ingelburge respire le bonheur. Ah! c'est qu'elle a aperçu aujourd'hui sa chère Anne, et qu'à un signe de la damoiselle de Kirk, elle a compris que cette nuit elle pourra jouir de sa présence, car c'est seulement la nuit que peuvent avoir lieu leurs entrevues. Le soleil ne se couchera donc jamais aujourd'hui se dit la reine; que les heures d'attente sont longues, mais aussi quel bonheur pour moi de voir ma chère Anne, do causer avec elle! Mais qu'entends-je, fit la reine en prêtant l'oreille? Au même instant, les verroux roulent sur leur gonds, les clefs crient dans les serrures, et la porte de la prison donne entrée au gouverneur du donjon et à deux prêtres qui, s'avançant vers Ingelburge, la saluent profondément. La reine, étonnée, recule épouvantée, et, pendant qu'elle essaie de dominer son émotion, le plus âgé des prêtres lui adresse la parole :

— C'est à la reine de France, dit-il, en appuyant sur le titre de reine, que j'ai l'honneur de parler.

— En entendant prononcer le nom de reine qu'on affectait de lui refuser, Ingelburge tressaillit, et la pensée lui vint que le ministre de Jésus-Christ, chargé de la préparer à la mort, voulait adoucir ses derniers instants en constatant qu'elle allait souffrir pour une cause juste et légitime.

— Oui, répondit-elle tristement, et sans lever les yeux. On lui avait promis un trône, et elle a trouvé une prison ; une couronne, et elle n'attend plus que celle du martyr.

— Mais, Madame, reprit le prêtre, cette prison, nous venons pour vous en délivrer.

— Je vais donc mourir, dit Ingelburge.

— Non Madame ; mais vivre heureuse et honorée, je l'espère.

— Que voulez-vous dire, demanda la reine surprise?

— Je viens vous annoncer, Madame, que la conscience du roi Philippe est troublée jusque dans ses dernières profondeurs : car il n'est pas bon de lutter contre Dieu. Sans s'avouer tout à fait vaincu, il sollicite un nouveau concile qui doit décider de la validité de votre mariage. Le Souverain Pontife fait droit à sa demande, et je viens vous dire que l'Église vous appelle à venir en personne y défendre vos droits. Elle vous couvrira de sa protection, afin que nul n'attente à votre liberté.

— Est-ce possible, ce que vous me dites là. Je croyais que ma dernière heure avait sonné.

— Espérons, Madame, que de longs jours vous sont réservés, et soyez persuadée que je fais des vœux bien sincères pour que vous recouvriez tous vos droits d'épouse et de reine. Le concile est réuni à Soissons et a hâte de dissiper toutes les incertitudes et toutes les équivoques.

— Me sera-t-il permis d'emmener quelqu'un? Il me serait doux d'avoir auprès de moi ma nourrice et une de mes amies.

— Sans doute, Madame; mais le temps presse, et il se passera peut-être bien des jours avant que vous les ayez rappelées auprès de vous.

— Mais, fit la reine en souriant, ma nourri' n'est pas loin. Elle sert le geôlier en qualité de chambrière.

— Vous vous trompez, Madame, s'écria le gouverneur étonné.

— Non, je ne me trompe pas. Son dévouement n'a pas reculé devant les fonctions de la domesticité, je ne le sais que trop. Allez lui annoncer que la reine de France a besoin de ses services.

— Moi-même, je vais lui faire part de cette bonne nouvelle, dit le gouverneur, qui voulait faire oublier ses mauvais procédés passés, en se montrant obséquieux.

— Dame Marguerite nettoyait la loge du geôlier

quand le gouverneur entra et, en le voyant, elle fit mine de s'y absorber.

— La reine de France vous demande, dit ce dernier.

— Quelle reine? fit la nourrice qui se crut découverte, je n'en connais aucune. Est-ce que je vous ai l'air d'hanter les cours, ajouta-t-elle en essayant de prendre la chose en plaisanterie?

— Mais, si vous ne la connaissez pas, elle vous connaît, elle, dit le gouverneur en souriant.

— Pour m'avoir vue balayer, affecta de dire dame Marguerite, qui, craignant d'être renvoyée si elle était reconnue, ne voulait avouer à aucun prix ses relations avec la reine.

— Amenez donc la nourrice de la reine, cria-t-on. Il faut partir à l'instant. Les ordres sont précis.

— Moi, la nourrice de la reine, dit dame Marguerite dont une pâleur mortelle couvrit le visage, et qui laissa tomber le balai que ses mains ne pouvaient retenir. Qui a dit cela? Je ne suis qu'une pauvre femme.

— Mais une pauvre femme qui a bien le meilleur cœur qui existe, dit une voix dont le timbre argentin était connu de dame Marguerite. Nourrice, ne me reconnais-tu pas? Ne suis-je pas ta petite Ingelburge que tu as nourrie de ton lait, et à laquelle son affection n'a jamais fait défaut.

— Ah! ce n'est pas pour me chasser d'auprès de vous qu'ils disent que je suis votre nourrice s'écria en pleurant l'excellente femme!

— Non, ils ne veulent ni te chasser, ni nous séparer, répondit la reine en prenant les mains de dame Marguerite. Je pars pour Soissons où un concile est réuni, veux-tu me laisser partir seule ?

— Non, princesse, non ; et, dussé-je mendier mon pain, je vous suivrai, moi qui croyais que ces sires venaient faire couler vos larmes et qui les maudissais comme vos bourreaux.

— Il faut les bénir comme des amis, répondit gracieusement Ingelburge. Mais Anne fera comme toi, elle ne voudra pas me reconnaître.

— Si, princesse, dit Anne qui connaissait la bonne nouvelle, et qui accourait vers la reine. Me serait-il possible de vous renier ?

— Tiens, ma jolie servante qui est aussi une grande dame, dit la portière, qui n'en pouvait croire ses yeux ! Qui nous aurait dit, Guillaume, que nous étions servis par des princesses ?

— Parbleu ! il aurait fallu être sorcier, répondit le mari.

— Et moi qui me mettais en colère contre elles et qui, un jour, ah ! je m'en souviens, ai osé lever la main sur elles !

— Tout est oublié, ma brave dame dit la nourrice en s'avançant vers la portière. Embrassons-nous et qu'il n'en soit plus question.

— Je ne puis pas croire, disait Guillaume à sa femme en voyant s'éloigner la reine et sa suite, non je ne puis pas croire que le roi revienne ainsi vers la princesse de Danemark. S'il y avait là quelque chose que nous ne savons pas. Agnès de Méranie est fine et rusée, et de quoi n'est pas capable une femme jalouse et passionnée ?....

— Mais tu crois donc, Guillaume, qu'un homme ne reconnaît jamais ses torts ?

— Si, femme; mais un roi, vois-tu, c'est fier, ça tient à ses idées. Allons, nous allons voir qui du roi ou du concile l'emportera.

XXV

Le concile, réuni à Soissons, s'occupait activement de l'objet de sa réunion. Le roi et la reine furent entendus, et leurs griefs mutuels soumis à l'appréciation des pères. Ingelburge fut traitée en reine, cependant sa position était toujours fausse et équivoque, ses droits remis en question, et le roi dans les entrevues qu'il avait avec elle ne montrait ni affection, ni repentir. Il n'avait ni un regard affectueux, ni une parole tendre, et, s'il ne niait pas les serments qui le liaient à la princesse de Danemark, il soulevait encore la question de parenté.

Agnès n'était pas, il est vrai, à Soissons, mais elle espérait cependant conserver son titre d'épouse et de reine, et des courriers fidèles et dévoués allaient sans cesse de Soissons à sa demeure pour la tenir au courant des événements.

Fidèle gardien des lois de l'Église et des saintes mœurs, le concile étudia l'affaire sous toutes ses faces;

il examina le cas de parenté, les conditions dans lesquelles s'était accompli le mariage, et, en le voyant procéder avec cette prudence, on put se convaincre une fois de plus de la sagesse de l'Église.

Le moment du jugement approchait, et Philippe avait manifesté le désir de connaître quel serait l'arrêt probable du concile, avant que cet arrêt n'eût force de loi. Pour le satisfaire, quand l'heure fut venue, on députa vers je roi un des pères. En l'apercevant, Philippe, anxieux et préoccupé, alla vers lui, l'interrogeant du regard. Le concile, dit le vieillard, a examiné votre affaire avec la plus complète impartialité, et après avoir consulté Dieu dans la prière, il ne peut que reconnaître votre union avec la princesse de Danemark légitime, légale et canoniquement contractée.

Le roi ne répondit pas un mot, mais son front se couvrit d'un nuage et il se mit à marcher à pas précipités, poussant avec violence les meubles qui se trouvaient sur son passage, et paraissant en proie à un furieux combat intérieur. Le père, jugeant que sa présence était pour le moins importune en ce moment, s'éloigna et ne se fut pas plus tôt retiré que Philippe se livra à toute la violence de ses passions: Le concile va me condamner, mais puis-je accepter son arrêt? J'ai lutté contre Rome pendant des années, pourquoi ne lutterais-je pas encore?... Que dirait l'Europe en me voyant ainsi museler et mes peuples ne perdraient-ils pas tout respect?... Mais mes peuples n'ont-ils pas gardé fidèlement l'interdit?... N'ont-ils pas le culte du devoir, le respect du serment, et que de fois ne me suis-je pas

aperçu que mes passions m'avilissaient à leurs yeux!...
J'ai conservé Agnès, j'ai joui de ses charmes et de sa
beauté, mais à quel prix, hélas!... Le remords a-t-il
cessé de me torturer ?... et c'est après les instants où
mes sens sont le plus enivrés que j'éprouve une tristesse profonde et inexplicable.... Les souvenirs si purs
de ma jeunesse, je ne puis plus les évoquer, et mon
cœur, qui est né, je le sens, pour toutes les nobles
et saintes choses, est retenu terre à terre.... Mais n'aurai-je lutté que pour rendre ma soumission plus
complète ?... Si je reprends Ingelburge, ces prêtres
de Rome seront tout en France, et moi je ne serai
plus rien.... Mais Innocent III aime la France; n'est-ce
pas à lui que je dois cette paix avec l'Angleterre qui
m'était nécessaire ?... Le souverain Pontife n'est-il pas
à cette heure le grand arbitre de l'Europe?... faut-il me
brouiller avec lui ?... Mais, Agnès, puis-je l'abandonner ?... Si je la quitte, elle mourra, et ces pauvres
enfants nés, dans un jour de tendresse, imprimerai-je
sur leur front le signe de la bâtardise ?... Non, je ne le
peux pas; non, je ne le veux pas..... Mais ne suis-je
pas chrétien ?... Mon cœur a-t-il jamais été plus heureux qu'au jour de sa première communion?... Je vois
encore ma pieuse mère priant à mes côtés, et me suppliant de me montrer toujours fidèle... Pauvre mère !
qui vous aurait dit que votre fils serait banni de l'É-
glise !... Ah ! ma mère, ne repousseriez-vous pas votre
enfant ?... Jeune encore à la mort de mon père, vous
vous êtes montrée noble et digne dans le veuvage.
Dieu, le souvenir de votre époux et l'amour de votre
enfant ont seuls rempli votre cœur. Quel respect

n'aviez-vous pas pour les lois de l'Église, et que de fois ne vous ai-je pas entendue gémir sur les passions fougueuses des grands!... Vous aviez, vous, ma mère, le culte du devoir.... Tout ce que j'ai rencontré qui a mérité mon estime, n'a-t-il pas aussi sacrifié au devoir?... Et toi, Marie, toi, ma compagne de jeux, toi, l'amie de mon enfance, n'est-ce pas avec tes larmes que tu sacrifies sur son autel?... Pauvre Marie! ton image m'apparaît en ce moment, et il me semble te voir me montrer le ciel..... Mais le devoir pour moi est-il le même que pour vous?... La France, noble et indépendante, doit-elle accepter le joug de Rome, et moi dois-je trembler devant un anathème ?... Ah! pourquoi ai-je rassemblé ce concile!... Je devais bien me douter de ce qui arriverait..... Où sont mes confidents?... Nohant est chez Agnès, Beaufort et Clamecy sont au concile..... Mais n'est-ce pas aujourd'hui que revient Robert de Bressuire?... Oui, il m'en souvient maintenant, le comte de Saint-Pol m'a annoncé son arrivée... Si je le faisais appeler? C'est lui qu'il me faut. Et, ouvrant une porte avec vivacité, il donna ordre qu'on allât chercher Robert.

Quelques instants s'étaient à peine écoulés, et un homme était introduit dans l'appartement royal. Nos lecteurs auront de la peine à reconnaître dans cet homme, à l'aspect viril, au teint bruni par le soleil de l'Orient, le jeune damoiseau que nous leur avons montré pour la première fois à la cour de Danemark. Mais qu'ils se rassurent. Robert est toujours le noble et preux chevalier qui a gagné le cœur d'Anne de Kirk. Au moment où nous l'avons quitté les sens bouleversés, le cœur ému par les insinuations perfides

d'Agnès, il avait promis en quelque sorte d'oublier sa
fiancée, et Agnès heureuse et fière de blesser Ingelburge en blessant celle qu'elle aimait comme une
amie et une sœur, allait, venait, se parait de ce succès
comme d'un triomphe et conviait l'essaim des jeunes et
jolies filles qui formaient sa cour, à monter à l'assaut
d'un cœur qui ne demandait qu'à se rendre. L'appel
fut entendu, et toutes les coquetteries féminines furent
mises en jeu pour forcer Robert dans ses derniers re-
tranchements. Mais le cœur du sire de Bressuire battait toujours au nom d'Anne, et si ses sens étaient émus,
ses yeux fascinés par la grâce et la beauté déployées
pour lui plaire, néanmoins son cœur, dans sa partie la
plus noble et la plus élevée, restait tout à sa fiancée.
Mais si son affection lui était fidèle, ses sens épris
n'offraient qu'une faible résistance, et il se sentait,
hélas ! sans force pour repousser l'assaut, et s'avouait
presque vaincu faute d'armes pour combattre. Il aurait
voulu fuir les enchanteresses, il ne le pouvait, il ne
l'osait. Aurait-il résisté à tant de séductions ? Nul ne
le sait : car, hélas ! l'homme est faible, et, les sens une
fois séduits, le cœur quelque vertueux qu'il soit, a besoin d'un courage viril pour sortir vainqueur de cette
lutte où l'ange et la bête sont aux prises. Un tel combat était au-dessus des forces d'une organisation telle
que celle de Robert. Une maladie nerveuse de la pire
espèce se déclara bientôt. Ses nuits furent sans sommeil, une fièvre lente et continue se manifesta, des
crises douloureuses et fréquentes vinrent troubler son
beau tempérament, et il arriva un jour où la maladie
revêtit un tel caractère de gravité, que les chirurgiens

furent unanimes à lui conseiller l'air natal, l'air de
Bressuire. Sa mère vint chercher son pauvre enfant,
qu'elle avait donné au roi de France dans tout l'éclat
de sa jeunesse, et qu'il lui rendait fleur fanée et étiolée.
Pauvre dame de Bressuire! avec quelle tristesse ne
ramenâtes-vous pas dans le château de ses pères ce
rejeton d'une noble race, que votre œil maternel pouvait seul reconnaître! Mais ce blessé des luttes de la
vie éprouvait au milieu de ses souffrances une suprême satisfaction. Mère, disait-il à la dame de Bressuire, cette maladie qui est pour vous une si cruelle
épreuve, est pour moi une bénédiction ; si je n'avais
pas été atteint par la douleur, aurais-je pu résister à
toutes les séductions qui m'entouraient, et aurais-je
conservé mon cœur à ma fiancée?...

La convalescence de Robert fut longue, mais le jour
arriva enfin où les roses reparurent sur son visage, et
à ce moment la grande voix du Pontife Romain appelait tout fidèle chrétien à la défense du Saint-Sépulcre.
Cet appel, Robert l'entendit, et heureux de mettre sa
vertu et ses serments sous la garde de la croix, il alla
rejoindre l'armée des Croisés, qui avait pour chef Bo-
niface II, marquis de Montferrat.

— Alix, dit-il à sa cousine qui était venue consoler
la dame de Bressuire du départ de son cher enfant :
car, si la piété ardente et la haute raison de la mère de
Robert n'avaient pu qu'approuver la résolution de son
fils, son cœur maternel frissonnait à la pensée des dangers qu'il allait courir ; Alix, remplacez-moi auprès de
ma mère, et, si je meurs loin d'elle et loin de la France,
soyez pour elle, la plus tendre des filles.

Robert se montra brave entre les plus braves, courageux entre les plus courageux, et un jour après des
prodiges de valeur, il tomba percé de part en part. On
le crut mort, et il ne dut son salut qu'à un prêtre qui,
venant administrer les mourants, surprit sur ses
lèvres un dernier souffle de vie. Ses nombreuses blessures exigeaient de repos, et Robert dut se résigner,
quoique à regret, à rentrer en France.

Il était à peine de retour depuis quelques semaines,
quand nous le retrouvons dans l'appartement royal.
Ses traits toujours beaux ont acquis le cachet de la
virilité. Son œil si doux a plus de fermeté, son front
s'est élevé au contact des nobles pensées. Sa tenue est
digne, et sur toute sa personne sont répandues cette
noblesse et cette grandeur qui sont des preuves de
l'honneur et de la vertu. En voyant cet homme, dans
le complet épanouissement de sa mâle beauté, on sent
que non-seulement on est en présence d'une noble et
généreuse nature, mais surtout d'un chrétien qui a
accepté le joug de la vertu et du devoir dans toute son
étendue. Cette croix, qui s'épanouit sur sa poitrine et
qui en fait un soldat de Dieu, il l'a aussi posée sur son
cœur pour en rendre les battements plus chastes et
plus chrétiens.

— Robert, dit le roi après un instant de silence, le
concile va me condamner. Mais puis-je accepter le
jugement qui rend nulle une union où mon cœur a
éprouvé de si douces satisfactions, et que la naissance
de deux enfants rend en quelque sorte sacrée? Puis-je
reprendre Ingelburge, après tant d'années de séparation? Mon honneur, puis-je l'avilir par une soumission
volontaire?

— Prince, répondit Robert, on ne s'avilit point en reconnaissant à l'Église et à son vicaire l'autorité même de Dieu. On s'honore, au contraire, en s'inclinant sous cette main qui absout et qui bénit. Qui n'a pas dans le monde à gémir sur des fautes et sur des faiblesses, et n'est-ce pas le fait de l'homme d'honneur de les reconnaître et de les réparer?

— Mais puis-je reprendre Ingelburge, après tant de protestations contraires?

— La princesse de Danemark a reçu vos premiers serments que les autres n'ont pu annuler, et l'Église vous adjure d'y être fidèle.

— Mais Agnès a deux enfants, deux pauvres êtres sur le front desquels ma soumission va imprimer une tache de honte.

— L'Église, prince, ne le savez-vous pas? est une mère tendre et compatissante, qui a toujours des entrailles pleines de miséricorde pour les victimes des faiblesses humaines. Oh! reprenez, je vous en conjure, la grande route du devoir qui seule est digne de vous. Donnez à vos peuples, que de funestes doctrines commencent à travailler, l'exemple de la soumission à l'autorité divine, et soyez certain que cet exemple, au lieu de vous avilir, vous rendra plus grand encore. Vous ne serez plus roi seulement par la naissance et le génie, vous le serez encore par la vertu, et heureux le peuple qui a un souverain qui reconnaît le joug de Dieu!

— Mais j'aime Agnès de Méranie, s'écria Philippe, je l'aime avec passion.

— Mais Jésus-Christ, prince, ne nous a-t-il point aimés, s'écria Robert avec feu? Son amour ne demandet-il pas le sacrifice des autres amours?... En souffrant pour nous, ne nous convie-t-il pas à souffrir pour lui?... Tenez, dit-il, en découvrant sa poitrine où une large blessure commençait à peine à se cicatriser, pour lui, j'ai donné mon sang ; pour lui j'aurais donné ma vie!... Et Dieu n'aurait pas le droit de vous demander l'obéissance et la soumission du cœur!... Dieu le veut, ce cri des Croisés qui retentit dans le monde et fait des héros, le roi de France sera-t-il le seul qui ne voudra pas l'entendre?... Dieu le veut : n'est-ce pas le cri du chrétien, n'est-ce pas le cri du vainqueur?...

Philippe écoutait, le regard fiévreux, les paroles ardentes de Robert. Aux derniers mots, il baissa la tête, la couvrit de ses mains et un long silence régna dans l'appartement. Tout à coup, le roi se lève ému et frémissant, et : appuyant sa main sur l'épaule de Robert : Non, le roi de France ne sera point le seul qui entendra vainement le cri sublime du chrétien. C'est dans la soumission de son cœur qu'il s'écrie : Dieu le veut ! Dieu a vaincu, je suis chrétien !...

Ce fut Robert que le roi chargea d'aller annoncer à Ingelburge la bonne nouvelle, et nous n'avons pas besoin de dire avec quelle joie il se rendit à la demeure de la reine. Il allait enfin revoir Anne de Kirk!... Pour toujours... il allait lui appartenir!... En entrant dans l'antichambre, il rencontra dame Marguerite, et, sans pouvoir dire autre chose il s'écria : — La reine, la reine ! Ingelburge sortait en ce moment, et Robert un peu remis de son émotion en l'apercevant, il dit en lui baisant la main : Le roi de France m'envoie vers vous pour vous prier de le recevoir.

— Le roi se soumet donc, s'écria dame Marguerite! Dieu en soit béni! fit-elle en levant les yeux au ciel.

— Vous avez eu pitié, Seigneur, de l'épouse méprisée, dit la reine en joignant les mains ; que votre nom en soit à jamais loué!... Et se tournant vers le sire de Bressuire : La bonne nouvelle que vous m'avez apportée ne pouvait m'être annoncée par un plus agréable messager, ajouta-t-elle avec le plus gracieux des sourires.

— Mais ce messager, n'a-t-il pas droit à une récompense, dit Robert en se tournant vers Anne qui arrivait le visage rayonnant ; et la damoiselle de Kirk ne se chargera-t-elle pas de l'acquitter, ajouta-t-il, en prenant la main de sa fiancée et en la portant à ses lèvres ?

— Mon cœur est à vous depuis longtemps, répondit Anne en rougissant, et une semblable nouvelle, transmise par une telle bouche, peut-elle faire rétracter de doux serments ?

— Oh ! fit dame Marguerite, il y a de beaux jours dans la vie ! Maintenant je peux mourir en paix, je vois mes deux chères enfants entre les bras de deux nobles cœurs !...

Ingelburge reprit le rang que lui assignaient les lois divines et humaines, et Agnès de Méranie dut se retirer dans le château de Poissy, qui lui fut désigné pour demeure. En apprenant la soumission du roi, elle entra dans un violent désespoir : Elle voulait mourir, car pouvait-elle vivre abandonnée ?... Agnès était une âme tendre et passionnée, mais c'était une âme chrétienne, égarée dans les sentiers de l'amour, aussi les

premiers moments passés, elle consentit à vivre et
accepta la séparation comme un châtiment mérité, et
alla cacher ses regrets et ses remords dans le château
de Poissy.

Le jour qui devait unir nos deux fiancés arriva enfin.
Par une matinée radieuse de soleil, mais pas plus radieuse que son cœur, Robert, le noble croisé, le preux
et fidèle chevalier, dont la noblesse de cœur surpassait
encore la noblesse de race, conduisit à l'autel sa belle
et charmante fiancée. Le roi et la reine tinrent à l'honneur d'assister à la célébration de cette union. Anne
n'avait-elle pas été pour Ingelburge une amie, une
sœur, la fidèle compagne des jours mauvais ? Robert
n'avait-il pas plus que l'amitié de son souverain, n'en
méritait-il pas l'estime ?

— Mère, dit Robert en présentant sa jeune femme à
la dame de Bressuire, ne vous semble-t-il pas que
vous avez une fille digne de vous, digne de vos vertus?

— Oui, répondit la dame de Bressuire en le regardant avec amour, oui, elle est digne de toi, et puis-je
en dire davantage dans mon orgueil maternel ?

Robert conduisit sa jeune épouse dans le vieux manoir de ses pères, où un festin splendide réunit maîtres
et serviteurs. Les deux époux firent le tour des tables,
disant à chacun un mot aimable, répondant par un
gracieux sourire aux souhaits de bonheur qu'on leur
adressait. Comme ils s'approchaient d'une table, une
bonne vieille femme se lève, prend une coupe, et la
portant à ses lèvres: A la santé et à la longue vie de
nos braves seigneurs, s'écria-t-elle. J'avais toujours
dit, moi, qu'ils étaient faits l'un pour l'autre, et que

le bon Dieu ne pouvait pas permettre que ces braves cœurs fussent séparés. — Ah! c'est Marie-Jeanne, dirent en même temps Robert et Anne. — Marie-Jeanne qui a été à la peine, comme vous savez, ma brave dame, et qui est présentement à l'honneur, dit la mendiante. Ah! je n'ai jamais désespéré, moi. Je savais bien que tout finirait par un heureux mariage!

— Anne, dit Robert en s'avançant vers une jeune et charmante femme que nos lecteurs connaissent depuis longtemps, et qui n'était autre qu'Alix, mariée depuis un an environ à un brave chevalier, ami de Robert, et qui tenait entre ses bras le plus gracieux des petits enfants; Anne, je vous présente ma sœur et son charmant petit garçon. Et, comme Alix rougissait légèrement, Robert reprit : N'êtes-vous pas deux fois ma sœur? Ce doux nom, je vous l'ai donné enfant; mon cœur l'a ratifié dans l'ardeur de la jeunesse, et comme si ce n'était pas encore assez, n'êtes-vous pas la femme bien-aimée de mon frère d'armes? Anne, aimez-la comme la plus tendre des sœurs, et vous, Alix, permettez-moi de vous demander pour ma femme une part de votre cœur.

Les deux femmes s'embrassèrent affectueusement, et Robert en les montrant à la dame de Bressuire lui murmurait à l'oreille : Mère, ne sont-ce pas là vos deux filles?

Anne, dont le bonheur, il le semblait du moins, ne pouvait plus recevoir d'accroissement, éprouva quelque temps après son mariage, une bien douce émotion, en revoyant son père et sa mère qui avaient quitté le Danemark pour venir jouir du bonheur de leur fille bien-aimée, et qui, en la voyant si heureuse, oublièrent toutes leurs tristesses passées.

Anne et Robert ne quittèrent pas la cour où le roi et la reine les retinrent, et en cédant au désir de leurs souverains, ils ne firent qu'obéir au vœu de leur cœur.

ÉPILOGUE.

Cependant Philippe ne traitait Ingelburge ni comme épouse ni comme reine. Après les premiers jours de leur réunion, il s'éloigna d'elle, et la position de la pauvre reine resta fausse et équivoque. Sans doute ses droits étaient reconnus, le roi ne les contestait plus ; mais s'il acceptait la princesse de Danemark comme épouse légitime, son cœur demeurait loin d'elle, et Ingelburge gémissait en secret de cet éloignement qu'elle croyait avoir cessé pour jamais.

Agnès de Méranie habitait le château de Poissy, où Blanche de Castille, mariée à Louis, fils de Philippe et d'Isabelle de Hainant, venait se reposer souvent, et respirer l'air pur de la campagne. La femme, qu'un amour illégitime avait tenue captive, et l'épouse heureuse et honorée, qui devait devenir une des plus grandes figures de notre histoire, la future mère de saint Louis, la femme chrétienne en même temps que la femme de génie, dont la régence devait être une

18

des gloires de la France, se rencontraient dans ses longs corridors, dans ses vastes jardins et souvent priaient ensemble au pied du même autel : car Agnès, dont le cœur s'était seulement égaré, revenait par la pente de sa nature et de sa première éducation vers le Dieu de ses jeunes années, et acceptait comme expiation de ses fautes, l'arrêt qui la frappait. Mais si Agnès s'inclinait humble et soumise sous la main du Pontife romain, la femme, dont le cœur et les sens s'étaient lassés fasciner, sentait toute son organisation s'ébranler au souvenir de ce qu'elle avait perdu. La bête qui ne perd jamais entièrement ses droits, luttait constamment contre la chrétienne purifiée par le repentir, et sa vie s'usait dans ce combat de chaque instant. Ses organes s'affaiblissaient par degrés, et quand l'automne vint dépouiller les arbres des forêts, Agnès, faible et languissante, ne put même pas aller mêler sa tristesse à la tristesse de la nature. — Je me sens mourir, disait-elle à Blanche de Castille. Comme ces feuilles, ajoutait-elle avec mélancolie, en montrant les feuilles que le vent emportait au loin, s'en vont poussées par la bourrasque, moi aussi, je m'en vais emportée par le vent de la mort. Quelques jours encore et j'aurai fini de souffrir !... Mais avant de dire adieu au monde, à ce monde où j'ai versé tant de larmes, je voudrais. j'aurais besoin de parler.... de voir la reine Ingelburge... Et en prononçant ce nom, elle pâlit et sa voix trembla. Oui, j'aurais besoin de l'entretenir, reprit-elle, après un moment de silence, j'en aurais absolument besoin.....

— Mais cette entrevue sera pénible pour elle et pour

vous, dit Blanche de Castille, qui ne comprenait pas pour quel motif Agnès désirait voir Ingelburge.

— Elle ne voudra pas venir, reprit Agnès tristement, en interrogeant Blanche du regard ?

— Oh ! je ne dis pas cela, répondit Blanche vivement. Je pense seulement que cette entrevue devant être pénible pour vous comme pour elle, il vaudrait autant ne pas y songer. Mais mon appréciation, en cette circonstance, est tout personnelle.

— Voudriez-vous la prier de se rendre ici? Je suis mourante, mes jours sont comptés, et j'ai vu ce matin dans le regard de mon chirurgien, que pour moi il n'y a plus de lendemain.

— Je transmettrai votre désir à Ingelburge, dit Blanche à laquelle cette commission souriait fort peu. Mais cette visite ne va-t-elle pas vous bouleverser, vous rappeler un passé douloureux et qu'il vaudrait mieux ensevelir dans l'oubli ?

— Hélas ! dit Agnès, le passé et, pour moi une faute, et, avant de paraître devant le souverain Juge, je voudrais obtenir son pardon, le mériter en quelque sorte.

— Blanche ne répliqua pas, et un long silence régna entre les deux femmes. Quand Blanche se leva pour sortir, Agnès lui dit : N'oubliez pas ce que vous m'avez promis. Voyez, c'est une mourante qui vous en supplie, ajouta-t-elle en montrant ses bras décharnés, et c'est la dernière prière qu'elle vous adresse.....

— Agnès disait vrai en parlant ainsi, et Blanche, quelque pénible que fût le message dont elle se trouvait chargée, se hâta de prévenir la reine du désir qu'avait manifesté Agnès. Ingelburge se montra sur-

prise, et ne dissimula pas l'étonnement que lui causait
une semblable demande. Que lui voulait cette femme?
Était-ce un piége qu'elle lui tendait? Prétendait-elle
en intéressant à son sort l'épouse légitime, se ména-
ger un retour auprès du roi?... C'était cette femme,
c'était elle seule qui avait anéanti son bonheur, qui
lui avait enlevé l'affection de son époux, et avait fait
disparaître les doux rayons de soleil de son horizon.
Qu'elle meure misérablement, que m'importe, disait
Ingelburge!... Ne subit-elle pas le châtiment de son
larcin?... Qu'ai-je à faire auprès d'elle?... Qu'ai-je
besoin d'entendre cette voix qui a charmé les oreilles
de Philippe, pour que la mienne ne fût pas même
entendue?... Pourquoi irais-je contempler ce visage qui m'a enlevé son cœur, mêler mon regard à ce
regard qui a été pour Philippe si séducteur?... Qu'elle
meure cette femme!... que peut me faire sa mort?... Elle
a semé trop d'épines sur mon chemin pour que je me
baisse pour enlever celles qui, à son heure dernière,
viennent la blesser. Elle veut me voir. C'est Blanche
de Castille qui me le dit. Veut-elle lire sur mon visage
si j'ai recouvré l'affection du roi?... veut-elle jouir des
tristesses de mon cœur, et me jeter à la face que l'a-
mour de Philippe lui appartient, qu'il a beau la tenir
éloignée, il ne respire que pour elle?... Cette lettre de
Blanche est un outrage... Mais Blanche ne me supplie-
t-elle pas au nom de Dieu, de me rendre à sa prière?...
Agnès, dit-elle, soumise aux lois qui la condamnent,
reconnaît sa faute, et, nouvelle Madeleine, elle veut
par le sacrifice de sa vie, expier le scandale qu'elle a
si longtemps donné. C'est une femme repentante et

malheureuse qui vous demande de prêter l'oreille à sa voix.— Elle est mourante, et elle m'implore, disait la reine troublée plus qu'on ne saurait dire. Lui refuserai-je le pardon ?... Ma haine la poursuivra-t-elle par delà le tombeau?... Est-ce d'une chrétienne de refuser au pécheur la pitié et la compassion ?... Mais si cette femme voulait spéculer sur son repentir, se jouer de moi et se parer de ma compassion!... N'est-elle pas mon ennemie ? Son souvenir n'éloigne-t-il pas de moi l'amour de Philippe ?... Ne règne-t-elle pas toujours sur son cœur ? Que faire, mon Dieu, que faire?.....

— Ingelburge était une femme chrétienne dans toute la force du terme. Pepuis longtemps elle avait accepté le joug du christianisme dans toute sa rigueur, et si dans son cœur, elle sentait ces révoltes dont les saints eux-mêmes ne sont pas exempts, elle savait les combattre et sacrifier sur l'autel du devoir les répugnances de sa nature. Elle était indécise sur le parti à prendre, quand la Mère Saint-Pierre la fit prier de se rendre auprès d'elle. Cette sainte religieuse, cette amie des jours mauvais, avait été réintégrée dans le monastère de Sainte-Marie, et après l'orage, jouissait du calme et de la paix. Ingelburge n'avait point oublié sa vieille amie, et souvent elle allait épancher dans son cœur les tristesses du sien.

— Je suis chargée pour vous, lui dit la Mère Saint-Pierre, d'une commission pénible, mais je vous connais trop pour douter de votre résolution. Agnès se meurt. Les organes de la vie sont atteints, et d'heure en heure, on s'attend à recevoir son dernier soupir. A ce moment suprême, une chose la préoccupe et revient à chaque instant sur ses lèvres. Elle voudrait vous voir, vous parler seule à seule, implorer votre pardon. Vous n'avez pas fait de réponse à la demande que vous a adressée, en son nom, la princesse Blanche. Pressée par Agnès qui répète sans cesse qu'elle ne mourra pas en paix si elle ne vous a entretenue, elle m'a priée de vous conjurer, au nom de Dieu, de vous rendre à la prière d'une mourante.

— Mais, ma Mère, y pensez-vous ? dit Ingelburge. Cette femme est ma rivale dans le cœur du roi. Son souvenir enlève à Philippe toute affection pour moi, et ce souvenir est pour moi un outrage.

— Mais cette femme va mourir, répliqua la religieuse. Cette femme vient de se purifier dans les eaux saintes de la pénitence. Cette femme accepte sa situation comme un châtiment, et à l'heure suprême de l'agonie, elle invoque votre nom, elle réclame votre présence. Vous qui avez fait de vos douleurs autant de vertus, refuserez-vous d'écouter la prière d'une pécheresse, qui n'a que quelques instants à vivre? Pharisienne superbe, repousserez-vous du pied la publicaine qui implore votre pardon ?

— Non, répondit Ingelburge qui tenait sa tête cachée entre ses mains, pendant que la Mère Saint-Pierre parlait, non, ma Mère. Mais savez-vous ce qu'il m'en coûte d'aller vers cette femme?... Une seule fois je l'ai aperçue, et sa vue m'a fait évanouir... Mais ma chair a beau frissonner, mon sang se figer dans mes veines, quelque douloureux que soit pour moi le pardon, je pardonnerai. J'irai vers cette femme, j'écouterai cette voix, je contemplerai ce visage, je verrai ces yeux, je

toucherai ces mains qui sont pour moi autant d'ennemis... J'arrêterai, s'il le faut, les battements de mon
cœur, mais sachez-le bien, ma Mère, c'est le suprême
sacrifice, sacrifice que je fais à ma foi de chrétienne.
J'irai; mais, mon Dieu ! en aurai-je la force ?...

— Dieu vous la donnera, mon enfant, soyez en persuadée, et vous serez bénie pour ce douloureux sacrifice.

— Où allez-vous ainsi, disait dame Marguerite à la
reine le matin de son départ? Vous êtes pâle, malade.

— Je dois partir, nourrice.

— Vous dites cela d'un ton. Qu'y a-t-il ? Quelque
nouveau malheur peut-être, fit la nourrice inquiète?

— Je vais accomplir un devoir, un devoir austère,
répondit Ingelbulge.

— Un devoir! Mais je vous connais, moi, et l'ac-
complissement d'un devoir, quelque rigoureux qu'il fût;
et Dieu sait si vous en avez eu de pénibles, n'a ainsi
troublé votre sang.

— Je vais chez Agnès de Méranie, dit Ingelburge dont
la voix trembla.

— Chez Agnès de Méranie !... vous chez Agnès de
Méranie!.. que dites-vous là, s'écria la nourrice? Le roi
vous aurait-il encore réservé cette insulte?... Mais vous
n'irez pas, vous ne salirez pas votre blanche hermine
au contact de cette femme !...

— Le roi ignore ce voyage, nourrice.

— Et alors qu'allez-vous faire là-bas ?

— Agnès se meurt. Au nom de Dieu, elle m'appelle
auprès de son lit de mort.

— Et vous écoutez, vous, cette femme aux ruses
infernales, à l'astuce du serpent ? Ah ! s'écria dame

Marguerite qui ne se possédait plus, elle veut revenir par vous vers le cœur du roi ; elle veut vous charmer comme elle a charmé votre époux et gagner votre cœur pour recouvrer celui du roi !... Mais vous n'irez pas, vous, noble femme, dont elle a troublé le bonheur, vous n'irez point salir votre pureté au contact de cette boue immonde... Oh ! princesse, ne le faites pas, ne vous avilissez pas ainsi...

— Mais, nourrice, Blanche de Castille m'y convie, et la Mère Saint-Pierre m'assure, au nom de Dieu, qu'à cette femme je dois le pardon.

— Blanche aussi est éprise de cette sirène, et la Mère Saint-Pierre, aux mœurs pures et austères, a donc tout oublié ?...

— Notre-Seigneur n'a-t-il pas fait une loi du pardon ?... N'a-t-il pas pardonné à Madeleine, la pécheresse ?

— Je n'ai jamais compris, moi, la présence de Madeleine auprès de la croix... La très-sainte Vierge était, en vérité, trop bonne. Ah ! si j'avais été là... Comment la Mère Saint-Pierre peut-elle vous donner un semblable conseil ? Mais c'est une folie, une honte !... Des femmes comme Agnès, on doit redouter la présence, la vue : car elles exhalent le poison. Ça toujours été mon opinion et je n'en changerai point. Tenez, si vous y allez, c'est fait de vous... Il vaut autant reprendre la route du Danemark... Allons, dit la nourrice, vous êtes capable de la ramener et d'en faire votre première dame d'honneur !...

— Je pardonnerai, mais je pardonnerai seulement à la femme repentante qui s'incline devant les saintes lois de l'Église et de la famille. C'est comme chrétienne, et uniquement comme chrétienne que je vais vers elle, sache-le bien, nourrice.

— Des paroles tout cela, des paroles !...Mais elle fera si bien que ça tournera à son avantage... Il ne valait pas la peine de bouleverser l'Église et la France, si vous vouliez en venir là. Ah ! j'aimerais autant mourir que d'assister à un pareil scandale !...

Il était presque nuit quand la reine Ingelburge arriva au château de Poissy. Blanche de Castille alla à sa rencontre et lui fit, avec une grâce parfaite, les honneurs de ce château royal. Agnès se meure, lui dit-elle, et son unique préoccupation à cette heure et de vous entretenir.

— Hé bien ! allons vers elle, dit la reine, et, guidée par la princesse Blanche, elle traversa les longs corridors et arriva à l'appartement d'Agnès. Cette dernière, en entendant ouvrir sa porte, s'était soulevée de sa couche, et ce fut ainsi qu'elle se présenta aux regards d'Ingelburge. Une lampe éclairait l'appartement, et, à sa pâle lumière, on apercevait les ravages que le chagrin et la maladie avaient faits sur ce visage autrefois si beau. De ces attraits passés, elle n'avait conservé que cette grâce enchanteresse et ce charme séducteur qui était un de ses grands attraits.

En voyant entrer la reine, elle la salua de la tête et de la main, et d'une voix faible, mais douce, elle lui dit : Merci d'être venue à moi, et de m'apporter votre pardon. Je craignais de mourir avant de vous avoir vue, et cependant j'ai besoin de vous entretenir. Je suis coupable d'avoir accepté l'amour d'un cœur qui vous appartenait, mais le passé, Dieu me l'a pardonné, je

l'espère, et à son pardon voulez-vous joindre le vôtre?
C'est une femme mourante qui vous le demande.

— Oui, dit Ingelburge, oublions le passé, et ne nous
retrouvons plus que sur ces sommets où l'on ne rêve
que du ciel.

C'est bien là ce que je souhaite, répondit Agnès. Mais
sur ces sommets où se rencontrent les droits et les devoirs, je retrouve deux anges à mes côtés, que je voudrais emmener au ciel, mais que Dieu, hélas ! pour
rendre ma pénitence plus méritoire, sans doute, veut
laisser en ce monde où les attendent tant de douleurs.
Que deviendront-ils ces pauvres enfants? L'Église,
comme à leur mère, a accordé le pardon, mais il leur
en reste un autre à obtenir, un autre que je demande,
non au cœur d'une femme, mais au cœur d'une chrétienne. Me le refusera-t-elle, et se montrera-t-elle plus
sévère pour les enfants ? que pour la mère ? Pauvres
enfants, hélas ! quelle sera votre destinée! celui qui,
après moi, est tout pour vous, je n'ai pas le droit de l'appeler à cette heure suprême. Mes dernières recomman-
dations seraient peut-être une faute, et mon regard, ne
peut pas même sans honte solliciter son regard pour
lui demander de se souvenir de ces pauvres êtres nés,
hélas ! dans un jour de faiblesse !...Mon Dieu,les aban-
donnerez-vous ? seront-ils pour celui qui partage avec
vous le nom de père, une pierre d'achoppement sur la
route de la vertu?...Troubleront-ils, par leur présence,
une union que leur mère n'a que trop troublée?... Mon
Dieu, mon Dieu ! en ce moment où mon cœur ne veut
souhaiter que ce qui est noble et saint, ces enfants seront-ils pour moi la cause d'une faiblesse?... faudra-t-il

demander à un étranger, le pain qu'il faut à leur vie,
la tendresse qu'il faut à leur cœur ?... La main de votre
ministre s'est levée sur ma tête, bientôt vous allez descendre dans le cœur d'une pécheresse, mais, mon Dieu,
cette pécheresse est une mère, qui accepte le châtiment dans toute sa rigueur, mais qui vous implore à
genoux, et vous demande de donner une mère à ses enfants...Pauvres petits anges, ils m'ont rappelée à vous,
et en voyant leurs mains se lever vers le ciel, j'ai compris les droits que vous avez sur nos cœurs ; et la soumission que vous exigez d'eux m'a paru moins pénible.
Les laisserai-je aller dans ce palais où ils retrouveront un père, mais où ils seront pour une noble femme
une insulte et un outrage ?... Leur vue ne rappellera-t-
elle pas un souvenir qui ne peut être, hélas ! que le
souvenir d'une faute?... Faudra-t-il les confier à des
mains étrangères, et les éloigner pour toujours de cette
France qui fut leur berceau ?... Je vais mourir et je ne
regrette pas la vie, mais pour eux, quel sera leur avenir? Ils sont légitimés, il est vrai ; l'Église les a pris
sous sa protection, mais, Madame, mais... me per-
mettez-vous de vous le demander ?... Votre miséricorde
veut-elle ratifier ces actes ? Votre noble cœur veut-il
les couvrir du pardon ?... Pour eux aussi, voudrez-vous
oublier le passé, et ne voir dans ces frêles créatures
que des enfants de Dieu que la Providence vous confie ?... Voulez-vous me le laisser espérer ?... Voulez-vous
permettre à une mère mourante de vous recommander d'infortunés orphelins?... N'est-ce pas trop demander de votre vertu? n'est-ce pas trop réclamer de votre
générosité ?...

— Non, répondit Ingelburge, dont le cœur battait à rompre sa poitrine, dont les mains étaient glacées et qu'un froid mortel envahissait. Quand je suis venue vers vous, j'ai pardonné du fond du cœur. Ces enfants... hé bien! je les accepte comme le legs d'une mourante... Je serai pour eux une mère, puisque leur mère me le demande à deux genoux... Tous, hélas! nous sommes coupables devant Dieu. Nulle vie n'est sans tache : Car qui ne pèche pas par le cœur, pèche par l'esprit, et il ne nous est pas permis de repousser quiconque implore notre pitié et notre pardon...

— Oh! vous êtes une noble femme, vous, dit Agnès en pleurant. Oh! merci, mille fois merci de votre généreux pardon... Mon heure dernière sera plus calme et je serai plus forte pour paraître devant Dieu que j'ai tant offensé!.. Mais je le sens, ajouta-t-elle en tombant inerte sur sa couche, ces émotions m'ont brisée... Mon dernier moment est arrivée... et Agnès, fermant les yeux, perdit connaissance.

Ingelburge pâle comme une morte, prête à s'évanouir, eut à peine la force de crier au secours. On accourut, et après bien des difficultés, on parvint à rendre à Agnès le sentiment. Mais le chirurgien déclara qu'il n'y avait plus d'espoir, et le ministre de Jésus-Christ fut appelé en toute hâte pour lui administrer les derniers sacrements. Le prêtre, tenant entre ses mains le corps de Notre-Seigneur, s'approcha de la malade qui avait à ses côtés Ingelburge et Blanche de Castille. Au moment de recevoir son Dieu, Agnès, d'une voix faible, mais cependant intelligible, demanda pardon des égarements de sa jeunesse, et se tournant vers

Ingelburge : A vous surtout, Madame. N'est-ce pas que vous me pardonnez.....

Ingelburge lui répondit par des larmes, et prenant la main de la mourante, elle la pressa dans les siennes. Après la communion, Agnès reçut l'onction des mourants, et le prêtre purifia par les saints attouchements ces membres qui avaient connu les faiblesses du cœur. Au moment, où agenouillé près de la mourante, il récitait les prières des agonisants et disait ces mots : « Parlez âme chrétienne, » le regard d'Agnès alla chercher ses enfants qui étaient à ses pieds, se tourna vers Ingelburge comme pour les lui recommander une dernière fois, serra sur son cœur le crucifix, et le portant à ses lèvres, son âme s'envola dans ce dernier embrassement.

Ingelburge fut emportée presque évanouie de l'appartement où Agnès venait d'expirer. Quand elle fut revenue à elle, elle se souvint des promesses qu'elle avait faites à la mourante, et demanda à voir ces enfants, dernier legs d'Agnès de Méranie. Ces pauvres enfants, couverts de vêtements de deuil, lui furent amenés. A leur vue, elle frissonna, et le passé triste et douloureux se dressa devant elle. Mais réprimant une première impression, dont elle n'avait pas été maîtresse, elle les attira doucement à elle, et déposa sur leurs fronts un baiser affectueux.

— Vous êtes mes enfants, leur dit-elle, et je suis votre mère.....

— Mais nous aimerons toujours, n'est-ce pas, celle qui est là-haut, dit le petit garçon en montrant le ciel.

— Sans doute, mes enfants, répondit la reine. Ce

que je veux dire, c'est que vous en aurez deux, l'une au ciel, l'autre sur la terre.....

— Madame, vous êtes bien bonne, dit la petite fille ; et moi je vous aime déjà sans vous connaître.

— J'espère que vous n'aimerez encore mieux quand vous me connaîtrez, répondit Ingelburge, en cachant ses larmes.

— Vous pleurez comme maman qui est au ciel, et qui ne nous regardait qu'avec des yeux pleins de larmes, dit le petit garçon.

— Nous faisons pleurer tout le monde, ajouta tristement la petite fille.

Ingelburge ramena à la cour les deux enfants. Anne, dit-elle à la dame de Bressuire qui était venue à sa rencontre, pour s'informer comment la reine avait supporté ce douloureux voyage, je te confie ces deux enfants. Tu seras leur gouvernante.

— Mais nous ne vous quitterons pas, dirent les deux enfants, qui s'étaient promptement attachés à Ingelburge.

— Non, répondit la reine en les regardant avec un sourire mélancolique, n'êtes-vous pas mes enfants ?...

— Ah ! ces bâtards viennent à la cour, s'écria furieuse dame Marguerite. Ma parole, il ne manquait plus que cela... Et leur mère, quand arrivera-t-elle ? Ça ne tardera pas, je gage.

— Leur mère est au ciel, répondit Ingelburge, et en mourant elle me les a confiés.

— Cette dame est bien en colère, dirent les enfants, que dame Marguerite poussa violemment en s'en allant, et en grommelant : A-t-on jamais rien vu de pareil ?...

— C'est un petit moment de vivacité, dit la reine. Mais cette dame-là vous aimera bien, j'en réponds, ajouta-t-elle en les ramenant vers Anne.

— Pour vous, mais pour vous seule, princesse, dit la dame de Bressuire en portant à ses lèvres la main d'Ingelburge. En les regardant, je penserai à vos vertus.

Il ne fut bientôt plus question à la cour que de la mort d'Agnès et de l'arrivée des enfants. En apprenant la mort de la femme qu'il aimait, le roi s'était enfermé dans ses appartements, y était resté de longues heures, et pas un mot n'était sorti de sa bouche. Philippe savait l'arrivée de ses enfants, et lui père affectueux et tendre, il n'avait pas demandé à les voir.

Les enfants, chez lesquels la tristesse est de courte durée, parce que à cet âge les impressions sont mobiles, s'étaient promptement accoutumés à la cour. — Voilà petit père qui est là bas, dit le surlendemain de leur arrivée, la petite fille à son frère avec lequel elle jouait dans le parc. Je cours l'embrasser. Il y a si longtemps que je ne l'ai vu ! Et allant vers Philippe, elle lui présenta son charmant visage à baiser. Ne me reconnaissez-vous pas, ne reconnaissez pas votre petite fille chérie, et ne l'aimez-vous plus ?

— Si, ma pauvre enfant, dit le roi profondément ému, en la prenant entre ses bras et en attirant à lui le petit garçon; si, mes pauvres enfants, je vous aime... Et des larmes coulaient brûlantes le long de ses joues. Où êtes-vous, mes pauvres enfants, dit-il avec effort ?

— Ah ! répondit la petite fille, petite mère Agnès est là haut avec le bon Dieu et la très-sainte Vierge, et nous avons trouvé une autre maman qui est bien bonne, bien bonne.

— Elle m'a donné ce joli costume, reprit le petit garçon, et elle m'a acheté de charmants jouets. Père, elle m'a donné un cheval grand comme ça, fit-il avec sa petite main.

— Et à moi, une magnifique poupée, dit la petite fille.

— Mais voilà notre nouvelle maman, fit le petit garçon. Père chéri, ne voulez-vous pas la connaître? Elle est si bonne! Et allant vers Ingelburge qui sortait du palais, il la prit par la main, et malgré sa résistance, l'entraîna vers le roi.

— C'est cette dame qui est maintenant notre petite mère, dit la petite fille que Philippe tenait toujours entre ses bras. Je l'aime de tout mon cœur. Est-ce que vous ne l'aimez pas aussi, père. Elle est si bonne, elle est si belle !

— Oui, mon enfant, je l'aime, dit le roi qui n'était plus maître de son émotion, et déposant la petite fille par terre, il alla vers la reine. Vous auriez bien des reproches à m'adresser, dit-il en lui prenant affectueusement la main, mais vous n'avez voulez vous venger que par des bienfaits. Alors que j'oubliais mes devoirs, vous acceptiez ceux d'une mère. Soyez-en bénie. Mon cœur, hélas ! trop longtemps oublieux, vous revient pour jamais, et en vous offrant mon amour, laissez-moi y ajouter mon estime et mon admiration. Vous êtes la plus noble des femmes. Vous honorez le trône sur lequel vous êtes assise aussi bien que la couronne qui ceint votre front, et à laquelle s'unit désormais la couronne de la maternité. Ces enfants, ils sont à vous. Si

leur vue peut, hélas! faire rougir mon front, ne me
rappelleront-ils pas votre miséricordieuse bonté, et en
les aimant n'aimerai-je pas une de vos vertus?... Venez, ajouta-t-il, en déposant un baiser sur le front de la
reine, je veux que, la cour, qui m'a vu trop longtemps
époux indifférent, sache aujourd'hui que je reviens à
vous dans la plénitude de l'intelligence et de la vie, et
qu'elle apprenne que, si le roi de France a eu des faiblesses, jamais il n'a perdu le sentiment des nobles et
saintes choses, et qu'il n'ignorez pas que les délica-
tesses du cœur ne se paient que par le cœur.

Quand, au lendemain de Bouvines, de cette victoire
qui restera dans les annales de la France comme un de
ses plus beaux triomphes ; victoire qui la plaça au
premier rang, en la montrant capable de tenir tête à
l'Europe coalisée, Philippe, que sa soumission avait
grandi, dont le génie prenait de nouveaux accroisse-
ments en unissant l'Église et la royauté dans une même
pensée d'amour pour le peuple, préparait son affran-
chissement en favorisant les universités et les commu-
nes, et rendant l'exemple possible, par conséquent, une
noblesse d'intelligence, en face de la noblesse d'épée; ce
roi illustre entre les plus illustres, qui, d'une faute,
fit une vertu, et auquel ses peuples, si bons juges du
mérite, décernèrent le nom d'Auguste, ne prouve-t-il
pas que la soumission à l'autorité divine élève au lieu
d'abaisser, et que reconnaître le pouvoir de Dieu, c'est
donner une source plus noble et plus élevée à l'autorité royale? Quand donc Philippe Auguste couvert
de lauriers, vint les déposer aux pieds d'Ingelburge,

la reine parut émue et de douces larmes coulèrent de ses yeux.

— Comment, lui dit le roi, quand ils furent seuls, n'avez-vous pas désespéré de moi?

— J'ai toujours compté sur votre retour, je l'avoue, répondit la reine. Car votre jeunesse n'a-t-elle pas été vertueuse et honnête, et avec le génie, n'avez-vous pas toujours eu le culte des nobles et grandes choses?

— Sans doute, repartit Philippe, mais j'ai eu le bonheur suprême, ajouta-t-il en prenant affectueusement la main d'Ingelburge et en la portant à ses lèvres, celui de rencontrer une femme chrétienne qui n'a voulu se souvenir de mes faiblesses que pour les pardonner.....

— Hé bien! nourrice, disait le soir de ce même jour la reine à dame Marguerite, tu vois bien que les choses n'ont pas aussi mal tourné que tu me l'annonçais.

— Je me suis trompée, c'est vrai, et Dieu en soit loué!... Mais vous, vous êtes un ange du ciel, et le roi est après tout un honnête homme. Mais ne vous fiez pas à ces *femmes*. Pour une qui en revient, il y en a cent qui ont des ruses infernales; et, le bon Dieu me pardonne, fit la brave femme, je ne suis pas fâchée qu'*elle* soit dans l'autre monde!

603. — Abbeville. — Typ. et stér. Gustave Retaux.

www.ingramcontent.com/pod-product-compliance
Lightning Source LLC
Chambersburg PA
CBHW050156030726
47505CB00005B/1401